하루 한 수
唐詩
300

上

춤추는 唐詩 上 300

기태완 · 김미영 공역

보고사
BOGOSA

일러두기

1. 『춤추는 唐詩 300』 상권은 『全唐詩』에서 춤 관련 시를 선별하여 뽑은 300수 중 150수를 번역한 것이다. 나머지 150수는 『춤추는 唐詩 300』 하권으로 출간될 예정이다.

2. 원문은 四庫全書存目叢書補編編纂委員會 編, 『四庫全書存目叢書補編』(濟南: 齊魯書社, 2001 影印本)을 저본으로 하였다.

3. 이 책에서 춤 관련 唐詩를 선별할 때 『全唐詩中的樂舞資料』(北京: 人民音樂出版社, 1996: 2017)를 기준으로 하였다.

4. 각 시의 구성은 시 제목, 저자, 번역문과 원문 순으로 정리하고, 저자와 시의 원문에 독음을 표기하였다.

5. 번역은 시의 특성상 함축적이어야 하지만 이해를 위해 풀어서 쓴 것이 많다.

6. 추가 설명이 필요한 것은 각주와 참고에 정리하였다.

7. 중국의 지명을 읽을 때, 고대는 우리나라 한자음을 따르고, 근대 이후는 중국어음을 따랐다.

8. 책명은 『 』, 논문과 詩, 詞 등의 글은 「 」, 춤 및 악곡명은 〈 〉으로 표시하였다.

9. 역사서나 악서 등에 춤이나 노래 제목으로 명확하게 전하는 경우는 〈 〉으로 표기하고 그 이외에는 별도로 표기하지 않았다. 다만 시 제목에는 〈 〉, 「 」 등의 표기를 생략했다.

10. 참고자료의 인용, 부분 인용, 참조 등의 상세 표현은 생략하고, 인용은 " ", 부분 인용 및 참조는 ' '으로 표기하였다.

11. 저자 설명은 시풍[평가] 및 저작을 간단하게 소개하는 방식으로 했으며, 해당 내용이 없으면 기타의 내용을 짧게 정리하였다.

12. 저자 설명은 기태완의 『당시선』 상·하와, 임종욱 편저 『중국역대인명사전』 및 중국 자료를 인용하였으며, 각각의 출처를 따로 밝히지는 않았다.

13. 조선 검무를 상상해 볼 수 있는 박제가의 〈검무기〉를 한 편 실었다.

시작하며

춤의 실체를 '본다'는 것은 쉬운 일이 아니다. 춤은 객관적으로 보이는 Body의 움직임으로 한정되지 않는 Body 너머에 있기 때문이다. 무자舞者의 춤사위에는 그의 삶의 무게와 굴곡진 삶이 자리하고 있다. 그가 살면서 체험한 경험, 느꼈던 감정 그리고 수많은 생각이 춤 속에 녹아 있다. 그러므로 순간 펼쳐지는 춤을 보고 그의 춤의 실체를 '보았다'라고 섣불리 말할 수 없다.

춤의 실체를 '쓴다'는 것은 더욱 어렵다. 무표정한 얼굴 속에 감춰진 무자舞者의 마음을 명확하게 읽어내기 어렵고, 파르라니 떨리는 손가락과 소맷자락에 담긴 심상心想을 온전히 표현하기 어려우며, 버선코에 살포시 놓여있다가 남몰래 흐르는 눈물의 심상心象을 글로 오롯이 담아내는 것은 어쩌면 불가능할지도 모른다. 무자舞者의 심心과 심상心想, 심상心象을 모두 아우르는 무경舞境을 글로 담아낼 수 있어야, 비로소 춤을 '썼다'라고 말할 수 있을 것이다. 그만큼 춤을 글로 표현하는 일은 어려운 일이다.

그렇다고 춤의 실체를 포착하는 일을 포기할 수는 없다. 이런 측면에서 당시唐詩는 춤실체를 연구하는 데에 필요한 보고寶庫라고 생각한다. 춤의 언어가 적지 않게 담겨 있기 때문이다. 물론 시를 시인의 개인적인 감상의 글 정도로 평가할 수도 있다. 그러나 그렇다고 하더라도 시인이 춤을 보고 춤사위를 묘사한 시어詩語에 주목할 필요가 있다. 당대의 시인들은 무희의 아름다운 미모와 가냘픈 몸매, 그리고 매혹적으로 현란하게 움직이는 춤사위에 넋을 잃었고, 그 감흥이 쉽게 가라앉지 않아 붓을 들어 춤의 매력을 시어詩語로 묘사했기 때문이다. 그들은 나풀나풀 허공으로 소맷자락을 날리며, 연꽃이 뱅글뱅글 도는 듯 어여쁘게 돌아가다가, 갑자기 회오리바람이 불듯 세차게 회전하고, 또 불현듯 허리를 꺾어 몸을 뒤로 젖히기도 하는 등, 변화무쌍하게 움직이는 무자舞者의 춤사위에 사로잡혀 때로는 사실적으로, 때로는 은유적으로 춤사위를 묘사했다.

특히 당대에는 중원 대륙이 통일되면서 남북조 악무가 합쳐졌을 뿐만 아니라, 외국의 악무까지 대거 유입되면서 다양하게 연출되었다. 게다가 과거시험에서 시율이 강조되면서 시인의 수도 늘고 시작품도 많아졌기 때문에, 다양한 춤종목들이 당시唐詩에 회자될 수 있었다. 당대의 수많은 춤종목들은 춤의 특징으로 구분하여, 비교적 우아하고 서정적인《연무》와 경쾌하고 역동적인《건무》로 구분하기도 하고, 연출 양식에 따라 구분하여, 당상에서 공연되는 것은《좌부기》, 당하에서 공연되는 것은 입부기로 구분하기도 했으며, 이외에 주변국의 악무를 수용하여《구부기》와《십부기》로 구분하기도 했다. 그만큼 다양한 춤이 추어졌다는 것이다.

당대 시인 묵객들은 어떤 춤을 보았고, 또 어떤 춤에 주목했을까? 또 춤의 무엇을 보았고 그것에서 어떤 것을 느꼈을까? 그것들은 모두 그들의 글 그릇에 담겨 있다. 그들의 붓 끝에 묘사된 당대의 수많은 무자舞者의 미소와 눈물, 그리고 가는 허리 낭창거리는 춤사위, 눈발이 날리듯 소맷자락이 휘도는 춤사위를 따라 무경舞境으로 들어가 보자.

목차

1. 강남에서 기쁘게도 소구철을 만나 장안에서 놀던 옛일을 이야기해서 장난삼아 주는 50운

江南喜逢蕭九徹因話長安舊遊戲贈 五十韻[1]

白居易
백 거 이

생각해보니 옛날 즐겁게 노닐던 우리
憶昔嬉遊伴[2]
억 석 희 유 반

자주 어울려 흥겨운 연회에 갔었지
多陪歡宴場
다 배 환 연 장

영락방에서 잠시 함께 살기도 했고
寓居同永樂[3]
우 거 동 영 락

평강방에서 함께 은밀하게 모이기도 했었지
幽會共平康[4]
유 회 공 평 강

사자를 보러 전곡으로 찾아갔었는데
師子尋前曲
사 자 심 전 곡

태상악인이 내교방에서 나왔었지
聲兒出內坊[5]
성 아 출 내 방

꽃이 무성한 곳은 태노의 집이었고
花深態奴宅
화 심 태 노 택

---

1 『全唐詩』 권462

2 유반遊伴: 함께 놀았던 동료.

3 우거寓居: 정착하지 않고 임시로 사는 것.

4 유회幽會: 은근한 약속. 뜻이 맞는 벗과의 좋은 약속을 말한다. 평강平康: 왕인유王仁裕의 「개원천보일사開元天寶軼事」에 "장안長安에 평강방平康坊이 있는데 기녀妓女가 거주하는 곳이다. 경도京都의 협소俠少들이 이곳에 모인다. 또한 매년 새 진사進士들이 홍전명지紅箋名紙로써 그 안에서 노닐며 알현했다. 당시 사람들이 이 방을 풍류수택風流藪澤이라 했다."고 했다.

5 성아聲兒: 당대 교방의 태상악인太常樂人. 내교방은 당나라 고조 재임 기간에 처음 설립되었다 [『舊唐書』 「職官志」: 內敎坊, 武德已來, 置於禁中, 以按習雅樂, 以中官人充使]. 무덕武德(618-626)은 고조의 연호.

대나무로 장식한 곳은 득련의 집이었지 　竹錯得憐堂
　죽 착 득 련 당

뜰에는 뒤늦게 붉은 작약이 피었었고 　庭晚開紅藥
　정 만 개 홍 약

문에는 한가롭게 푸른 버들이 드리웠었지 　門閒蔭綠楊
　문 한 음 록 양

거쳐간 곳 모두 같은 거리에 있었고 　經過悉同巷
　경 과 실 동 항

자리 잡은 곳도 모두 담장이 맞닿아있었지 　居處盡連墻
　거 처 진 연 장

그 당시엔 머리를 높게 빗어 올리고 　時世高梳髻
　시 세 고 소 계

화장을 맑게 하는 게 유행했었지 　風流澹作妝
　풍 류 담 작 장

머리에는 홍석죽 꽃을 꽂고 　戴花紅石竹
　대 화 홍 석 죽

어깨는 자줏빛 빈랑 열매에 물들었었지 　帔暈紫檳榔⁶
　피 훈 자 빈 랑

트레머리 움직이면 매미 날개 매달려 있는 듯 　鬢動懸蟬翼
　빈 동 현 선 익

비녀 드리운 곳엔 작은 봉황새 줄지어 나는 듯 　釵垂小鳳行
　채 수 소 봉 행

가슴에 뽀얀 분 살짝 펴 바르고 　拂胸輕粉絮
　불 흉 경 분 서

손 덮혀주니 작은 향주머니 같았지 　煖手小香囊
　난 수 소 향 낭

좋은 짝 골라 은촛대 옮기고 　選勝移銀燭
　선 승 이 은 촉

기쁘게 맞아들여 옥술잔 들었었네 　邀歡擧玉觴
　요 환 거 옥 상

화로 연기에 사향 향내 가득하고 　爐煙凝麝氣
　노 연 응 사 기

술 빛깔은 연한 노란빛이었지 　酒色注鵝黃⁷
　주 색 주 아 황

6　피帔: 어깨 없는 웃옷. 빈랑檳榔: 빈랑나무 열매. 씹으면 입이 온통 빨갛게 된다.
7　아황鵝黃: 연한 노란 색.

변화무쌍한 피리소리 멈출 듯 다시 이어지고	急管停還奏 급 관 정 환 주
성대하던 현악기 소리 잦아들다 다시 커지면	繁絃慢更張 번 현 만 갱 장
빙빙 돌며 춤추는 소매 눈발이 날리는 듯	雪飛廻舞袖 설 비 회 무 수
노랫소리 맴도는 대들보엔 먼지 일어날 듯	塵起繞歌梁[8] 진 기 요 가 량
옛노래 조소곡 거듭 부르고	舊曲飜調笑[9] 구 곡 번 조 소
새 노래 의양곡도 연주했었지	新聲打義揚 신 성 타 의 양
다정하기로는 아연이 최고였고	酩情推阿軏[10] 명 정 추 아 궤
말 잘하기로는 추양을 인정했었네	巧語許秋孃 교 어 허 추 양
바람이 따뜻해져 봄도 장차 저물 듯한데	風暖春將暮 풍 난 춘 장 모
별들이 돌아왔지만 밤은 아직 끝나지 않았었지	星廻夜未央[11] 성 회 야 미 앙
연회도 안 끝나니 화장도 고치고	宴餘添粉黛 연 여 첨 분 대
술자리 길어지니 옷도 바꿔입었지	坐久換衣裳 좌 구 환 의 상
짝을 지어 깊숙한 기원으로 돌아가더니	結伴歸深院 결 반 귀 심 원

---

8 비량진飛梁塵:『태평어람太平御覽』권572에 한나라 유향劉向의『별록別錄』을 인용하여, "한나라가 흥한 이래로 노래 잘하는 노나라 사람 우공이 뽑혔는데, 소리가 청량하여 들보의 먼지가 진동했다[漢興以來, 善歌者魯人虞公, 發聲淸哀, 蓋動梁塵]"라고 했다. 이후에 "양진비梁塵飛"는 곡조가 고결한 묘미가 있어 사람을 감동시킴을 형용하는 말이 되었다.

9 조소조笑調笑: 사패詞牌 이름이다. 일명 〈삼대령三台令〉, 〈전응곡轉應曲〉, 〈조소사調嘯詞〉, 〈궁중조소宮中調笑〉 등.

10 軏는 軟의 오기인 듯하다.

11 성회星廻: 별들이 제자리로 돌아간다는 뜻으로, 하루가 꼬박 지나갔다는 의미. 별들은 동쪽에서 서쪽으로 하루에 한 바퀴씩 돈다. 해와 달과 마찬가지다. 별들의 이동은 지구가 서쪽에서 동쪽으로 자전을 하므로 나타나는 현상이다. 이를 별의 일주 운동이라고 한다.

둘씩 나뉘어 침실로 들어갔었지

비취새 그려진 비단 휘장을 젖히니

원앙새 수놓은 비단 자리 펼쳐져 있었지

자고 가라 다투며 소매를 붙잡기도 하고

잠도 쏟아져 각자 침상을 차지했었지

푸른 창문엔 물그림자 희미하게 비치고

붉은 벽엔 등불 그림자 아른거리는데

거울 찾아 화전을 떼더니

상대를 불러 겹당을 풀게 하고

장엽 붙인 채 넌지시 요염하게 웃으니

속삭이는 입술의 연지 향기로웠네

종소리 듣고 일어나 앉아 있다가

날 밝는 것 부끄러워 휘장 뒤에 숨는데

눈썹은 지워져 아름답던 눈썹 희미하고

쪽머리 풀려 높았던 트레머리 늘어졌었지

......

分頭入洞房[12]
분 두 입 동 방

綵帷開翡翠
채 유 개 비 취

羅薦拂鴛鴦
나 천 불 원 앙

留宿爭牽袖
유 숙 쟁 견 수

貪眠各占牀
탐 면 각 점 상

綠窗籠水影
녹 창 롱 수 영

紅壁背燈光
홍 벽 배 등 광

索鏡收花鈿[13]
색 경 수 화 전

邀人解袷襠[14]
요 인 해 겹 당

暗嬌妝靨笑[15]
암 교 장 엽 소

私語口脂香
사 어 구 지 향

怕聽鐘聲坐
파 청 종 성 좌

羞明映縵藏
수 명 영 만 장

眉殘蛾翠淺
미 잔 아 취 천

鬟解綠雲長[16]
환 해 록 운 장

......

---

12 동방洞房: 침실. 깊숙한 방. 화촉동방華燭洞房, 동방화촉洞房華燭.

13 화전花鈿: 이마 중앙에 붙이는 꽃잎 모양의 장식.

14 겹당袷襠: 저고리 위에 걸치는 소매 없는 옷.

15 장엽妝靨: 화전의 일종으로 보조개 부근에 붙이는 장식.

16 녹운綠雲: 머리숱이 많고 검은 머리.

2. 옛날의 장안을 생각하다
長安古意[1]

蘆照鄰
노 조 린

장안의 큰 도로는 골목들과 연결되어 있어서   長安大道連狹斜[2]
         장 안 대 도 연 협 사

푸른 소 흰 말이 끄는 칠향거와   靑牛白馬七香車[3]
         청 우 백 마 칠 향 거

호화로운 수레 종횡으로 공주의 저택을 방문하고   玉輦縱橫過主第[4]
         옥 연 종 횡 과 주 제

화려한 채찍질 연이어 고관대작의 집을 향해 가네   金鞭絡繹向侯家[5]
         금 편 락 역 향 후 가

용이 보개를 머금고 아침 해를 받들고   龍銜寶蓋承朝日[6]
         용 함 보 개 승 조 일

봉황은 유소를 토하여 저녁놀을 띠네   鳳吐流蘇帶晚霞[7]
         봉 토 류 소 대 만 하

길게 날리는 거미줄은 다투어 나무를 두르고   百丈遊絲爭繞樹[8]
         백 장 유 사 쟁 요 수

---

1 『全唐詩』권41. 고의古意: 옛일에 의탁하여 지금을 읊은 의고擬古의 작품.

2 협사狹斜: 작은 길.

3 칠향거七香車: 7가지 종류의 향나무로 만든 호화로운 수레.

4 옥련玉輦: 황제가 타는 수레. 호화로운 수레의 범칭. 주제主第: 공주公主의 호화로운 저택.

5 금편金鞭: 호화롭게 장식한 말채찍. 낙역絡繹: 끊임없이 이어짐. 후가侯家: 고관대작의 집.

6 용함보개龍銜寶蓋: 보개寶蓋는 옥련玉輦(가마) 위의 화려한 거개車蓋(비나 햇빛을 가리기 위해 수레 위에 친, 우산 같은 덮개). 그것을 용 모양으로 만들어 마치 거개를 머금고 있는 듯하여 '용함보개'라고 한다.

7 봉토유소鳳吐流蘇: 오채五彩의 새 깃이나 비단 등으로 만든 이삭 모양의 장식. 수레 휘장에 수놓은 봉황이 마치 늘어뜨린 유소流蘇를 토하고 있는 듯하여 '봉토유소'라고 일컫는다. 유소는 깃발이나 가마, 옷 등에 갖가지 실로 매듭짓거나 꼬아서 다는 술.

8 유사遊絲: 거미와 같은 곤충 등이 토해놓은 실. 일종의 거미줄 등을 말함.

일군의 예쁜 새들은 꽃 속에서 함께 노래하네 　一羣嬌鳥共啼花
　　　　　　　　　　　　　　　　　　일 군 교 조 공 제 화

노래하는 새와 노니는 나비들은 궁궐 문 옆에 있고 　啼花戲蝶千門側[9]
　　　　　　　　　　　　　　　　　　제 화 희 접 천 문 측

푸른 나무와 보름달은 수만 가지 색을 띠네 　碧樹銀臺萬種色[10]
　　　　　　　　　　　　　　　　　　벽 수 은 대 만 종 색

복도의 격자창은 합환 무늬로 장식하고 　複道交窗作合歡[11]
　　　　　　　　　　　　　　　　　　복 도 교 창 작 합 환

쌍궐에 이어진 용마루에는 봉황 날개를 드리웠네 　雙闕連甍垂鳳翼[12]
　　　　　　　　　　　　　　　　　　쌍 궐 연 맹 수 봉 익

양가의 화각은 하늘로 솟아 있었고 　梁家畫閣天中起[13]
　　　　　　　　　　　　　　　　　　양 가 화 각 천 중 기

한나라 황제의 높은 기둥은 구름 밖까지 뻗었었네 　漢帝金莖雲外直[14]
　　　　　　　　　　　　　　　　　　한 제 금 경 운 외 직

누대 앞에서 서로 바라보아도 아는 사이가 아닌데 　樓前相望不相知
　　　　　　　　　　　　　　　　　　누 전 상 망 불 상 지

길에서 상봉하는 이가 어찌 서로 아는 사람들이겠는가? 　陌上相逢詎相識
　　　　　　　　　　　　　　　　　　맥 상 상 봉 거 상 식

피리 부는 이가 붉은 구름을 향해 갔는지 물어보니 　借問吹簫向紫煙[15]
　　　　　　　　　　　　　　　　　　차 문 취 소 향 자 연

일찍이 춤을 배우느라 꽃다운 나인 지나갔다고 하네 　曾經學舞度芳年
　　　　　　　　　　　　　　　　　　증 경 학 무 탁 방 년

비목을 이룬다면 어찌 죽음을 사양하랴? 　得成比目何辭死[16]
　　　　　　　　　　　　　　　　　　득 성 비 목 하 사 사

9　천문千門: 궁문宮門.

10　은대銀臺: 달을 칭함. 보름달이 별처럼 빛나고 은처럼 빛난다는 뜻으로, 달을 은대라고 부른다.

11　복도複道: 각도閣道. 누대 사이의 통로. 그 아래에 길이 있어서 복도라고 함. 교창交窗: 격자창.
　　합환合歡: 자귀나무. 격자창 위에 새겨진 장식을 말함.

12　쌍궐雙闕: 황궁 문 앞의 좌우 문루門樓.

13　양가梁家: 동한東漢 순제順帝 때의 양태후梁太后 오빠인 양기梁冀를 말한다. 양기는 사치가
　　심하여 화려하게 저택을 꾸몄다고 한다. 화각畫閣: 화려한 누각.

14　금경金莖: 한무제漢武帝가 건장궁建章宮에 세웠던 21장丈 높이의 구리기둥. 1장은 대략 3m로
　　구리기둥이 63m 가량 된다. 우리나라 아파트 23~25층 정도의 높이이다.

15　취소吹簫: 소사蕭史가 소簫를 잘 불어서 진목공秦穆公이 딸 농옥弄玉을 그의 처로 삼게 하였는
　　데, 어느 날 두 사람은 봉황을 타고 날아갔다는 고사가 전한다. 자연紫煙: 붉은 상서로운 구름.
　　무희에게 짝을 만났는지를 물어보는 것이다.

원앙이 되고 싶지 신선을 부러워하진 않네	願作鴛鴦不羨仙[17]
	원 작 원 앙 불 선 선
비목과 원앙이야말로 참으로 부러워할 만하니	比目鴛鴦眞可羨
	비 목 원 앙 진 가 선
쌍으로 가고 쌍으로 오는 것을 그대 보지 못했는가?	雙去雙來君不見
	쌍 거 쌍 래 군 불 견
장막 처마에 수놓은 외로운 난새를 가장 싫어하고	生憎帳額繡孤鸞[18]
	생 증 장 액 수 고 난
문의 발에 붙여놓은 쌍 제비를 제일 좋아하네	好取門簾帖雙燕
	호 취 문 렴 첩 쌍 연
쌍 제비가 쌍으로 날며 화려한 대들보를 도니	雙燕雙飛繞畫梁
	쌍 연 쌍 비 요 화 양
비단 휘장 비췻빛 옷에서 울금향이 풍기네	羅幃翠被鬱金香[19]
	라 위 취 피 울 금 향
조각조각 흘러가는 구름은 선빈에 드러나고	片片行雲著蟬鬢[20]
	편 편 행 운 저 선 빈
작고 작은 초생달은 부녀자들의 이마 위에 있네	纖纖初月上鴉黃[21]
	섬 섬 초 월 상 아 황
액황과 흰 분으로 단장한 미녀들 수레에서 내리더니	鴉黃粉白車中出[22]
	아 황 분 백 거 중 출
교태를 머금고 아양을 떠는 자태 한 두가지가 아니네	含嬌含態情非一[23]
	함 교 함 태 정 비 일

---

16 비목比目: 비목어比目魚. 즉 가자미. 눈이 한쪽으로 몰려 있어 항상 두 마리가 짝을 이루어
   움직인다고 함. 반려伴侶를 비유하여 쓰인다.

17 원앙鴛鴦: 암수가 항상 함께 다닌다고 하여 남녀의 애정을 비유함.

18 생증生憎: 가장 미워한다는 뜻.

19 취피翠被: 비취새의 깃털로 짠 옷. 혹은 비취새의 문양을 수놓은 옷. 비취새는 물총새를 말함.
   울금향鬱金香: 생강과 향초의 일종. 의복 등에 향료로 사용함.

20 선빈蟬鬢: 옛 여인의 머리 스타일의 일종. 위문제魏文帝의 궁녀 막경수莫瓊樹가 매미 날개처럼
   하늘거리는 머리 모양을 꾸며서 선빈이라 불렀다고 함.

21 아황鴉黃: 옅은 황색. 육조 및 당나라 때 부녀자들이 이마에 황색 화장을 했는데 이를 '액황額
   黃'이라 하였음.

22 액황額黃: 이마에 황색으로 화장을 한 것을 일컬음. 당대 여인들은 머리를 높게 틀어 올렸고,
   뽀얀 분칠을 한 얼굴에 볼은 발그레하게 칠하고, 이마엔 '화전花鈿'으로, 앵두같이 붉은 입술
   양가엔 '장엽妝靨'으로 치장하기도 했다.

23 태정態情: 아양을 떠는 모습.

아리따운 가동의 보마에는 철청색 문양이 있고　　　妖童寶馬鐵連錢[24]
　　　　　　　　　　　　　　　　　　　　　　　요 동 보 마 철 연 전

무희의 가마는 용 모양의 황금 경첩으로 꾸몄네　　　娼婦盤龍金屈膝[25]
　　　　　　　　　　　　　　　　　　　　　　　창 부 반 룡 금 굴 슬

어사부에서는 까마귀가 밤에 울고　　　　　　　　御史府中烏夜啼[26]
　　　　　　　　　　　　　　　　　　　　　　　어 사 부 중 오 야 제

정위문 앞에는 참새가 깃들려 하네　　　　　　　廷尉門前雀欲栖[27]
　　　　　　　　　　　　　　　　　　　　　　　정 위 문 전 작 욕 서

희미하게 보이는 궁성은 옥도에 임해 있고　　　　隱隱朱城臨玉道[28]
　　　　　　　　　　　　　　　　　　　　　　　은 은 주 성 임 옥 도

아득하게 멀리 보이는 수레 휘장은 금제로 사라지네　　遙邈翠幰沒金堤[29]
　　　　　　　　　　　　　　　　　　　　　　　요 요 취 헌 몰 금 제

두릉 북쪽에선 활을 끼고 매를 날리는데　　　　　挾彈飛鷹杜陵北[30]
　　　　　　　　　　　　　　　　　　　　　　　협 탄 비 응 두 릉 북

위수 다리 서쪽에선 협객들이 복수를 계획하네　　　探丸借客渭橋西[31]
　　　　　　　　　　　　　　　　　　　　　　　탐 환 차 객 위 교 서

모두 협객의 부용검을 맞이하더니　　　　　　　俱邀俠客芙蓉劍[32]
　　　　　　　　　　　　　　　　　　　　　　　구 요 협 객 부 용 검

24　요동妖童: 아름답게 꾸민 권문세도가의 가동歌童. 보마철연전寶馬鐵連錢: 보마寶馬는 화려하
　　게 꾸민 말. 철연전鐵連錢은 철청색鐵靑色에 둥근 동전 모양의 문양이 있는 것.

25　창부娼婦: 무녀舞女. 반룡금굴슬盤龍金屈膝: 구불구불한 용 모양의 황금 굴슬. 굴슬은 굴술屈戌
　　이라고도 하며, 병풍이나 창문 등에 사용하는 경첩을 일컫는다.

26　어사御使: 시어사侍御史. 원진元稹의 「유급지가 〈오야제〉를 연주하는 소리를 듣고 짓다[聽庾及
　　之彈烏夜啼引]」에 "… 남편은 감옥에 있고 아내는 규방에 있는데, 관가에서 사면하려고 하자
　　까마귀가 아내에게 알리네. 까마귀 앞에서 거듭 절하며 눈물이 빗물처럼 흐르는데, 까마귀가
　　슬픈 노래 부르니 아내는 말로 암송했네 …[良人在獄妻在閨 官家欲赦烏報妻 烏前再拜淚如雨 烏作
　　哀聲妻暗語]"라는 내용이 전한다.

27　정위廷尉: 사법관司法官. 『사기』 「급암열전汲黯列傳」에 적공翟公이 정위가 되었을 때는 문전
　　에 빈객이 넘쳤었는데 파직한 후에는 문 앞에서 그물로 참새를 잡을 만했다고 전한다.

28　주성朱城: 궁성宮城. 옥도玉道: 도로가 평탄하고 깨끗한 것을 말한다.

29　취헌翠幰: 푸른 깃으로 장식한 수레 휘장. 금제金堤: 견고하고 아름다운 석제石堤(돌로 만든
　　제방).

30　협탄비응挾彈飛鷹: 탄궁彈弓을 끼고 매를 날려 사냥함. 두릉杜陵: 한나라 선제宣帝의 능묘.
　　장안 동남쪽에 있음. 귀족자제들의 유락처遊樂處로 사용되었던 곳이다.

31　탐환차객探丸借客: 유협遊俠이 사람을 죽여 원수를 갚아주는 것을 말한다. 위교渭橋: 장안 서
　　북쪽 위수渭水 위의 다리.

복사꽃 오얏꽃이 핀 좁은 길의 기생집에 함께 머무네 · 共宿娼家桃李蹊
공 숙 창 가 도 리 혜

기생집에 날 저물면 붉은 비단 치마의 미녀들 · 娼家日暮紫羅裙
창 가 일 모 자 라 군

맑은 노래 한 곡조에 입에서 향내 퍼지네 · 清歌一囀口氛氳[33]
청 가 일 전 구 분 온

북당엔 밤마다 사람이 달처럼 뜨고 지고 · 北堂夜夜人如月[34]
북 당 야 야 인 여 월

남쪽 길엔 아침마다 기마가 구름처럼 몰려드네 · 南陌朝朝騎似雲
남 맥 조 조 기 사 운

남쪽 길과 북당은 북쪽 마을과 이어져 있고 · 南陌北堂連北里[35]
남 맥 북 당 연 북 리

오거리 교차로와 삼거리엔 시장이 있네 · 五劇三條控三市[36]
오 극 삼 조 공 삼 시

여린 버들과 푸른 홰나무 땅에 닿게 늘어져 있고 · 弱柳青槐拂地垂
약 유 청 괴 불 지 수

상서로운 기운의 붉은 먼지 어두운 하늘에 일어나니 · 佳氣紅塵暗天起
가 기 홍 진 암 천 기

한나라 때의 금오의 천 기마가 오는 듯하네 · 漢代金吾千騎來[37]
한 대 금 오 천 기 래

비췻빛 술 앵무잔에 담겨 있고 · 翡翠屠蘇鸚鵡杯[38]
비 취 도 소 앵 무 배

비단 적삼 고름 그대를 위해 푸네 · 羅襦寶帶爲君解[39]
라 유 보 대 위 군 해

연나라 노래와 조나라 춤을 그대를 위해 펼치자 · 燕歌趙舞爲君開[40]
연 가 조 무 위 군 개

---

32 부용검芙蓉劍: 보검의 이름.

33 분온氛氳: 열렬한 방향芳香의 기운.

34 북당北堂: 창가娼家의 내실.

35 북리北里: 창기들이 모여 사는 평강리平康里. 장안의 북문 안에 있었다.

36 오극삼조五劇三條: 오거리의 교차로와 삼거리 길. 삼시三市: 하루에 세 번 서는 시장.

37 금오金吾: 집금오執金吾. 경성京城의 방위防衛를 담당했다.

38 도소屠蘇: 도소주屠蘇酒로 약주藥酒의 이름이다. 앵무배鸚鵡杯: 앵무새 모양의 술잔.

39 유유襦: 단의短衣.

40 연가조무燕歌趙舞: 전국시대 연나라와 조나라에는 가무가 성행하였다. 이로 인해 미묘한 가무의 범칭으로 쓰인다.

장군과 재상이라 칭하는 유달리 사치하는 자들이	別有豪華稱將相 별 유 호 화 칭 장 상
해가 돌고 하늘이 돌아도 서로 (미인을) 양보하질 않네	轉日回天不相讓[41] 전 일 회 천 불 상 양
그 기상은 관부를 배척한 데에서 유래하고	意氣由來排灌夫[42] 의 기 유 래 배 관 부
권력을 마음대로 휘두름은 결코 소상을 용납하지 않으니	專權判不容蕭相[43] 전 권 판 부 용 소 상
권력을 휘두르는 기상은 영웅호걸인데	專權意氣本豪雄 전 권 의 기 본 호 웅
그들의 준마는 남녀가 정을 나누는 곳에 있네	靑虯紫燕坐春風[44] 청 규 자 연 좌 춘 풍
가무는 천 년 동안 이어질 것이라고 중얼거리며	自言歌舞長千載 자 언 가 무 장 천 재
사치는 오공을 능가한다고 스스로 교만하게 말했지만	自謂驕奢凌五公[45] 자 위 교 사 능 오 공
계절 경물의 풍광은 서로 기다려주지 않고	節物風光不相待 절 물 풍 광 불 상 대
상전벽해처럼 순식간에 변해	桑田碧海須臾改 상 전 벽 해 수 유 개
옛날 호화롭던 저택에는	昔時金階白玉堂[46] 석 시 금 계 백 옥 당
지금은 다만 푸른 소나무만 남아 있고	卽今唯見靑松在[47] 즉 금 유 견 청 송 재

---

41 전일회천轉日回天: 권세가 막강함을 말함.

42 관부灌夫: 한나라 무제 때의 사람. 성품이 강개하여 술에 취하면 꺼리는 것이 없었는데, 승상 丞相 전분田蚡에게 불경죄를 지어 탄핵을 받고 처형되었다.

43 소상蕭相: 한나라 원제元帝 때의 전장군前將軍 소망지蕭望之를 말함. 황제에게 환관 석현石顯 을 신임하지 말라고 간언했다가 후에 석현에게 모함을 받아 자살한다.

44 청규자연靑虯紫燕: 청규와 자연은 모두 준마의 이름이다. 춘풍春風: 남녀가 정을 나누는 일을 비유하여 쓴 말이다.

45 오공五公: 한나라 때의 장탕張湯·두주杜周·소망지蕭望之·풍봉세馮奉世·사단史丹 등 권문귀 족을 일컫는다.

46 금계백옥당金階白玉堂: 호화로운 저택.

47 청송靑松: 분묘墳墓를 말함. 옛사람들은 묘지에 소나무 등을 심었다. 오늘날에도 중국에 답사 를 다니다 보면 묘지 위에 나무가 있는 것을 종종 볼 수 있다.

적적하고 쓸쓸한 양자의 거처엔

해마다 책상에 한 권의 책뿐이라네

다만 남산의 계수나무에 꽃 피어

날아오고 날아가며 사람의 옷에 향기 풍겨주네

寂寂寥寥揚子居[48]
적 적 요 요 양 자 거

年年歲歲一牀書
년 년 세 세 일 상 서

獨有南山桂花發[49]
독 유 남 산 계 화 발

飛來飛去襲人裾
비 래 비 거 습 인 거

---

48 양자揚子: 서한西漢 말의 양웅揚雄을 말한다. 성제成帝·애제哀帝·평제平帝 때 관직에 있었으나 승진을 하지 못하였다. 나중에 천록각교서天祿閣校書로 있으면서 문을 닫고 저술만 하였다. 작자의 한미한 신세를 양웅에게 비유하여 쓴 것이다.

49 남산南山: 장안성 남쪽의 종남산終南山.

舞態

3. 전사군 여인의 춤은 연화북연가 같네
(이 곡은 본래 북동성에서 나왔다)
田使君美人舞如蓮花北鋌歌(此曲本出北同城)[1]

岑參
잠 삼

여인의 춤 연꽃이 돌고 도는 듯

세상 사람들 눈 있어도 제대로 보지 못하네

관청 바닥 가득 깔린 붉은 양탄자에서

한바탕 춤추는데 세상에 없던 춤이네

이 춤은 호인이 한나라에 전한 것

관객들 보고 놀라며 감탄하네

고운 얼굴 아름다운 눈썹 풍만한 자태

美人舞如蓮花旋[2]
미 인 무 여 연 화 선

世人有眼應未見
세 인 유 안 응 미 견

高堂滿地紅氍毹[3]
고 당 만 지 홍 구 유

試舞一曲天下無
시 무 일 곡 천 하 무

此曲胡人傳入漢[4]
차 곡 호 인 전 입 한

諸客見之驚且歎
제 객 견 지 경 차 탄

慢臉嬌娥纖復穠[5]
만 검 교 아 섬 부 농

---

1 『全唐詩』 권199. 전사군田使君: 당나라 때의 전인회田仁會(601~679). 사군使君은 자사刺史라는 관직의 한대漢代 이래의 별칭이다. 전인회가 영주자사郢州刺史를 지냈기 때문에 전사군이라 불렸다. 북동성北同城: 북쪽 변방의 작은 성을 의미하는 듯하다.
2 미인美人: 용모가 아름다운 여인 또는 미덕을 갖춘 사람. 여기서는 전사군의 여인을 가리킨다.
3 고당高堂: 높고 큰 청당廳堂. 관청관아, 대청마루 등을 뜻하는 말인데 여기서는 관청으로 풀었다.
4 호인胡人: 당대에 호胡는 북적北狄과 서방의 여러 민족을 가리키는 말이다. 당대에 서역인들이 당나라에 많이 귀화했다. 곡曲은 악곡을 말하지만, 춤을 출 때 연주되는 악곡이고, 이글의 초점이 춤에 있으므로 춤으로 풀이했다.
5 만검慢臉: 섬세하고 부드럽고 미려한 얼굴. 교아嬌娥: 누에나방 모양처럼 아름다운 미인의 눈썹. 섬부농纖復穠: 몸매가 뚱뚱하지도 여위지도 않은 풍만한 여인의 자태.

가벼운 비단옷엔 금실로 수놓은 꽃 만발하네   輕羅金縷花蔥蘢[6]
경 나 금 루 화 총 롱

돌고 도는 옷자락과 소매는 날리는 눈발 같고   回裾轉袖若飛雪
회 거 전 수 약 비 설

좌로 돌고 우로 도니 돌개바람이 이네   左鋋右鋋生旋風[7]
좌 연 우 연 생 선 풍

비파와 횡적 소리 아직 한 곡도 끝내지 못했는데   琵琶橫笛和未匝
비 파 횡 적 화 미 잡

화문산 꼭대기에 저물녘 구름이 와 닿네   花門山頭黃雲合[8]
화 문 산 두 황 운 합

갑자기 〈출새곡〉과 〈입새곡〉 연주되자   忽作出塞入塞聲[9]
홀 작 출 새 입 새 성

백초에 모래바람이 쏴아쏴아~ 차갑게 부는 듯   白草胡沙寒颯颯[10]
백 초 호 사 한 삽 삽

몸 재껴 빠르게 춤을 추니 신들린 듯하고   飜身入破如有神[11]
번 신 입 파 여 유 신

앞을 보고 뒤를 보며 돌고 도는 것이 이채롭네   前見後見回回新
전 견 후 견 회 회 신

비로소 여러 곡과 비교할 수 없음을 알게 되니   始知諸曲不可比
시 지 제 곡 불 가 비

〈채련곡〉과 〈낙매곡〉은 귀만 시끄럽게 할 뿐이네   采蓮洛梅徒聒耳
채 련 낙 매 도 괄 이

세상 사람들이 배우는 춤은 오직 이 춤뿐이라지만   世人學舞祗是舞
세 인 학 무 지 시 무

어찌 저 여인의 자태를 얻을 수 있으리오?   恣態豈能得如此[12]
자 태 기 능 득 여 차

---

6 화총롱花蔥蘢: 옷에 수놓은 꽃가지가 무성하다는 뜻. 총롱蔥蘢: 무성한 모양을 묘사한 말.

7 송宋 계민부計敏夫 撰, 『당시기사唐詩紀事』 권23에는 "左旋古旋生放風"으로 되어 있다. 古는 右의 오기로 보인다. 旋과 鋋은 모두 돌고 도는 회전 동작을 묘사한 말이다.

8 황운黃雲: 저물녘의 구름.

9 출새입새出塞入塞: 〈출새곡〉과 〈입새곡〉을 말한다. 당시 전쟁터에 나갈 때는 〈출새곡〉을, 전쟁터에서 돌아올 때는 〈입새곡〉을, 전쟁터에서는 〈새하곡塞下曲〉을 연주하고 노래했다.

10 백초白草: 중국 서북방 사막 초원에 우거진 띠풀. 꽃이 하얗기에 백초라고 부른다. 호사胡沙: 서방과 북방의 사막 혹은 모래바람.

11 입파入破: 당나라와 송나라 때의 대곡大曲 중 한 부분의 명칭. 대곡은 대체로 산서散序·배편排遍·입파入破의 세 단계로 구성된다.

12 恣가 姿인 판본도 있다. 恣은 '마음대로·제멋대로·내키는 대로 하다'라는 뜻이 있고, 姿는

【참고】

○ 출새곡出塞曲

〈출새곡〉은 악부체 횡취곡橫吹曲의 하나로 출정의 노래이다. 〈입새곡入塞曲〉과 더불어 시인들이 남긴 여러 편의 글이 전하는데, 당나라 두보杜甫(712-770)의 〈전출새前出塞〉 아홉 수와 〈후출새後出塞〉 다섯 수가 대표적이다. 『악부시집樂府詩集』 권22 「횡취곡사橫吹曲辭」에 여러 시인의 〈출새곡〉이 실려 있다.

○ 채련采蓮

〈채련〉에 관해 송宋나라 진양陳暘의 『악서樂書』에 다음과 같이 전한다.

"〈채련〉을 출 때는 붉은 그림이 그려진 짧은 소매와 폭이 넓은 치마를 입는다. 구름 모양의 머리를 정수리에 틀어 올렸고, 아름답게 장식한 배에 타서 꽃을 들고 있네. 당나라 화응和凝의 〈채련곡採蓮曲〉에 '물결 위 사람은 반옥아潘玉兒 같고, 손바닥 안의 꽃은 조비연趙飛燕 같네'라고 한 것이 이것이다. 지금 교방에 쌍조雙調가 남아 있다."[13]

『악서』《잡악雜樂》에는 〈채련採蓮〉으로, 최령흠崔令欽의 『교방기敎坊記』에는 〈채련자采蓮子〉라는 악무명으로 전한다.

○ 반옥아潘玉兒

반옥아는 남제南齊(479-520)의 동혼후東昏侯 소보권蕭寶卷(498-501 재위)이 총애한 애첩이다. 소보권이 땅에 황금 연꽃을 깔아 놓고 총비寵妃인 반옥아에게 밟고 가게 하면서 "걸음마다 연꽃이 피어나누나[步步生蓮花]"라고 일컬었던 것에 따라 '반비보보潘妃步步'라는 말이 전하게 되었다.[14]

'모양·맵시·자태·풍취·멋'의 뜻이 있다. 여기서는 자태[姿]의 의미로 풀이했다.

13 『樂書』 권185 「樂圖論」 〈採蓮〉: "〈採蓮〉之舞衣, 紅繪短袖暈裙, 雲鬟髻, 乘綵船, 持花. 唐和凝〈採蓮曲〉曰: '波上人如潘玉兒, 掌中花似趙飛燕', 是也. 今敎坊雙調有焉."

14 宋 李昉等 撰, 『太平御覽』 권999: "玉兒, 東昏侯潘淑妃, …… 爲蓮花貼地上, 令潘妃行曰, '步步生蓮花'." 이외에 『南史』 「齊紀下」 「廢帝東昏侯」 참고.

○ 조비연趙飛燕

조비연은 한나라 성제成帝(B.C.32-B.C.7 재위)의 애첩으로 가냘픈 미인의 대명사이다. 본 이름인 조의주趙宜主 대신 '나는 제비'라는 뜻인 '조비연'으로 불렸다. 이렇게 불리게 된 이유는 다음의 일화에 있다. 어느 날 성제가 호숫가에서 연회를 베풀었는데 갑자기 거센 바람이 불자 호숫가에서 춤을 추던 비연이 휘청거리며 물에 빠질 뻔했다. 놀란 황제가 다행히 그녀의 발목을 잡았는데 춤에 빠져 있던 비연은 그 상태에서도 춤추기를 그치지 않았다고 한다. 임금의 손바닥 위에서도 춤을 출 수 있을 만큼 비연의 몸이 가벼웠다는 이야기이다.

한편, 우리나라의 한성기생 중에도 조비연趙非燕이 있었다. 그러나 그 이름은 '비飛'자를 '비非'로 바꾸어 '비연만 못하다'라는 뜻이다. 그녀는 시를 짓는 재주가 있고 노래는 잘 불렀으나 몸이 너무 뚱뚱해서 춤을 추지 못했다고 한다. 그래서 스스로 몸의 민첩함이 조비연 같지 못하다 하여 비연非燕이라고 이름을 지었다고 한다.[15]

○ 대곡大曲

대곡의 형태는 이미 한(B.C.206-A.D.219) 나라와 남북조(420-589) 시대에 있었는데, 상화대곡相和大曲과 청상악淸商樂이 그 예이다. 한나라 남방지역의 민가인 상화가에 가무악이 결합되어 상화대곡이 된 것이고, 청상악은 남북조시대 남방의 민간음악이 주류를 이룬 형태로 청악淸樂이라고도 한다. 대곡의 구성은 대체로 산서·배편·입파의 세 단계로 이루어져 있으며, 배편은 중서中序라고도 한다. 산서의 단계에는 박자에 마디[節拍]가 없는 정조情調를 띤 악곡을 연주하며 춤은 추지 않는다. 배편의 단계에는 박자에 마디가 있으며 춤을 추기도 하고 추지 않기도 한다. 입파의 단계에는 반드시 춤이 있으며, 악곡의 박이 빨라지고 춤의 동작도 급격해진다. 입파에서 대곡의 절정을 이룬다.[16] 다만 대곡의 절차는 일정하지 않았고, 그 절차가 매우 길고 복잡하여 후대에는 절정 부분만 진행하기도 하고, 일부의 절차만 선택해서 진행하기도 했다.

---

15 이능화 저/ 이재곤 옮김, 『조선해어화사』, 동문선, 1992, 382쪽.
16 김학주 외 3인, 『중국공연예술』, 한국방송통신대학교출판부, 2003, 73쪽.

4. 담용랑을 노래하다
詠談容娘[1]

常非月
상 비 월

손을 들어 머리 장식 정돈하더니	擧手整花鈿[2] 거 수 정 화 전
몸 뒤로 젖히고 날리며 비단 자리에서 춤추네	飜身舞錦筵 번 신 무 금 연
말들은 공연장소에 빽빽하게 둘러서고	馬圍行處匝 마 위 행 처 잡
사람들은 공연장 둘레에서 구경하네	人簇看場圓[3] 인 족 간 장 원
노래로 일제히 화답하는데	歌要齊聲和[4] 가 요 제 성 화
감정은 작은 목소리로 전하네	情敎細語傳 정 교 세 어 전
마음은 어떠한지 알 수 없으나	不知心大小 부 지 심 대 소
얼마나 가련한지는 느낄 수 있네	容得許多憐 용 득 허 다 련

---

1 『全唐詩』 권203. 담용랑談容娘: 곡명. 〈답요랑踏謠娘〉의 다른 이름.
2 화전花鈿: 금·비취·주옥珠玉 등으로 만든 꽃 모양의 머리 장식. 화전은 이마에 붙이는 꽃잎 모양의 장식으로도 쓰인다.
3 簇이 壓인 판본도 있다.
4 要가 索인 판본도 있다.

【참고】

○ 〈답요랑〉

〈답요랑〉은 북제北齊(550-577) 때 지금의 하북河北 지방에서 생겨났으며, 민간의 가무희에서 출발하여 당대에 이르러서는 비교적 완비된 희극적인 요소를 갖추었다. 민간뿐만 아니라 궁정에서도 연출되었던 가무희의 대표적인 극 중의 하나이다.[5] 〈답요랑〉과 관련된 내용은 『교방기教坊記』[6]와 『통전通典』[7]에 전하는데, 그 내용이 비교적 상세하다. 두 문헌의 기록을 통해 이 춤의 성격을 알 수 있다.

"북제北齊(550-577) 때 소蘇씨 성을 가진 사람이 있었는데 매부리코였으며, 실제로 벼슬을 하지 않았는데도 스스로 낭중郞中이라고 불렀다. 술 마시는 것을 좋아했으며 취하면 난폭하게 굴었다. 매번 취할 때마다 항상 그의 아내를 때렸고 아내는 슬픔을 안고 이웃에 호소했다. 당시 사람들은 이 상황을 (다음과 같이) 연출했다. 남자가 여자의 옷을 입고 천천히 걸어서 입장하여 노래를 부른다. 한번 부를 때마다 주위의 사람들이 한목소리로 다음과 같이 화답했다. '춤추며 노래하네, 저 아낙네 괴로워라[踏謠, 和來, 踏謠嫏苦, 和來]' 걸으면서 춤추며 노래하였으므로 '답요踏謠'라고 했으며, 원통함을 호소한 것이므로 '고苦'라고 하였다. 남편이 등장하면, 때리고 싸우는 모습을 형용하는데, 그 모습을 보고 관객들은 웃고 즐겼다. 지금은 여자가 그 역할을 하는데, 낭중郞中이라 하지 않고 단지 아저씨[阿叔子]라고 부른다. 악조가 제멋대로이고, 또 전당포[역할]를 추가하면서 옛 뜻을 모두 상실하였다. 혹 담용낭 談容嫏이라고 부르는데 또한 옛것이 아니다."[8]

---

5   여승환, 「당대 가무희 〈답요랑〉의 성격과 연출상황 고찰」, 『중국문학연구』 권18, 한국중문학회, 1999, 94쪽.

6   『교방기』: 최령흠崔令欽이 당 현종 시기에 유행했던 음악과 춤을 기록한 책.

7   『통전』: 당나라 두우杜佑(735-812) 편찬. 총 200권.

8   『敎坊記』: "踏謠娘, 北齊有人姓蘇, 皰鼻, 實不仕, 而自號爲郎中. 嗜飮酗酒, 每醉輒毆其妻. 妻銜悲, 訴於鄰裏. 時人弄之, 丈夫著婦人衣, 徐步入場, 行歌, 每一疊, 傍人齊聲和之云, '踏謠, 和來, 踏謠娘苦, 和來' 以其且步且歌, 故謂之踏謠, 以其稱冤, 故言苦, 及其夫至, 則作毆鬪之狀, 以爲笑樂. 今則婦人爲之, 遂不呼郎中, 但云阿叔子. 調弄又加典庫, 全失舊旨, 或呼爲談容娘, 又非."(손계·최령흠 지음/ 최진아 옮김, 『북리지 교방기』, 소명출판, 2013, 258-259쪽)

"〈답요랑〉은 수隋(581–618) 말에 생겨났다. 하내河內[허난성河南省 황허黃河 이북 땅의 총칭] 지방에 추악한 모습을 하고 술을 좋아하는 사람이 있었는데 늘 스스로 낭중이라 불렀다. 술에 취하여 돌아오면 반드시 그의 아내를 때렸다. 아내는 아름다운 용모에 노래도 잘하여 원망과 괴로움의 가사로 노래를 불렀다. 하남성 이북 땅에서 매월 초하룻날에는 그 곡을 관현으로 연주했는데, 그 아내의 모습을 형용하여 아내는 매번 몸을 흔들며 슬픔을 호소하였기 때문에 답요라고 한다. 요즘 배우[優人]들이 그 제도를 상당히 고쳤으므로 옛적의 취지는 아니다."[9]

위의 글 중 '담용랑談容娘이라고 부르는데 또한 옛것이 아니다.', '요즘 배우[優人]들이 그 제도를 상당히 고쳤으므로 옛적의 취지는 아니다.'라는 내용에서 알 수 있듯이, 북제(또는 수나라)[10] 때 민간에서 비롯된 〈답요랑〉은 당나라 중기에 이르러 이미 원본과는 다른 성격의 춤으로 변모되었던 것으로 추측할 수 있다.[11] 그러나 오랜 세월이 지난 당 대까지 계속 이어져 그 이름이 전해진 것으로 볼 때, 꽤 인기 있었던 종목이었던 것은 분명하다.

---

9 『通典』권146. "踏搖娘, 生於隋末, 河內有人, 醜貌而好酒, 常自號郎中, 醉歸必毆其妻, 其妻美色善歌, 乃歌爲怨苦之詞, 河朔演其曲而被之管絃, 因寫其妻之容, 妻悲訴每搖其身, 故號踏搖云, 近代優人頗改其制度, 非舊旨也."(이민홍 역주, 『통전 악론』, 박문사, 2011, 403–404쪽)

10 〈답요랑〉의 연원이 『교방기』에는 북제로, 『통전』에는 수나라로 되어 있다.

11 "〈답요랑〉은 때와 장소에 따라 여러 가지 다른 모습으로 공연되었다. 어떤 때는 술을 경계하는 것을 주제로 하는 소극笑劇의 형식으로 공연되고, 어떤 때는 남녀 불평등을 비판하는 비극悲劇의 형식으로 공연되었다." 김광영, 「〈鉢頭〉 考」, 『중국인문과학』 제50집, 중국인문학회, 2012, 208쪽.

5. 미인이 향기를 나누다
美人分香[1]

孟浩然
맹 호 연

아름다운 자태는 본래 나라를 망하게 하는데 · 艷色本傾城[2]
염 색 본 경 성

정을 나누니 더욱 마음이 가네 · 分香更有情[3]
분 향 갱 유 정

트레머리 늘어져 풀리려 하고 · 髻鬟垂欲解[4]
계 환 수 욕 해

그린 눈썹은 가볍게 휘날리네 · 眉黛拂能輕[5]
미 대 불 능 경

춤은 평양공주의 자태를 배우고 · 舞學平陽態[6]
무 학 평 양 태

노래는 〈자야가〉 가락을 날리는데 · 歌翻子夜聲[7]
가 번 자 야 성

---

1 『全唐詩』 권160

2 염색艷色: 아름다운 자태. 경성傾城: 여자의 용모가 매우 아름다움을 형용. 경성지색傾城之色
   은 경국지색傾國之色과 같은 말로, 여인의 미색이 뛰어나 군주의 정신을 혼미하게 하니 군주가
   정사를 돌보지 않아 나라가 망한다는 뜻으로, 용모가 빼어난 절세의 미인을 의미한다. 이 외에
   경국지미傾國之美, 경성지미傾城之美, 단순호치丹脣皓齒, 명모호치明眸皓齒, 절세미인絕世美人,
   월하미인月下美人, 화용월태花容月態, 절세가인絕世佳人 등도 모두 미인을 가리키는 말이다.

3 분향分香: 향을 나눈다는 말로 여기서는 정을 나눈다는 뜻. 분향은 분향매리分香賣履의 준말로
   쓰이기도 한다. 분향매리는 향을 나누어 갖고 신을 팔았다는 뜻으로, 위魏 무제武帝[曹操]가
   임종 때에 첩들에게 한 유언이다. 죽을 때 처첩을 잊지 않겠다는 마음을 비유하여 쓴 말이다.

4 계환髻鬟: 고대 부인의 머리 모양. 정수리에 틀어 올린 머리 모양을 말한다.

5 미대眉黛: 눈썹을 그리는 먹으로 그린 눈썹.

6 평양平陽: 평양공주平陽公主. 여기서 말하는 평양공주의 자태는 의협심이 강한 여장군의 형상
   을 상징하는 것으로 볼 수 있다.

7 자야성子夜聲: 일명 〈자야가子夜歌〉. 〈자야가〉는 악부樂府 오성가곡吳聲歌曲의 이름으로, 오

유곽의 거리에 봄바람 부니

웃음 머금고 만남을 기다리네

春風狹斜道[8]
춘 풍 협 사 도

含笑待逢迎
함 소 대 봉 영

【참고】

○ 〈자야가子夜歌〉

〈자야가〉는 육조六朝시대 진晉나라의 곡으로, 『악부시집樂府詩集』에는 〈청상곡사淸商曲辭·오성가吳聲歌〉에 속해 있다. 진대에 오吳(지금의 江蘇省 南京)에 살던 자야라는 여자의 노래 음조가 애절하여 그 곡조를 〈자야가〉라 하였는데, 대부분이 남녀가 창화唱和하는 사랑의 노래이다. 제목이 비슷한 것으로 〈자야사시가子夜四時歌〉가 있으며, 사철이 한 조를 이룬다. 민간에서 자연적으로 발생하여 가장 애창되었으며, 나중에는 문인들도 '자야가'를 썼다. 『구당서舊唐書』에 다음과 같이 전한다. "〈자야子夜〉는 진晉나라의 곡이다. 진나라의 어떤 여자가 밤에 이 소리를 지었는데, 소리가 지나치게 애절하여 고통스러웠다. 진나라 때는 대낮에도 항상 귀신들이 그것을 노래로 불렀다고 전한다."[9]

　나라 땅의 민간가곡을 말한다.

8　협사狹斜: 유곽遊廓이 즐비한 거리.

9　『舊唐書』 권29: "〈子夜〉, 晉曲也. 晉有女子夜造此聲, 聲過哀苦, 晉日常有鬼歌之."

○ 평양공주

평양공주는 당 고조高祖(618-626) 이연李淵의 19명의 딸 중 셋째 딸이며, 유무주劉武周·왕세충王世充·두건덕竇建德을 소멸시키는 데 공로가 있는 시소柴紹(578-638)의 아내이다. 수나라 대업 13년(617) 이연이 병사를 일으키자, 평양공주는 스스로 남장을 하고 집안의 재산을 팔아 병사를 모았다. 당시 가장 큰 비적匪賊[10]은 서역에서 온 하반인何潘仁이었는데 평양공주는 그를 수하로 영입하고, 또 여러 비적의 무리를 받아들여 세력을 키워나갔다. 그녀는 단기간에 오합지졸을 모아 백전백승의 부대로 만들었다. 평양공주는 1만여 명의 정예 병사를 모아서 동생 이세민李世民(당 태종)과 위수渭水 북쪽 해안에서 회합했다. 평양공주의 1만 정예군은 낭자군娘子軍이라고 불렀다. 이때 그녀의 남편 시소는 이세민의 수하였고 평양공주와는 동급이었다. 부부는 각각 군대를 몰고 각자의 지휘부에서 지휘했고, 마침내 장안을 함락시킨다. 그녀는 돌궐과의 전투에서 전사했다고도 하고, 또 유혹달을 소멸시키는 중에 사망했다고도 전해진다. 당나라 때에는 강한 여성들이 많았는데 공주중에는 평양공주에 이어 태평공주와 안락공주 등이 있으나 그 재능이나 공적에서 평양공주를 따라오지는 못했다고 한다.

---

10 비적匪賊: 무기를 지니고 떼를 지어 다니며 살인과 약탈을 일삼는 도둑.

6. 옛날 놀던 것을 추억하며 초군의 참군 원연에게 부치다

憶舊遊寄譙郡元參軍[1]

李白
이백

......

자양진인이

나를 불러 옥 생황을 불고

손하루 위에서 선악을 연주하니

가락이 완연하여 마치 봉황의 울음소리 같았네

긴 소매 피리 소리 재촉하자 가볍게 들려고 했는데

한중태수 취기에 일어나 춤을 추었네

비단 도포 집어 내 몸 덮어주니

나 취해 무릎 베고 잠들었다네

......

......

紫陽之眞人[2]
자 양 지 진 인

邀我吹玉笙
요 아 취 옥 생

湌霞樓上動仙樂[3]
손 하 루 상 동 선 악

嘈然宛似鸞鳳鳴
조 연 완 사 난 봉 명

袖長管催欲輕擧
수 장 관 최 욕 경 거

漢中太守醉起舞[4]
한 중 태 수 취 기 무

手持錦抱覆我身
수 지 금 포 부 아 신

我醉橫眠枕其股
아 취 횡 면 침 기 고

......

---

1 『全唐詩』권172. 초군譙郡: 지명地名. 지금의 안후이성安徽省 보주亳州. 원참군元參軍: 이백의
   친구 원연元演. 원연은 당시 초군의 참군이었다. 참군은 군사 일을 담당하던 직책이다.

2 자양紫陽: 신선. 고대에는 신선을 자양이라고 불렀다. 진인眞人: 도교道教에서 참된 도를 닦은
   사람.

3 손하루湌霞樓: 손하는 노을을 먹는다는 뜻. 신선이 되려고 도를 닦는다는 의미를 담고 있으므
   로 신선을 의미한다. 손하루는 신선의 누각을 가리킨다.

4 한중漢中: 중국 산시성陝西省 서남쪽 한수이강漢水江 북쪽 기슭에 있는 지방. 쓰촨四川·후베이
   湖北 두 성에 걸쳐 있는 요충지로 한나라 고조의 근거지로 유명하다.

7. 장사 진태수에게 두 수를 보내다
送長沙陳太守二首[1]

李白
이 백

일곱 고을 장사국은	七郡長沙國[2] 칠 군 장 사 국
남쪽 상강가로 이어지는데	南連湘水濱 남 연 상 수 빈
한나라 정왕 대엔 춤추는 소매 드리웠지만	定王垂舞袖[3] 정 왕 수 무 수
땅이 좁아 몸조차 돌릴 수 없었네	地窄不迴身 지 착 불 회 신
……	……

【참고】

○ "땅이 좁아 몸을 돌리기 어렵다[地窄不足回旋]"라는 말은, 당시 한나라 정왕이 다스리는 땅이 너무 좁아서 겨우 팔만 펼 수 있을 뿐, 몸을 돌리며 자유롭게 춤을 출 수 없다는 뜻이다. 정왕은 경제의 정비가 아닌 정비의 시녀에게서 태어난 몸으로, 경제의 총애를 받지 못했다. 이와 관련된 일화가 『태평어람太平御覽』과 『사기세가史記世家』에 다음과 같이 전한다.

---

1 『全唐詩』 권176
2 7군七郡: 당나라 시기 담주장사군潭州長沙郡, 형주형양군衡州衡陽郡, 영주영릉군永州零陵郡 등 7군을 말함. 한나라 시기에는 모두 장사국의 땅이었다.
3 定이 吳인 판본도 있다.

"한나라 경제 2년(B.C.158), 각지에 분봉 받은 왕들이 찾아오자, 경제는 이들을 모두 생일잔치에 초대하여 춤판을 펼쳤다. (다른 왕들은 춤추며 흥겹게 즐기는데) 오직 장사의 정왕 만은 소맷자락을 펴고 손만 약간 움직일 뿐이었다. 경제가 이를 이상하게 생각하여 왜 그러는지 묻자 정왕이 '나라가 작고 땅이 좁아 몸을 돌리기가 어렵습니다.'라고 대답했다. 이에 경제는 무릉武陵·영릉零陵·계양桂陽 지방을 정왕의 영토에 속하도록 해주었다."[4]

"장사의 정왕은 유발劉發이다. 유발의 모친은 당희唐姬로, 원래 정희程姬의 시녀였다. 경제가 정희를 불렀을 때, 정희는 마침 월경 중이어서 나아가지 못하고 시녀인 당아唐兒를 분장시켜 자기 대신 들여보냈다. 황제가 술 취해서 이를 눈치채지 못하고 그녀가 정희인 줄만 알고 일을 치렀는데 (그때 시녀 당아는) 임신을 하게 된다. 임신 사실이 알려진 후 (경제가 그날 하룻밤을 보낸 이가) 정희가 아님이 발각되었다. 그녀가 아들을 낳자 그 아이의 이름을 유발이라고 지었다. 유발은 경제 전원 2년에 황자의 신분으로 장사왕이 되었다. 그는 모친의 신분이 낮아 총애를 받지 못하였으므로 저습하고 궁핍한 왕국에 봉해졌다."[5]

---

4 『太平御覽』권171: "景帝後二年, 諸王來朝, 詔稱壽朝舞. 定王但張袖小擧手. 上怪問之, 對曰, '臣國小地狹, 不足回旋', 帝以武陵·零陵·桂陽屬焉."

5 『史記』「五宗世家」: "長沙定王發, 發之母唐姬, 故程姬侍者. 景帝召程姬, 程姬有所辟, 不願進, 而飾侍者唐兒使夜進. 上醉不知, 以爲程姬而幸之, 遂有身. 已乃覺非程姬也. 及生子, 因命曰發. 以孝景前二年用皇子爲長沙王. 以其母微, 無寵, 故王卑濕貧國." (정범진 외 옮김, 『사기세가』하, 까치, 1994, 621쪽)

8. 사랑하는 이의 옥청가

情人玉清歌[1]

畢 耀
필 요

낙양에 옥청이란 이가 있는데

洛陽有人名玉清
낙 양 유 인 명 옥 청

사랑스러움이 그 이름같이 옥처럼 맑네

可憐玉淸如其名
가 련 옥 청 여 기 명

몸을 비스듬히 기울인 채 홀로 설 수 있는데

善踏斜柯能獨立[2]
선 답 사 가 능 독 립

그 아름다운 맵시는 남들이 따라오지 못하네

嬋娟花豔無人及[3]
선 연 화 염 무 인 급

진주로 치마 꾸미고 옥으로 모자 끈 장식하고

珠爲裙 玉爲纓
주 위 군 옥 위 영

봄바람 맞으며 옥 생황을 부네

臨春風 吹玉笙
임 춘 풍 취 옥 생

아득히 먼 하늘엔 별이 가득한데

悠悠滿天星[4]
유 유 만 천 성

황금각 위에서는 단장이 더디어

黃金閣上晚妝成
황 금 각 상 만 장 성

〈운화곡〉중 긴 가락 연주해도

雲和曲中爲曼聲[5]
운 화 곡 중 위 만 성

누각에 오르지 못하네

玉梯不得踏[6]
옥 제 부 득 답

---

1 『全唐詩』권255
2 사가斜柯: 몸을 비스듬히 기울인 것.
3 선연嬋娟: 가볍게 펄럭이는 모양, 맵시 있는 모양을 묘사한 말. 화염花艶: 아름답다는 말.
4 유유悠悠: 아득히 먼 모양.
5 운화雲和: 금·슬·비파와 같은 현악기의 통칭. 당나라 청악부淸樂部에 운화쟁雲和箏이라는 악기가 있었다. 만성曼聲: 길게 뽑는 목소리.
6 옥제玉梯: 화려하고 아름다운 누각.

양 소매 흔드니 아리따운데

성벽 위의 해는 또 무슨 마음일까?

搖袂兩盈盈[7]
요 메 량 영 영

城頭之日復何情[8]
성 두 지 일 부 하 정

---

7   영영盈盈: 용모가 곱고 아름다운 모양.
8   먼 하늘에 별이 떠서 곧 어두운 밤이 될 것 같은데, 해가 아직 성 머리에 걸려있는 것을 보니,
     지는 해도 옥청의 춤과 노랫소리에 관심이 있어서 머물고 있다는 의미로 풀이할 수 있다.

9. 궁사 5수
宮詞 五首[1]

顧況
고 황

궁궐의 천악은 신선을 내려오게 하고

행렬 나누어 가는 디딤새는 비단 자리를 밟네

시끌벅적한 노랫가락과 악기 소리 그치자

만인루 아래에서 금전을 거두네

九重天樂降神仙[2]
구 중 천 악 강 신 선

步舞分行踏錦筵
보 무 분 행 답 금 연

嘈囐一聲鐘鼓歇[3]
조 찰 일 성 종 고 헐

萬人樓下拾金錢
만 인 루 하 습 금 전

---

1 『全唐詩』 권267. 궁사宮司: 고대의 시체詩體. 궁중 생활의 일들을 주로 쓴 것. 칠언절구七言絶
句로 당나라 시대에 많이 보인다.

2 구중九重: 궁문宮門. 천악天樂: 선악仙樂. 선계仙界의 음악을 가리키는 말로는 '천악' 외에 '균
천광악釣天廣樂'이 있는데, 균천은 천제天帝가 산다는 천상의 중앙을 일컫는 것으로, 균천광악
이란 천상의 음악을 말한다. 『사기史記』 「조세가趙世家」에 조간자趙簡子가 5일 동안이나 앓아
누웠다가 깨어나서 대부들에게 "내가 상제가 사는 곳에 갔었는데 매우 즐거웠고, 신들과 하늘
한가운데서 노닐었소. 여러 악기로 웅장한 음악이 여러 차례 연주되는 것을 듣고 만무萬舞를
보았는데, 삼대三代의 음악과 같지는 않았으나, 그 소리가 사람의 마음을 감동시켰소."라고
말했다고 전한다. (정범진 외 옮김, 『사기세가』 하, 까치, 1994, 314-315쪽)

3 조찰嘈囐: 온갖 소리가 시끌벅적 뒤섞인 것.

10. 혼자만 뵙지 못하네
獨不見[1]

戴叔倫
대 숙 윤

황제가 있는 궁으로 가는 길 멀지 않고	前宮路非遠[2] 전 궁 로 비 원
옛 동산의 봄도 장차 피어나려고 하네	舊苑春將遍 구 원 춘 장 편
옥문에서 이른 매화 바라보고 있는데	玉戶看早梅[3] 옥 호 간 조 매
화려한 들보에 제비들이 여럿 날아드네	雕梁數飛燕[4] 조 량 수 비 연
몸은 가볍게 춤추는 소매 좇아가고	身輕逐舞袖 신 경 축 무 수
온화한 향기는 가선으로 전하며	香暖傳歌扇[5] 향 난 전 가 선
스스로 〈추풍사〉에 화답하네	自和秋風詞 자 화 추 풍 사
소양전에서 오래도록 모셨지만	長侍昭陽殿[6] 장 시 소 양 전
누가 후궁에게 소식을 전하겠는가?	誰信後庭人 수 신 후 정 인
매년 혼자만 뵙지 못하네	年年獨不見 연 년 독 불 현

---

1 『全唐詩』 권273
2 전궁前宮: 정전正殿.
3 옥호玉戶: 옥으로 꾸민 문.
4 조량雕梁: 무늬를 새긴 화려한 들보. 飛가 歸인 판본도 있다.
5 가선歌扇: 춤추고 노래할 때 쓰는 부채.
6 소양전昭陽殿: 한漢나라 성제成帝(B.C.32-B.C.7재위)의 총애를 받던 조합덕趙合德이 거처한 곳. 이후 총애를 받는 후비后妃의 궁전을 뜻하는 말로 쓰이게 되었다.

11. 고염시

古豔詩[1]

盧綸
노 륜

스스로 치마끈 들어 마음 같음을 약속하고

따뜻한 곳에 향기 깊음을 비로소 알았는데

광부 붙잡고 한가하게 묻기만 좋아하고

가무에 재물 쓸 줄은 모르네

自拈裙帶結同心
자 념 군 대 결 동 심

暖處偏知香氣深[2]
난 처 편 지 향 기 심

愛捉狂夫問閒事[3]
애 착 광 부 문 한 사

不知歌舞用黃金
부 지 가 무 용 황 금

---

1 『全唐詩』 권278. 염체艶體: 문사文詞가 화려한 시체詩體. 주로 애정시를 말한다.
2 편지偏知: 비로소 알게 됨. 知가 多인 판본도 있다.
3 광부狂夫: 방탕하고 작은 예절에 매이지 않는 사람.

12. 한밤중 연회에서 석장군의 춤을 보다
夜宴觀石將軍舞[1]

李益
이익

초승달은 동남쪽 수루 위에 떠 있는데

비파소리에 맞춰 춤추니 놀이채 던지네

횡적소리 다시 울려도 변방은 멀고

백초 우거진 사막의 서쪽 변새엔 가을이 왔네

微月東南上戍樓[2]
미 월 동 남 상 수 루

琵琶起舞錦纏頭[3]
비 파 기 무 금 전 두

更聞橫笛關山遠[4]
갱 문 횡 적 관 산 원

白草胡沙西塞秋[5]
백 초 호 사 서 새 추

---

1 『全唐詩』 권283
2 미월微月: 미월眉月. 초승달. 초승달 같은 눈썹을 가리키기도 한다. 수루戍樓: 적의 동정을 살피기 위하여 국경에 지은 높은 망루.
3 금전두錦纏頭: 춤을 추고 노래를 부른 기녀에게 주는 놀이채.
4 관산關山: 변방邊防.
5 백초白草: 중국 서북방 사막 초원에 우거진 띠풀. 그 꽃이 하얀색이라 백초라고 한다. 호사胡沙: 서방과 북방의 사막 혹은 모래바람. 변새邊塞: 나라의 경계가 되는 변두리 땅에 있는 요새.

13. 궁사 100수
宮詞 百首¹

王 建
왕 건

......

궁전 앞 내일이 중화절이라

밤새 경림에서 춤옷 나눠주네

관리에게 알려 초를 나눠주라 하고

문지기는 궁중문 열고 사람들 돌아가게 하네

......

동시에 일어나 퉁소와 피리 불자

총애받는 사람 들어와 온 궁전이 반기네

의상 가지런히 정돈하고 모두 절도를 갖추자

......

殿前明日中和節
전 전 명 일 중 화 절

連夜瓊林散舞衣²
연 야 경 림 산 무 의

傳報所司分蠟燭³
전 보 소 사 분 납 촉

監開金鎖放人歸⁴
감 개 금 쇄 방 인 귀

......

一時起立吹簫管
일 시 기 립 취 소 관

得寵人來滿殿迎
득 총 인 래 만 전 영

整頓衣裳皆著却⁵
정 돈 의 상 개 저 각

---

1 『全唐詩』 권302
2 연야連夜: 밤새도록. 경림瓊林: 당나라 때의 창고 이름(『新唐書』「陸贄傳」: "元豊及內庫財物山
   委, 皆先帝多蓄藏, 以備緩急. 若積而不用, 與東漢西園錢, 唐之瓊林·大盈二庫何異?").
3 납촉蠟燭: 밀랍으로 만든 초.
4 금쇄金鎖: 정교하게 만든 귀한 자물쇠. 방인放人: 사람을 풀어준다는 뜻. 開가 門으로 된 판본
   도 있다. 金이 宮으로 된 판본도 있다.
5 却이 節로 된 판본도 있다. 저절著節은 절도節度를 드러낸다는 말로, 여기서는 절도를 갖추는
   것으로 풀었다.

춤을 시작하려고 바로 박을 세 번 치네

舞頭當拍第三聲
무 두 당 박 제 삼 성

......

......

스스로 가무가 남들보다 뛰어나다고 자랑해도

自誇歌舞勝諸人[6]
자 과 가 무 승 제 인

승은 못 받음을 한탄하며 내전을 나가는 일 빈번하네

恨未承恩出內頻[7]
한 미 승 은 출 내 빈

밤마다 궁중에서 별원을 고치더니

連夜宮中修別院[8]
연 야 궁 중 수 별 원

바닥 깔개와 주렴 한 번에 새것으로 바뀌었네

地衣簾額一時新[9]
지 의 염 액 일 시 신

......

......

행렬 중에서 제일 먼저 춤을 추려고 다투니

行中第一爭先舞[10]
행 중 제 일 쟁 선 무

집박 악사가 옆에 있다가 또 속네

博士傍邊亦被欺[11]
박 사 방 변 역 피 기

문득 박자 틀린 것을 깨닫자

忽覺管絃傜破拍[12]
홀 각 관 현 투 파 박

급하게 비단 소매 뒤집어 아무도 모르게 하네

急翻羅袖不敎知[13]
급 번 라 수 불 교 지

---

6 誇가 知인 판본도 있다.

7 未承恩이 遙勒君王인 판본도 있다.

8 별원別院: 본사 이외에 따로 지은 사원寺院을 가리키기도 하는데, 여기서는 따로 지은 건물을
   말함. 連夜가 奉勒인 판본도 있다. 別이 理인 판본도 있다.

9 지의地衣: 바닥에 까는 깔개. 가장자리를 헝겊으로 꾸미고 폭을 이어 연회 때에 썼다. 염액簾
   額: 구슬로 꿰어 만든 발의 상단.

10 행행行幸: 임금이 궁궐 밖으로 나들이 하는 것. 가다가 도중에 쉴 때 악공이 연주한다. 爭이
   頭인 판본도 있다.

11 박사博士: 고대에 기예를 갖추거나 혹은 전문적인 일에 종사하는 사람. 여기서는 주악을 이끄
   는 사람을 말하므로, 박을 쳐서 시작을 알리는 집박 악사로 풀었다.

12 破拍이 先破拍 또는 傜急遍인 판본도 있다.

13 急鱗이 鱗鱗인 판본도 있다.

......

머리엔 금작 장식이 삼층으로 꽂혀있고

윤기 흐르는 쪽 높이 다발져 있고 귀밑머리는 없네

춤자리에 봄바람 불자 땅으로 떨어지니

돌아가는 길에 머리빗 하나 나누어 주네

......

청루에서는 젊은 여인들 긴 치마 뽐내더니

모두 이름 뽑혀 교방에 들어갔네

봄에는 궁전 앞에 배열할 춤대열이 많아

대표가 각각 다르게 의상을 요청하네

......

玉蟬金雀三層挿[14]
옥 선 금 작 삼 층 삽

翠髻高叢綠鬢虛[15]
취 계 고 총 녹 빈 허

舞處春風吹落地
무 처 춘 풍 취 낙 지

歸來別賜一頭梳
귀 래 별 사 일 두 소

......

靑樓小婦硏裙長[16]
청 루 소 부 아 군 장

總被抄名入敎坊
총 피 초 명 입 교 방

春設殿前多隊舞[17]
춘 설 전 전 다 대 무

朋頭各自請衣裳[18]
붕 두 각 자 청 의 상

---

14 옥선玉蟬: 옥으로 만든 매미 모양 머리 장식. 선빈蟬鬢: 당대 여인들의 머리 모양 중 하나. 양쪽의 살쩍을 매미 날개처럼 속이 투명하게 보이도록 꾸민 머리 모양을 가리킨다. 금작金雀: 금으로 만든 참새 모양의 머리 장식품. 蟬이 錢인 판본도 있다. 雀이 掌인 판본도 있다.

15 취계翠髻: 검고 윤이 나는 쪽머리. 녹빈綠鬢: 귀밑머리. 참고로 녹빈홍안綠鬢紅顔은 까맣고 윤기가 있는 귀밑머리와 발그스름한 얼굴이라는 뜻으로, 젊고 아름다운 여자의 얼굴 또는 그 아름다움을 일컫는 말이다. 叢이 鬆인 판본도 있다.

16 청루靑樓: 푸른 칠을 한 화려한 누각. 또는 기생이 손님을 맞아 영업하는 집. 여기서는 이어지는 내용에서 뽑혀서 교방에 들어갔다고 했으니, 후자의 의미가 와 닿는다. 靑樓가 黛眉, 蛾眉인 판본도 있다. 小가 少인 판본도 있다.

17 多가 爲인 판본도 있다.

18 붕두朋頭: 대장. 여기서는 각 춤종목을 이끄는 자를 말한다.

14. 한가로이 말하다
閑說[1]

王 建
왕 건

......

노래 첫머리에 빙빙 돌며 춤추는 것이 유별난데

머리 모양과 미간은 날마다 바뀌었네

북 두드리며 장안거리에 기마 출동했지만

서로 마주치면 항상 광인 흉내를 냈었네

......

歌頭舞遍回回別[2]
가 두 무 편 회 회 별

鬢樣眉心日日新[3]
빈 양 미 심 일 일 신

鼓動六街騎馬出[4]
고 동 육 가 기 마 출

相逢總是學狂人[5]
상 봉 총 시 학 광 인

---

1 『全唐詩』 권300
2 회회回回: 빙글빙글 돌며 춤추는 모양.
3 미심眉心: 두 눈썹 사이인 미간. 心이 分으로 된 판본도 있다.
4 육가六街: 당나라 수도 장안의 육조 중심의 큰 거리.
5 광인狂人: 자유분방하여 일반적인 규칙에 구애받지 않는 사람.

15. 버드나무 꽃 떨어지네

楊花落[1]

楊巨源
양 거 원

......

아름다운 팔찌 낀 섬섬옥수 들어 올려 다시 날리는데

비취 깃털로 장식한 가벼운 옷자락 이어져 안 드러나네

분명하게 보이는 것은 아름다운 금과 춤추는 행렬뿐

엷은 연지 검푸른 눈썹 날리는 어여쁜 이 사랑스럽구나

......

......

寶環纖手捧更飛[2]
보 환 섬 수 봉 갱 비

翠羽輕裾承不著[3]
취 우 경 거 승 부 저

歷歷瑤琴舞金陳[4]
역 력 요 금 무 금 진

菲紅拂黛憐玉人[5]
비 홍 불 대 련 옥 인

......

---

1 『全唐詩』 권333
2 섬수纖手: 가냘픈 손.
3 취우翠羽: 물총새의 깃으로, 날개를 뜻한다. 경거輕裾: 가벼운 옷자락.
4 역력歷歷: 분명하고 또렷한 모양. 요금瑤琴: 옥으로 꾸민 금 또는 아름다운 소리를 내는 금.
   金이 態인 판본도 있다. 여기서는 態[자태]로 풀었다.
5 홍紅: 연지. 불대拂黛: 눈썹을 검푸르게 칠한 것. 옥인玉人: 옥처럼 아름다운 사람.

16. 잔치에서 손님이 말하다
讌客詞[1]

張 籍
장 적

......

사람들이 모두 취해 일어서서 춤추고 있으니

옷을 뒤집어 입었는지 모자를 거꾸로 썼는지 누가 알겠는가

......

人人齊醉起舞時
인 인 제 취 기 무 시

誰覺翻衣與倒幘
수 각 번 의 여 도 책

......

---

1 『全唐詩』 권382

17. 초궁에 가다

楚宮行[1]

張 籍
장 적

......

관현악이 차례로 중당에서 울리자

파땅의 여인이 일어나 임금 향해 춤을 추네

몸을 돌려 손을 드리워 진주 귀걸이를 걸며

임금의 장수 기원했건만

아침에는 사슴을 잡고 밤에는 술만 마시네

......

絲竹次第鳴中堂[2]
사 죽 차 제 명 중 당

巴姬起舞向君王[3]
파 희 기 무 향 군 왕

廻身垂手結明璫[4]
회 신 수 수 결 명 당

願君千季萬年壽
원 군 천 년 만 년 수

朝出射麋夜飮酒
조 출 사 미 야 음 주

---

1 『全唐詩』 권382
2 중당中堂: 당상 남북의 중간.
3 파희巴嬉: 파땅의 여인. 지금의 쓰촨성泗川城 파현巴縣.
4 명당明璫: 진주나 구슬을 꿰어 만든 귀걸이.

18. 상운악

上雲樂[1]

李 賀
이 하

날리는 향 달리는 붉은 꽃잎이 하늘에 가득한 봄날	飛香走紅滿天春 비 향 주 홍 만 천 춘
화룡이 구불구불 상서로운 구름으로 올라가네	花龍盤盤上紫雲[2] 화 룡 반 반 상 자 운
삼천 궁녀 금옥에 행렬을 이루고	三千宮女列金屋[3] 삼 천 궁 녀 열 금 옥
오십 현의 슬소리 바다 위에서 들리네	五十絃瑟海上聞 오 십 현 슬 해 상 문
은하수는 은빛 모랫길로 고요히 흐르고	天江碎碎銀沙路[4] 천 강 쇄 쇄 은 사 로
베틀 짜는 여인은 푸른 비단을 자르네	嬴女機中斷煙素[5] 영 녀 기 중 단 연 소
푸른 비단 잘라	斷煙素 단 연 소

1　『全唐詩』권393
2　화룡花龍: 아마도 꽃이 하늘에서 흩날리는 모습이 용이 구불구불 하늘로 올라가는 것처럼 보
　인다는 것을 표현한 듯하다. 반반盤盤: 구불구불한 모양. 자운紫雲: 상서로운 구름.
3　금옥金屋: 매우 화려한 집. 宮이 綵인 판본도 있다.
4　천강天江: 은하수. 쇄쇄碎碎: 가볍고 작은 소리를 형용하는 의성어. 은사銀沙: 흰 눈에 비유되
　기도 하는데, 여기서는 은하수가 은백색의 모랫길처럼 흐르는 것을 묘사한 말. 江이 河인 판본
　도 있다.
5　영녀嬴女: 베 짜는 여자. 영녀는 진시황의 이름이 영정嬴政이라 진시황의 여자를 일컫기도
　하고, 진나라의 여자라는 뜻도 있다. 장안이 옛 진나라의 영토에 속했기 때문에 장안의 여인을
　'영녀'로 표현한 것일 수도 있지만, 여기서는 춤 옷을 만들고 있는 베 짜는 여자의 의미로 풀었
　다. 소素: 삶지 않은 명주실로 짠 명주. 연煙: 안개처럼 푸르다는 의미. 이에 연소煙素를 푸른
　비단으로 풀었다.

춤 옷을 지어

8월 1일 임금님 앞에서 춤춘다네

縫衣縷[6]
봉 의 루

八月一日君前舞
팔 월 일 일 군 전 무

【참고】

○ 〈상운악上雲樂〉

문헌에 전하는 〈상운악〉의 내용은 다음과 같다. 양梁(502-557) 나라에서는 〈자준子遵〉·
〈안식安息〉·〈공작孔雀〉·〈봉황鳳凰〉·〈문록文鹿〉·〈호무胡舞〉 등을 올리고, 〈상운악〉으로
이어졌다.[7] 양나라의 백희 중 〈문강호무기文康胡舞伎〉를 일명 〈상운악〉이라고 한다. 그
내용은 서역의 한 노인이 양나라를 찾아와 황제에게 예를 올리고 축수한다는 줄거리로
전개된다. 다양한 가상의 동물들이 등장하고 무용과 환술 등이 어우러져 연출되었다.[8]
"금왕禁王은 사이四夷의 악을 사용하였는데 하늘 아래 제일이다. 품은 말과 노랫소리,
즉 〈상운악〉은 춤 중에 제일이다"[9]라고 전한다.[10]

---

6   봉의縫衣: 옷을 꿰매는 것. 縷가 舞衣로 된 판본도 있다. 여기서는 舞衣[춤옷]로 풀었다.

7   『樂書』권183 「樂圖論」: "梁 …… 〈子遵〉·〈安息〉·〈孔雀〉·〈鳳凰〉·〈文鹿〉·〈胡舞〉, 登連〈上
     雲樂〉."

8   안상복, 『중국의 전통잡기』, 서울대학교출판부, 2006, 34쪽.

9   衛方苞 撰, 『周官集注』권6: "禁王者, 用四夷之樂一天下也. 下言與其聲歌則上雲樂者, 主於舞."

10 〈상운악〉과 관련된 내용은, 안상복의 위의 책, 김학주, 『한중 두 나라의 가무와 잡희』, 65-69
     쪽, 160-161쪽 참조. 분장·등장인물·이야기 줄거리·춤·상연절차 등에 관한 자세한 내용은
     김학주, 『중국고대의 가무희』, 명문당, 2001, 166-177쪽 참고하시오.

19. 단공 오사구의 50운에 부치다
寄吳士矩端公 五十韻[1]

元 積
원 진

......

가인들 모두 아름답지만

아리따운 말은 교태로워 들을 수 없네

가는 허리 연약하여 힘은 없지만

노랫가락은 미묘하게 우아하네

춤추는 자태는 아로새기는데

쟁의 현을 아름다운 손가락으로 연주하며

분가루 묻은 땀은 붉은 비단 수건으로 닦네

......

......

佳人盡傾國[2]
가 인 진 경 국

媚語嬌不聞[3]
미 어 교 불 문

纖腰頓無力
섬 요 연 무 력

歌詞妙宛轉[4]
가 사 묘 완 전

舞態能剜刻
무 태 능 완 각

箏弦玉指調[5]
쟁 현 옥 지 조

粉汗紅綃拭[6]
분 한 홍 초 식

......

---

1 『全唐詩』권402. 단공端公: 당나라 때 시어사侍禦史의 다른 이름. 시어사는 진秦나라 때 설치
   되어 후대까지 계승된 관직으로, 어사대부禦史大夫 밑에서 공사公事에 관하여 임금에게 아뢰는
   일, 관리의 비리 감찰, 큰 옥사 해결 등의 일을 담당했다.

2 가인佳人: 아름다운 여자. 경국傾國: 여자의 용모가 매우 아름다움을 형용. 경국지색傾國之色.

3 미어媚語: 아리땁고 아양을 부리는 말투.

4 완전宛轉: 군색한 데가 없이 순탄하고 원활함. 완전婉轉이라고도 표현한다.

5 옥지玉指: 옥과 같이 아름다운 손가락.

6 분한粉汗: 부녀자의 땀, 부녀자 얼굴에 바른 분가루에 땀이 맺힌 것을 가리킨다. 홍초紅綃:
   붉은색의 얇은 명주.

20. 백거이의 동남행시 100수를 보내다
酬樂天東南行詩 一百韻[1]

元 積
원 진

......

묶은 술 물방울을 걸러서 파는데

춤추는 자태는 구욕새 나는 듯하고

노랫말은 자고새 우는 듯하네

......

......

醨酒水淋沽[2]
이 주 수 림 고

舞態翻鸜鵒[3]
무 태 번 구 욕

歌詞咽鷓鴣[4]
가 사 열 자 고

......

---

1 『全唐詩』 권407

2 이주醨酒: 묶은 술, 싱거운 술. 수림림水淋淋: 물방울이 똑똑 떨어지는 것을 묘사한 말. 세주에 "파땅의 사람들이 술을 제조하는 방식은 식초액을 추출하는 방식과 같다[巴民造酒如淋醋法]."라고 전한다. 임초淋醋는 식초를 자연 발효시키는 과정으로 식초액을 추출하는 것을 말한다.

3 구욕鸜鵒: 구욕새. 고대 무용 중 〈구욕무鸜鵒舞〉가 있다.

4 당나라 교방의 곡명에 〈자고사鷓鴣詞〉가 있는데, 〈산자고山鷓鴣〉라고도 부른다. 『악부시집』에 이익李益의 〈자고사鷓鴣詞〉, 『전당시全唐詩』에 여러 수의 〈산자고사山鷓鴣詞〉가 전한다.

【참고】

○ 〈구욕무鴝鵒舞〉

〈구욕무〉와 관련하여 『악서』에 다음과 같은 내용이 전한다.

> "진晉(265-316)나라 왕도王導(267-330)가 사상謝尙을 하급관리로 임명하였는데, 처음 부府에 이르자, 왕도는 그를 위하여 성대한 연회를 베풀었다. 사상에게 말하기를 '듣자니 그대가 〈구욕무〉를 능숙하게 추면 온 좌석이 사념에 잠긴다는데, 그런 일은 있을 수 없지 않은가?'라고 말했다. 사상이 '좋습니다'라고 말하고, 곧 원책元幘[5]을 쓰고 춤을 추었다. 왕도와 앉아 있던 사람들은 격렬하게 손바닥을 치면서 박자를 맞췄다. 사상은 구부리고 우러르는[俯仰] 데에 절도가 있었지만, 주위의 다른 사람을 전혀 의식하지 않고 제멋대로 움직였다. 사상의 행위는 아마도 단장경檀長卿의 무리와 같지 않은가?"[6]

왕도는 사상의 춤을 단장경의 춤에 비유했다. 단장경이 어떤 춤을 추었기에 그에 빗대어 사상의 춤을 비판한 것일까? 그 내용은 『한서』에서 찾아볼 수 있다.

> "평은후平恩侯 허백許伯이 과거에 급제하자, 승상과 어사와 고급관료들이 모두 하례하였다. 축하연을 열어 술자리가 무르익었을 때, 장신소부長信少府 단장경檀長卿이 일어나 춤을 추는데 원숭이와 개가 싸우는 시늉을 하니, 좌중이 모두 크게 웃었다. 관요는 기뻐하지 않으며 일어나 달려나가서 장신소부가 반열의 높은 신분으로 원숭이 춤을 춘 것은 예를 잃은 불경한 행동이라고 탄핵하였다."[7]

이로써 보면, 사상이 춘 〈구욕무〉는 매우 자유분방한 춤이었던 것 같다. 제목으로 추측건대, 아마도 구욕새의 움직임을 흉내 낸 춤동작이 주류를 이루었을 것이다.

---

5 원문에는 '元幘'이라고 되어 있는데, '개책介幘'의 오기인 듯하다.

6 『樂書』 권183 「樂圖論」《俗部》〈鴝鵒舞〉: "晉王導, 辟謝尙爲掾, 始到府, 導以其有勝會. 謂尙曰: '聞君能作〈鴝鵒舞〉, 一坐傾想, 寧有此理不?' 尙曰: '佳.' 便著元幘而舞, 導坐者, 撫掌激節. 尙俯仰有節, 傍若無人矣. 然則謝尙所爲, 其亦檀長卿之徒歟?"

7 『漢書』 권77 「蓋諸葛劉鄭孫母將何傳」 47 참조.

구욕새와 관련된 춤으로는 〈구욕무〉 외에 〈만세무萬歲舞〉가 있다. 〈만세무〉의 내용은 『악서』에 아래와 같이 전한다.

"〈조가만세악무鳥歌萬歲樂舞〉는 당나라 무태후武太后가 만들었다. 당시에 궁중에서는 새를 길렀는데, 사람의 말을 할 수 있었고 또 항상 '만세'를 불렀다. 그래서 악을 만들어 그것을 형상하였다. 무자舞者는 3인인데, 붉은색의 큰 소매[緋大袖]와 아울러 화려한 구욕새의 관[畫鸜鵒冠]을 써서 새 형상을 만들었다. 영남嶺南에 새가 있어, 구욕鸜鵒과 비슷한데 조금 크지만 잠깐 보아서는 판별할 수 없다. 오래 기르면 말을 할 수 있으니, 남방 사람들이 길료吉了라고도 하고 또한 운료雲料라고도 했다. 개원開元(713-741) 초에 광주廣州에서 그것을 바쳤는데, 말소리가 웅중雄重하여 장부와 같았다. 소상하게 인정人情을 알고 앵무鸚鵡보다 지혜롭다는 것은 거리가 멀다. 『한서漢書』「무제기武帝紀」에 '남월南越에서 말하는 새를 바쳤다.'[8]라고 했는데, 어찌 이것을 일컫은 것이 아니겠는가? 바야흐로 항상 구욕鸜鵒을 말할 때, 고개를 넘어야만 말을 할 수 있다고 전해지는 것은 오류이다."[9]

---

8 『漢書』「武帝紀」6: "南越, 獻馴象能言鳥."

9 『樂書』권180「樂圖論」《俗部》〈萬歲舞〉: "〈鳥歌萬歲樂舞〉, 唐武太後所造也. 當是時宮中養鳥, 能人言, 又常稱萬歲. 故爲樂以象之. 舞者三人, 緋大袖, 並畫鸜鵒冠, 作鳥像. 嶺南有鳥似鸜鵒, 稍大乍視不可辨. 久養之能言, 南人謂之吉了亦雲料. 開元初, 廣州獻之, 言音雄重如丈夫. 委曲識人情, 慧於鸚鵡, 遠矣. 『漢書』「武帝紀」書'南越獻能言鳥', 豈謂此邪? 此方常言鸜鵒, 踰嶺乃能言傳者, 誤矣."

21. 상강에 머물러 야연을 열다
晚宴湘亭[1]

元 積
원 진

석양 비출 때 맑은 상강가에서 연회를 여니

맑게 갠 하늘가엔 아름다운 태양 달아나네

꽃이 고개 숙이기에 이슬에 취했나 걱정했더니

버들솜 날려 봄기운 왕성함을 드러내네

무희는 붉은 치마 급하게 돌리고

가수는 푸른 소매 길게 드리우네

……

晚日宴淸湘[2]
만 일 연 청 상

晴空走豔陽[3]
청 공 주 염 양

花低愁露醉
화 저 수 로 취

絮起覺春狂
서 기 각 춘 광

舞旋紅裙急
무 선 홍 군 급

歌垂碧袖長
가 수 벽 수 장

……

---

1 『全唐詩』 권409
2 만일晚日: 석양夕陽. 상상湘: 광시성廣西省에서 발원하여 후난 성湖南省의 뚱띵후洞庭湖로 흘러
   드는 강 이름.
3 청공晴空: 맑게 갠 하늘.

22. 대부 주호가 새 정자에서 22운을 적다
題周皓大夫新亭子 二十二韻[1]

白居易
백거이

......

광록주 맛보기를 권하며

낙수신 보는 걸 허락하네

아름다움은 가수의 눈썹에 모이고

흐르는 향기는 무희의 한삼에서 피어나네

치마는 수놓은 원앙을 날리고

가지런히 빗은 머리엔 기린 장식 비녀 꽂혀있네

피리의 애잔한 소리는 초나라의 소리 머금고

쟁의 아름다운 소리는 진나라의 소리를 띠네

여종은 화촉 켜기를 재촉하는데

......

勸嘗光祿酒
권 상 광 록 주

許看洛川神
허 간 낙 천 신

斂翠凝歌黛[2]
염 취 응 가 대

流香動舞巾
유 향 동 무 건

裙飜繡鸂鶒[3]
군 번 수 계 칙

梳陷鈿麒麟
소 함 전 기 린

笛怨音含楚
적 원 음 함 초

箏嬌語帶秦
쟁 교 어 대 진

侍兒催畫燭[4]
시 아 최 화 촉

---

1 『全唐詩』권438
2 염취斂翠: 용모가 매우 아름답고 빼어난 것을 형용.
3 계칙鸂鶒: 비오리. 자원앙紫鴛鴦으로도 불린다. 무희가 춤추며 회전하니 춤옷에 수놓아져 있
   는 원앙의 모습이 드러나는 것을 말한다.
4 시아侍兒: 가까이서 모시는 첩.

취객은 화려한 자리에 토를 하네

醉客吐文茵[5]
취 객 토 문 인

......

......

---

5 문인文茵: 꽃문양으로 수놓은 자리.

23. 북쪽에서 온 손님을 머무르게 하다
留北客[1]

白居易
백 거 이

......

초나라 무희의 소매는 쓸쓸히 춤추는데

파땅 연주자의 현악기는 빠르게 튕기네

생가는 지역에 따라 있는데

도성에서 연주하는 것은 보지 못했다오

......

楚袖蕭條舞[2]
초 수 소 조 무

巴絃趣數彈[3]
파 현 취 삭 탄

笙歌隨分有[4]
생 가 수 분 유

莫作帝鄕看[5]
막 작 제 향 간

---

1 『全唐詩』 권441
2 소조蕭條: 분위기가 매우 쓸쓸하고, 고요하고 조용한 것.
3 취삭趣數: 리듬이 매우 빠르고 급한 것.
4 생가笙歌: 생황을 부르며 노래하거나, 악기를 연주하며 노래를 부르는 것.
5 제향帝鄕: 황제가 있는 도성.

24. 6년 봄에 낙양에서 근무하는 이들에게 보내다

(이때 하남윤이었다)

六年春, 贈分司東都諸公(時爲河南尹)[1]

白居易
백 거 이

......

낙양 아이는 금관을 연주하고

노씨네 딸은 아름다운 슬을 타네

눈썹은 가사의 뜻을 깊이 생각하고

허리는 조밀한 춤박자에 응하네

......

......

洛童調金管
낙 동 조 금 관

盧女鏗瑤瑟
노 녀 갱 요 슬

黛慘歌思深
대 참 가 사 심

腰凝舞拍密
요 응 무 박 밀

......

---

1 『全唐詩』 권444. 분사分司: 나누어 관리한다는 뜻. 중앙의 관원이 제2의 수도에서 직무를 맡아 일하는 것을 말한다. 하남윤河南尹: 관직명. 지방 행정장관에 해당한다.

25. 작은 배에 다시 써서 주종사에게 주고 겸하여
    원진을 놀리다
重題小舫, 贈周從事兼戲微之[1]

白居易
백 거 이

......

춤자리에서 반드시 허리 가는 여인을 가려 뽑는 것은

신선의 배는 뼈 무거운 사람을 견디기 어렵기 때문이지

......

舞筵須揀腰輕女[2]
무 연 수 간 요 경 녀

仙櫂難勝骨重人
선 도 난 승 골 중 인

---

1   『全唐詩』 권447. 주종사周從事: 주씨 성의 종사관. 미지微之는 원진元稹의 자. 백거이와 원진
     은 일곱 살 차이가 나는데도, 둘은 친구처럼 우정을 나누었다. 백거이가 원진보다 일곱 살 많
     다. 세상 사람들은 이 둘을 '원백'이라고 불렀다.
2   무연舞筵: 무석舞席. 즉 춤을 추는 자리를 뜻한다.

26. 3월 3일 낙수 물가에서 불제를 지내다

三月三日祓禊洛濱[1]

白居易
백 거 이

삼월에 풀은 무성하고	三月草萋萋[2] 삼 월 초 처 처
꾀꼬리는 쉬었다가 또 우네	黃鶯歇又啼 황 앵 헐 우 제
버드나무 아래의 다리가 맑아 버들솜 보이고	柳橋晴有絮[3] 유 교 청 유 서
모랫길은 젖어있어도 진흙은 없네	沙路潤無泥 사 로 윤 무 니
불계가 초반을 지나가자	禊事修初半[4] 계 사 수 초 반
유람객들이 와서 함께 하고자 하네	遊人到欲齊 유 인 도 욕 제
금비녀는 복사꽃과 오얏꽃을 빛나게 하고	金鈿耀桃李 금 전 요 도 리
악기소리는 오리와 갈매기를 놀라게 하네	絲管駭鳧鷖[5] 사 관 해 부 예
......	......

---

1 『全唐詩』 권456. 불계祓禊: 불제祓除. 불제는 신에게 빌어서 죄와 부정을 떨쳐 버리는 행사이다.
2 처처萋萋: 풀이 무성한 모양.
3 유교柳橋: 버드나무 아래의 다리.
4 半이 畢인 판본도 있다.
5 부예鳧鷖: 오리와 갈매기. 부구鳧鷗라고도 한다. 鷖가 鳧인 판본도 있다.

춤 급하니 붉은 허리 낭창거리고

노래 느리니 푸른 눈썹 나직하네

......

舞急紅腰軟[6]
무 급 홍 요 연

歌遲翠黛低[7]
가 지 취 대 저

......

---

6 軟이 凝인 판본도 있다.
7 취대翠黛: 눈썹의 별칭. 고대 여인들은 나대螺黛(청흑색의 광물안료)를 사용해서 눈썹을 그
   렸다.

27. 승기를 관람하고
觀繩伎[1]

劉言史
유언사

......

은빛 무늬 파란 머리끈으로 구름 같은 머리 묶었는데

높이 친 비단 장막엔 향내 더욱 가득찼네

어깨 딛고 일어서기를 삼사층

신발을 신고 뒤로 걸어도 여전히 절도에 맞네

양쪽에서 농환과 농검을 하며 점점 가까이 다가오자

몸 기울이며 발 바꾸는데 어찌 그리 날렵한지

별안간 떨어질 듯하다가 금방 수습하니

사람들 몸에 소름이 돋네

위태롭고 어려운 자세말고는 하지 않으니

가는 허리를 뒤로 젖혀 수양버들 흉내를 내네

......

銀畵靑綃抹雲髮
은 화 청 초 말 운 발

高處綺羅香更切
고 처 기 라 향 갱 체

重肩接立三四層
중 견 접 입 삼 사 층

著履背行仍應節
저 리 배 행 잉 응 절

兩邊丸劍漸相迎[2]
양 변 환 검 점 상 영

側身交步何輕盈[3]
측 신 교 보 하 경 영

閃然欲落却收得
섬 연 욕 락 각 수 득

萬人肉上寒毛生
만 인 육 상 한 모 생

危機險勢無不有
위 기 험 세 무 불 유

倒挂纖腰學垂柳
도 괘 섬 요 학 수 유

---

1   『全唐詩』권468. 승기繩伎: 일종의 줄타기.
2   환검丸劍: 농환弄丸과 농검弄劍. 둘 다 저글링과 같은 형태로, 농환은 여러 개의 작은 공을, 농검은 여러 개의 칼을 공중에서 돌리는 것이다. 丸이 圓인 판본도 있다.
3   경영輕盈: 동작이 경쾌한 것. 여자의 자태가 가냘픈 것을 표현할 때에도 쓴다.

내려서니 하나하나 부용의 자태

엷은 화장에 화전은 드물기에 모습이 더욱 기묘하네

……

下來一一芙蓉姿
하 래 일 일 부 용 자

粉薄鈿稀態轉奇[4]
분 박 전 희 태 전 기

……

4 　전鈿: 화전花鈿. 당대에는 화장을 하고 이마에 꽃잎 모양의 장식을 붙이는 화장법이 유행했다. 엷은 화장에 화전 붙이는 것이 기이하다고 했으니, 이로써 보면 화전은 대체로 짙은 화장을 했을 때 붙인 듯하다.

28. 죽지사

竹枝詞[1]

李 涉
이 섭

12산 맑고 꽃들이 만개하니	十二山晴花盡開 십 이 산 청 화 진 개
초궁의 쌍궐이 양대와 짝하네	楚宮雙闕對陽臺[2] 초 궁 쌍 궐 대 양 대
가는허리로 춤을 다투니 임금이 몹시 취해	細腰爭舞君沈醉[3] 세 요 쟁 무 군 침 취
대낮에 진나라 병사가 천하에서 몰려왔네	白日秦兵天下來[4] 백 일 진 병 천 하 래

---

1 『全唐詩』권477. 죽지사竹枝詞: 당 유몽득劉夢得(유우석劉禹錫의 자)이 처음 시작한 것으로 지
  방의 풍속을 칠언절구로 읊은 것. 소악부小樂府라고도 한다. 죽지사의 특징은 구어체이다.
2 쌍궐雙闕: 황궁 문 앞의 좌우 문루門樓. 양대陽臺: 무산巫山에 있는 누대의 이름. 옛날 초나라
  양왕襄王이 운몽雲夢에 놀다가 꿈에 무산의 선녀와 함께 즐겁게 놀았다고 한다. 남녀의 은밀한
  사랑을 뜻한다. 운우지정雲雨之情.
3 침취沈醉: 술에 몹시 취한 것.
4 백일白日: 대낮. 백주白晝, 백천白天도 같은 뜻이다.

【참고】

○ 양대陽臺

양대는 『문선文選』[5]에 수록된 송옥宋玉의 「고당부高唐賦」에서 비롯된 말이다.

> "옛날 초나라 양왕이 송옥과 운몽대에서 노닐고 있었는데, 고당의 관을 바라보니 그 위에 구름이 홀로 있는데, 갑자기 치솟기도 하고 홀연히 모습을 바꾸며 순식간에 변화무쌍하게 변했다. 왕이 송옥에게 '저것이 무슨 기운인가?'라고 묻자, 송옥이 '조운朝雲이라 하는 것이옵니다.'라고 대답했다. 왕이 '무엇을 조운이라 하는가?'라고 묻자, 송옥이 '옛날, 선왕[懷王]께서 고당에서 노니실 때 피곤하여 낮잠을 주무시는데 꿈에 어떤 부인이 나타나서 말하기를, '이 몸은 무산의 여자로서 이 고당에 들렀다가, 임금께서 고당에 노닐고 있다고 들었습니다. 원컨대 잠자리를 돌보게 하여 주소서' 왕은 (그녀와) 정을 통하였다. (그녀가) 자리에서 떠나면서 말하기를, '이 몸은 무산의 남쪽, 고구의 북쪽에 있어 아침에는 아침 구름이 되고 저녁에는 내리는 비가 되어 아침저녁으로 양대陽臺에 있나이다.' 아침에 보니 (과연 그녀의) 말과 같은지라 그리하여 사당을 세우고 부르기를 조운묘朝雲廟라 하였다고 합니다.' 라고 대답했다."[6]

양대란 해가 잘 비치는 대라는 뜻인 동시에 은밀히 나누는 사랑을 뜻한다. 양대불귀지운陽臺不歸之雲이라 하면 한 번 인연을 맺고 다시 만나지 못하는 경우를 가리킨다. 무산지운巫山之雲, 무산지우巫山之雨, 운우지락雲雨之樂, 운우지정雲雨之情과 같은 말이며, 운우지교雲雨之交도 이 이야기에서 비롯되었다.

5　『문선文選』은 남조 양梁(502-557)의 소명태자昭明太子 소통蕭統(501-531)이 편찬한 것으로, 중국의 현존하는 것 중 가장 오래된 시문총집이다. 선진시대로부터 양대梁代에 이르기까지 작가 130인의 작품을 선정·수록했으며, 모두 30권으로 작품의 수는 700편을 넘는다.

6　宋玉,〈高唐賦〉序: "昔者, 楚襄王與宋玉, 遊於雲夢之臺, 望高唐之觀, 其上獨有雲氣, 崒兮直上, 忽兮改容, 須臾之間變化無窮. 王問玉曰: '此何氣也' 玉對曰: '所謂朝雲者也' 王曰; '何謂朝雲' 玉曰: '昔者, 先王嘗遊高唐, 怠而晝寢, 夢見一婦人曰: "妾巫山之女也, 爲高唐之客, 聞君遊高唐, 願薦枕席" 王因幸之. 去而辭曰: "妾在巫山之陽, 高丘之阻, 旦爲朝雲, 暮爲行雨, 朝朝暮暮, 陽臺之下." 旦朝視之如言. 故爲立廟, 號曰朝雲.'"

29. 용아의 발두
容兒鉢頭[1]

張祜
장 호

금수레 다투어 몰며 멍에 맨 소에게 소리쳐도

웃는 소리 오직 천추절을 기뻐하는 것이네

양쪽 모서리 곁 문 안에서는

용아를 흉내내며 〈발두〉 놀이를 하네

爭走金車叱鞅牛[2]
쟁 주 금 차 질 앙 우

笑聲唯是說千秋[3]
소 성 유 시 열 천 추

兩邊角子羊門裏
양 변 각 자 양 문 리

猶學容兒弄鉢頭[4]
유 학 용 아 롱 발 두

【참고】

○ 〈발두鉢頭〉

〈발두〉와 관련된 내용은 『악부잡록』, 『구당서』, 『통전』에 아래와 같이 전한다.

"옛날 어떤 사람이 그의 아버지가 호랑이에게 물려 죽자, 산으로 올라가 끝내 그의
아버지 시체를 찾아냈다. 산에는 여덟 굽이가 있어서 이 곡에도 여덟 첩이 있는 것

---

1 『全唐詩』 권511
2 앙우鞅牛: 멍에를 맨 소.
3 천추千秋: 천추절. 천추절은 당 현종의 생일인 8월 5일이다.
4 발두鉢頭: 위진남북조 시기 북조에서 시작되어 당대까지 흥성했던 가무희. 그 연원은 서역기
   원설과 인도기원설이 있다. 김학주 견해에 따르면, 용아는 〈발두〉 놀이를 잘하던 기인의
   이름이다(김학주, 『중국 고대의 가무희』, 명문당, 2001, 251쪽).

이다. 희희戲를 하는 자가 머리를 풀어헤치고 흰옷을 입고 얼굴은 우는 모습을 하는 것은 대체로 친상親喪을 당한 모양을 나타낸 것이다."[5]

"〈발두撥頭〉는 서역으로부터 나온 것이다. 호인胡人이 맹수에게 물려 죽자 그 아들이 그 짐승을 찾아내어 죽였는데, 이것을 춤으로 만들어 상징적으로 표현한 것이다."[6]

"가무희에는 〈대면大面〉·〈발두撥頭〉·〈답요낭踏搖娘〉·〈굴뢰자窟礧子〉 등의 희가 있다."[7]

김학주는 『구당서』와 『통전』의 내용을 함께 소개하며, "〈발두〉는 상당히 곡절이 있는 정절을 갖춘 가무극임을 알 수 있다."[8]라고 하였다.

위의 세 가지 사료 중 『통전』의 내용은 가무희의 제목만 나열되어 있으므로, 『악부잡록』과 『구당서』의 내용만 비교해 보면, 맹수(호랑이)에게 물려 죽은 대상이 『악부잡록』에는 아버지로, 『구당서』에는 그 아버지가 호인이라는 것까지 밝혀져 있다. 또 『구당서』에는 맹수에게 물려 죽었다고 되어 있는데, 『악부잡록』에는 그 맹수가 호랑이라는 것까지 밝혀져 있다. 다만 『구당서』에는 아들이 아버지를 죽인 맹수를 죽이는 것에 초점이 맞춰져 있고, 『악부잡록』에는 죽은 아버지를 찾아 헤매는 효성이 지극한 아들의 모습에 초점이 있다는 데에 약간의 차이가 있다.

한편, '발'자가 『악부잡록』에는 '鉢'로, 『구당서』와 『통전』에는 '撥'로 글자가 다르다. 이에 대해 왕국유王國維의 「송원희곡사宋元戲曲史」에는 '발두鉢頭' 또는 '발두撥頭'는 외국어의 음역이며, 「북사北史」「서역전西域傳」에 보이는 발두국에서 온 것인 듯하다고 하였다.[9] 이에 관해 임반당任半塘은 『당희롱唐戲弄』에서 왕국유가 〈발두〉가 발두국에서

---

5 段安節, 『樂府雜錄』: "〈鉢頭〉, 昔有人, 父爲虎所傷, 遂上山尋其父屍. 山有八折, 故曲八疊. 戲者, 被髮素衣, 面作啼, 蓋遭喪之狀也."

6 『舊唐書』 권29 「志」9 「音樂」2: "〈撥頭〉出西域. 胡人爲猛獸所噬, 其子求獸殺之, 爲此舞以像之也."

7 『通典』 권146 「樂」6: "歌舞戲有〈大面〉·〈撥頭〉·〈踏搖娘〉·〈窟礧子〉等戲."

8 김학주, 『한중 두 나라의 가무잡희』, 서울대학교출판부, 2001, 74쪽.

9 『宋元戲曲史』: "案『北史·西域傳』有拔豆國, 去代五萬一千里, ……, 隋唐二志, 卽無此國, 蓋于後魏之初一通中國, 後或亡或隔絶, 已不可知. 如使〈鉢頭〉與拔 豆爲同音異譯, 而此戲出于拔豆國, 或由龜玆等國而入中國, 則其時自不應在隋唐以後, 或北齊時已 有此戲."(王國維著, 『宋元戲曲史』, 長沙, 岳麓書社, 1998, 209쪽). '발두국'에 관한 내용은, 동북아역사재단 편, 『北史 外國傳 譯註』 下, 동북아역

온 것이라고 한 것은 그 근거가 약하다며, "〈대면大面〉, 〈소막차蘇莫遮〉, 〈혼탈渾脫〉이 모두 얼굴이나 머리와 관계가 있는 말임을 생각할 때, '발두'란 말도 머리와의 관계 때문에 생겨난 말 같다"[10]라며, '발두'의 서역 유래설을 든 왕국유의 의견에 반대했다.[11] 한편, 『악서』에는 아래와 같이 〈발두鉢頭〉와 〈발두撥頭〉가 혼용되었다.

"당唐나라 고가부鼓架部에는 〈소낭중희蘇郎中之戲〉가 있었을 뿐 아니라 〈대면代面〉·〈발두鉢頭〉·〈답요踏搖〉·〈낭양두娘羊頭〉·〈혼탈渾脫〉·〈구두九頭〉·〈사자롱師子弄〉·〈백마白馬〉·〈의전意錢〉·〈심동尋橦〉·〈도환跳丸〉·〈탄도吞刀〉·〈토화吐火〉·〈선반旋盤〉·〈근두觔斗〉 등이 모두 있었다."[12]

"당나라 고가부에는 〈소낭중희蘇郎中之戲〉가 있었을 뿐 아니라, 〈대면代面〉·〈발두撥頭〉·〈답요踏搖〉……"[13]

인용문에서 앞뒤로 배열된 종목을 비교해 보면, 〈발두鉢頭〉와 〈발두撥頭〉는 제목은 다르지만 같은 종목일 가능성이 크다. 그 연원은 서역기원설과 인도기원설로 나뉘는데, 관련 내용을 바탕으로 인도에서 기원하여 서역을 경유하여 중국으로 전래되었다는 주장이 설득력 있다.[14]

사재단, 2010, 305쪽을 참고하시오.

10 김학주, 『한중 고대의 가무희』, 250쪽.

11 任半塘 著, 『唐戲弄』, 上海古籍出版社, 1984, 291-308쪽.

12 『樂書』 권187 「蘇葩戲」: "唐鼓架部, 非特有〈蘇郎中之戲〉, 至於〈代面〉·〈鉢頭〉·〈踏搖〉·〈娘羊頭〉·〈渾脫〉·〈九頭〉·〈師子弄〉·〈白馬〉·〈意錢〉·〈尋橦〉·〈跳丸〉·〈吞刀〉·〈吐火〉·〈旋盤〉·〈觔斗〉, 悉在其中矣."

13 『樂書』 권188: "唐鼓架部, 非特有〈蘇郎中之戲〉, 至於〈代面〉·〈撥頭〉·〈踏搖〉……．"

14 〈발두〉에 관한 자세한 내용은 김광영,「〈鉢頭〉考」, 『중국인문과학』 50, 중국인문학회, 2012, 205-222쪽을 참고하시오.

30. 회포를 풀다

遣懷[1]

杜 牧
두 목

쓸쓸히 강남에서 술을 싣고 가는데

초녀의 허리 끊어질 듯 손바닥 위에서 춤추네

......

落魄江南載酒行[2]
낙 탁 강 남 재 주 행

楚腰腸斷掌中輕[3]
초 요 장 단 장 중 경

......

1 『全唐詩』 권324

2 낙탁落魄: 쓸쓸함, 적막함을 나타내는 말. 곤궁하여 실의에 빠진 것을 묘사할 때에도 쓰인다.
재주載酒: 술을 가지고 가는 것. 魄이 托인 판본도 있다. 南이 湖인 판본도 있다.

3 장단腸斷: 창자가 끊어진다는 것. 그만큼 초녀의 허리가 가늘다는 것을 묘사한 것이다. 장단은
대체로 몹시 슬프고 애통한 것을 표현할 때에 쓰이는 말이다. 腸斷이 纖細로 된 판본도 있다.
纖細이 의미에 더 가깝다.

31. 왕상서를 모시고 연못에 배를 띄우다

陪王尙書, 泛舟蓮池[1]

許 渾
허 혼

......

춤은 눈발이 휘도는 듯하고

노랫소리는 하늘의 구름을 멈추게 하네

......

舞疑回雪態
무 의 회 설 태

歌轉遏雲聲[2]
가 전 알 운 성

......

---

1 『全唐詩』 권528
2 전轉: 목소리. 알운遏雲: 하늘의 구름을 멈추게 한다는 뜻.

32. 뜻을 적다

擬意[1]

李商隱
이 상 은

시름없이 〈장녀탄〉을 듣고

悵望逢張女[2]
창 망 봉 장 녀

주저하며 아후를 보냈지만

遲廻送阿候[3]
지 회 송 아 후

부질없이 〈소수수〉를 보고는

空看小垂手[4]
공 간 소 수 수

차마 귀향을 묻지 못했네

忍問大刀頭[5]
인 문 대 도 두

선발된 여인은 수유나무향 휘장 두르지만

妙選茱萸帳[6]
묘 선 수 유 장

---

1 『全唐詩』권541

2 창망悵望: 시름없이 바라보는 모습. 장녀張女: 악부곡 이름으로, 〈장녀탄張女彈〉의 약칭.

3 지회遲廻: 여기저기 돌아다니는 것. 아후阿候: 노래를 잘 불렀던 고대 미녀 막수莫愁의 딸. 『구당서』에 "석성石城에 있는 여자의 이름이 막수莫愁인데, 가요歌謠를 잘 불렀다[『舊唐書』권 29「志」9「音樂」2: "石城有女子名莫愁, 善謌謠."]."라고 전한다.

4 소수수小垂手: 춤 이름. 『악부시집樂府詩集』권76「잡곡가사雜曲歌辭」「대수수大垂手」의 송宋 곽무천郭茂倩의 해석에 "대수수와 소수수는 모두 춤을 말하는데, 모두 손을 드리우는 것이다[『樂府解題』曰: 大垂手・小垂手, 皆言舞而垂其手也]"라고 하였다.

5 대도두大刀頭: 고향으로 돌아감을 뜻하는 은어. 도두刀頭는 칼코등이가 있는 부분이다. 한漢의 이릉李陵이 흉노에 억류되어 있을 때, 그를 구하러 간 사신들이 이릉의 눈을 응시하면서 칼코등이를 어루만지고 발을 잡는 동작을 여러 번 되풀이하여 고향으로 돌아갈 수 있음을 암시했다는 고사가 전한다(『漢書』「열전」). 칼코등이는 칼자루에서 슴베를 박은 쪽의 목에 감은 쇠테를 말한다. 슴베는 칼, 호미, 낫 등의 자루 속에 들어박히는 뾰족한 부분을 일컫는다.

6 묘선妙選: 잘 골라 뽑음. 선발된 뛰어난 인물을 일컫기도 한다. 수유茱萸: 운향과의 낙엽 활엽 교목, 또는 그 열매. 당대 사람들은 음력 9월 9일 중양절에 수유 열매를 허리에 차면 사악한 기운을 물리칠 수 있다고 생각했다.

평소에는 기생집에 거처하네   平居翡翠樓[7]
　　　　　　　　　　　　　　　　평 거 비 취 루

운병은 온기를 받지 못하고   雲屛不取暖[8]
　　　　　　　　　　　　　　　　운 병 불 취 난

월선은 부끄러움을 가리지 못하네   月扇未遮羞[9]
　　　　　　　　　　　　　　　　월 선 미 차 수

7　취루翠樓: 기생이 거처하는 술집.

8　운병雲屛: 구름을 그리거나 운모雲母로 꾸민 병풍.

9　월선月扇: 둥근 부채. 모양이 만월과 같아서 붙여진 이름이다.

33. 두사공의 자리에서 읊다

杜司空席上賦[1]

李宣古
이 선 고

홍등을 켜니 둥근달이 높이 떠올라 　　　　紅燈初上月輪高[2]
　　　　　　　　　　　　　　　　　　　홍 등 초 상 월 륜 고

당 앞에 수만 송이 복사꽃을 비추네 　　　照見堂前萬朶桃[3]
　　　　　　　　　　　　　　　　　　　조 견 당 전 만 타 도

필률 소리 맑으니 은으로 만든 관이고 　　觱栗調淸銀象管[4]
　　　　　　　　　　　　　　　　　　　필 률 조 청 은 상 관

비파소리 밝으니 자단으로 만든 통이네 　琵琶聲亮紫檀槽
　　　　　　　　　　　　　　　　　　　비 파 성 량 자 단 조

노래 잘하는 소녀의 얼굴은 옥과 같은데 　能歌姹女顏如玉[5]
　　　　　　　　　　　　　　　　　　　능 가 차 녀 안 여 옥

해곡이 시끄러워 사내의 눈초리가 따갑네 　解引蕭郞眼似刀[6]
　　　　　　　　　　　　　　　　　　　해 인 소 랑 안 사 도

어찌 야심한데 〈사령〉을 펼쳐 보이는가? 　爭奈夜深抛耍令[7]
　　　　　　　　　　　　　　　　　　　쟁 내 야 심 포 사 령

춤추고 두드리며 왔다 갔다 사람을 피곤하게 하네 　舞來掊去使人勞[8]
　　　　　　　　　　　　　　　　　　　무 래 뇌 거 사 인 노

1　『全唐詩』권552. 두사공杜司空: 두씨 성의 사공 벼슬.
2　홍등초상紅燈初上: 화등초상華燈初上과 유사한 의미. 어둠이 내려앉아 집마다 환한 등불이 켜
　　질 때. 월륜月輪: 고리같이 둥근달.
3　만타萬朶: 매우 많은 꽃송이. 온갖 초목의 가지를 형용할 때에도 쓴다.
4　象이 字인 판본도 있다.
5　차녀姹女: 미녀 또는 소녀.
6　소랑蕭郞: 미남 또는 미녀를 말하며, 사랑하는 남자를 뜻할 때도 쓰인다.
7　사령耍令: 당송시대 설창說唱의 일종.
8　掊가 接인 판본도 있다.

34. 춤추는 여인

舞者[1]

薛 能
설 릉

검은 머리 비녀 만지며 손님을 그리워하더니 　　綠毛釵動小相思[2]
　　　　　　　　　　　　　　　　　　　　　　녹 모 채 동 소 상 사

남쪽 추녀 아래서 한바탕 노래 부르고 나니 오후가 되었네 　一唱南軒日午時
　　　　　　　　　　　　　　　　　　　　　　일 창 남 헌 일 오 시

천천히 가볍게 날리는 소맷자락 가까이 다가오면 좋겠건만 　慢靸輕裾行欲近
　　　　　　　　　　　　　　　　　　　　　　만 삽 경 거 행 욕 근

여러 곡 기다려도 오는 것이 더디네 　　　　　待調諸曲起來遲
　　　　　　　　　　　　　　　　　　　　　　대 조 제 곡 기 래 지

자리에서 숟가락 젓가락 멈추고 듣지 않는 사람이 없는데 　筵停匕筋無非聽
　　　　　　　　　　　　　　　　　　　　　　연 정 비 저 무 비 청

궁상을 말로 꾸미니 모두 사곡이네 　　　　　吻帶宮商盡是詞
　　　　　　　　　　　　　　　　　　　　　　문 대 궁 상 진 시 사

미인의 나이 몇 살인지 물어보았더니 　　　　爲問傾城年幾許
　　　　　　　　　　　　　　　　　　　　　　위 문 경 성 년 기 허

경수보다 나은 것이 경지라 답하네 　　　　　更勝瓊樹是瓊枝[3]
　　　　　　　　　　　　　　　　　　　　　　경 승 경 수 시 경 지

---

1 『全唐詩』 권559
2 녹모綠毛: 검은 머리. 소상小相: 젊은 남자의 존칭.
3 경수瓊樹: 인품이 고결하고 범상치 않은 것을 이르는 말. 진晉 나라 왕융王戎이 태위太尉 왕연王衍의 자태에 대해서 '요림경수瑤林瓊樹'라는 표현을 쓰면서 비롯되었다(『晉書』 卷43「王戎傳」). 경지瓊枝는 미녀를 비유하여 이르는 말이다. 인품이 고상한 사람보다는 미인이 낫다고 말하고 있다.

35. 회설무를 춘 이에게 보내다

贈回雪[1]

李羣玉
이 군 옥

회설무 빠르게 돌고 도니

휘도는 아름다움이 날리는 눈발 같더군

허리는 한 줌 옥과 같아

때마침 부는 바람에 꺾어질까 걱정되었다네

만약 한 번의 미소를 살 수만 있다면

수없이 많은 보석을 가득 채워줄 수 있었지만

어떻게든지 황금 연꽃을 구해서

걸음걸음 버선발을 받들고 싶었다네

回雪舞縈盈[2]
회 설 무 영 영

縈盈若回雪[3]
영 영 약 회 설

腰支一把玉[4]
요 지 일 파 옥

秖恐風吹折
지 공 풍 취 절

如能買一笑
여 능 매 일 소

滿斗量明月[5]
만 두 량 명 월

安得金蓮花[6]
안 득 금 련 화

步步承羅襪[7]
보 보 승 나 말

---

1 『全唐詩』권568
2 영영縈盈: 빠르게 돌고 도는 모양.
3 회설回雪: 소매를 휘날리며 춤추는 자태를 형용하는 말.
4 요지腰支: 요지腰肢와 같은 말로 가는 허리를 가리킨다.
5 두량斗量: 수량이 많은 것을 말함. 명월明月: 주로 밝은 달을 뜻하지만, 명주明珠의 뜻도 있다.
  여기서는 밝게 빛나는 보석의 의미로 풀이했다.
6 연화蓮花: 꽃 이름으로 연꽃의 일종.
7 마지막 두 구절은 소보권蕭寶卷(498-501 재위)이 애첩 반옥아에게 한 말을 차용한 것 같다.
  남제南齊(479-520)의 동혼후東昏侯 소보권은 애첩 반옥아潘玉兒를 매우 아꼈다. 어느 날 소보
  권이 땅에 황금 연꽃을 깔아 놓고 반옥아에게 밟고 가라고 한 후, 반옥아가 걸음을 걸을 때마다
  "걸음마다 연꽃이 피어나누나[步步生蓮花]"라고 말했다고 한다.

36. 취한 뒤 풍씨의 여인에게 주다

醉後贈馮姬[1]

李羣玉
이 군 옥

황혼 녘의 가무 아름다운 연회를 재촉하는데

은촛대 서편에 어린 연꽃이 보이네

여인의 눈동자 흐르는 물처럼 천천히 움직이더니

한 쌍의 섬섬옥수로 향기로운 현을 울리네

......

黃昏歌舞促瓊筵[2]
황 혼 가 무 촉 경 연

銀燭臺西見小蓮
은 촉 대 서 견 소 연

二寸橫波回慢水[3]
이 촌 횡 파 회 만 수

一雙纖手語香弦
일 쌍 섬 수 어 향 현

......

---

1 『全唐詩』 권569. 풍희馮姬: 풍씨 성을 가진 이의 여인.

2 촉대燭臺: 초를 꽂아 놓는 기구.

3 횡파橫波: 여인의 눈동자가 움직이는 것.

舞態 85

37. 장가행
長歌行[1]

李咸用
이 함 용

춤추며 양팔을 올리자 천둥소리 사라지고

춤추는 허리 낭창거리니 버들가지 부드럽게 드리운 듯하네

젓가락 두드리다 꺾어져도 노래는 멈추지 마세요

옥산이 쓰러지지 않는 것은 풍류가 아니라오

鼓腕騰棍晴雷收[2]
고 완 등 곤 청 뢰 수

舞腰困褭垂楊柔
무 요 곤 뇨 수 양 유

象筯擊折歌勿休
상 저 격 절 가 물 휴

玉山未倒非風流[3]
옥 산 미 도 비 풍 류

---

1   『全唐詩』 권644

2   고완鼓腕: 춤추는 팔.

3   옥산玉山: 옥산퇴玉山頹를 말함. 옥산퇴는 술에 취해서 몸을 가누지 못한다는 것을 의미한다.
    『세설신어世說新語』「용지容止」에 "혜강의 자태가 마치 외로운 소나무가 홀로 서 있는 것처럼
    위엄이 있어서, 그가 술에 취해서 넘어지면 옥으로 된 산이 무너지는 것 같았다."라는 말이
    전한다. 옥산퇴는 이 말에서 유래한 것이다.

38. 궁사

宮詞[1]

花蕊夫人
화 예 부 인

......

〈선소곡〉의 제1인자를 뽑아 올려야 하는데

겨우 옷자락만 건사할 뿐 봄날의 흥취를 따라가지 못하네

다시 복사꽃 아래서 춤을 추게 했더니

흩어진 꽃 밟으며 겨우 자리만 차지하네

......

選進仙韶第一人[2]
선 진 선 소 제 일 인

纔勝羅綺不勝春[3]
재 승 라 기 불 승 춘

重教按舞桃花下
중 교 안 무 도 화 하

只踏殘紅作地裀[4]
지 답 잔 홍 작 지 인

......

높은 누각의 봉황 차가운 달빛에 머물고

연향의 향로는 어향을 풍기네

화려한 비단 자리에서 춤을 바치려고

......

山樓彩鳳棲寒月[5]
산 루 채 봉 서 한 월

宴殿金麟吐禦香[6]
연 전 금 린 토 어 향

蜀錦地衣呈隊舞[7]
촉 금 지 의 정 대 무

---

1 『全唐詩』 권798
2 선소仙韶: 〈선소곡仙韶曲〉. 궁정 악곡의 범칭으로도 쓰인다.
3 나기羅綺: 나와 기로 모두 견직물을 말함. 여인들이 입는 옷으로, 여자에 비유되기도 한다.
4 잔홍殘紅: 떨어진 꽃, 혹은 지다 남은 꽃.
5 산루山樓: 높은 누각.
6 금린金麟: 기린 모양의 향로. 어禦는 어衙와 같은 뜻으로, 당대 천자의 거처를 의미한다.
7 촉금蜀錦: 촉에서 생산되던 채색 비단. 염색한 실로 짠 화려한 비단의 통칭으로 쓰인다. 지의
　　地衣: 바닥에 까는 깔개. 가장자리를 헝겊으로 꾸미고 폭을 이어서 연향 때에 썼다.

가무 선생이 먼저 임금께 절을 올리네

......

무희들은 모두 채색 비단옷을 입고 있고

가수는 새로 지은 〈어제사〉를 노래하네

매일 내전에서 악대 훈련시키는 소리 들리더니

선율이 날아올라 황제에게 다다르네

......

教頭先出拜君王[8]
교 두 선 출 배 군 왕

......

舞頭皆著畵羅衣
무 두 개 저 화 나 의

唱得新翻禦製詞[9]
창 득 신 번 어 제 사

每日內庭聞敎隊
매 일 내 정 문 교 대

樂聲飛上到龍墀[10]
악 성 비 상 도 룡 지

......

---

8   교두敎頭: 가무나 기예를 가르치는 교사.

9   신번新翻: 새롭게 개편했다는 뜻.

10 용지龍墀: 황제를 의미함.

39. 궁사 100수
宮詞 百首[1]

和 凝
화 응

......

내연에 비로소 아름다운 춤자리 펼쳐지자

교방에서 일제히 〈만년환〉을 연주하네

〈소소〉 소리 맑게 울려 봄 하늘의 구름과 하나 되고

높은 계단에 햇살 비추니 상서로운 난새가 춤을 추네

......

사자가 짐승을 진압하는 춤이 펼쳐지자

미인들이 꽃처럼 16행으로 나뉘어

......

內宴初開錦繡攢[2]
내 연 초 개 금 수 찬

敎坊齊奏萬年歡[3]
교 방 제 주 만 년 환

簫韶響亮春雲合[4]
소 소 향 량 춘 운 합

日照堯階舞瑞鸞[5]
일 조 요 계 무 서 란

......

狻猊鎭角舞筵張[6]
산 예 진 각 무 연 장

鸞鳳花分十六行[7]
난 봉 화 분 십 륙 행

---

1 『全唐詩』권725
2 금수錦繡: 무늬의 색채가 정교하고 아름다운 견직물. 여기서는 아름다운 춤옷을 의미한다.
3 만년환萬年歡: 詞의 편명으로, 〈만년환만萬年歡慢〉이라고 불린다. 『고려사』「악지」「당악」
    에도 〈만년환〉(慢)이 전한다.
4 소소簫韶: 순舜임금의 악명樂名. 춘운春雲: 봄 하늘의 구름.
5 춤추는 무희들의 그림자가 계단에 비추니, 그 모습이 마치 난새가 춤을 추는 듯하다고 묘사
    한 것.
6 산예狻猊: 사자. 각角: 짐승(漢 揚維, 『太玄窮』: "山無角, 水無鱗." 范望 注: "角, 禽也; 鱗, 魚也").
    사자師子가 짐승을 공격하는 것을 춤추는 것은 서남이西南夷의 천축天竺과 사자師子 등의 나라에
    서 나왔다.

가벼이 움직이는 섬섬옥수와 노랫소리 두루 펼치며

때때로 임금을 훔쳐보네

......

輕動玉纖歌遍慢
경 동 옥 섬 가 편 만

時時偸眼看君王
시 시 투 안 간 군 왕

......

【참고】

○ 〈소소簫韶〉

〈소소〉는 순舜임금의 악명樂名이다. 『서경書經』 「익직益稷」의 "소소簫韶의 음악을 아홉 번 연주하니 봉황새도 날아와 춤을 추었다."[8]라는 기사에 처음으로 보인다. 소簫 자에 는 잇는다는 뜻이 있다. 순임금은 요堯 임금의 도道를 충실히 이어 더욱 빛냈기 때문이 다. 그 가사는 전하지 않지만 당唐의 원결元結이 그 이름을 취해 〈보악가補樂歌〉를 지었 다. 그 내용은 『악부시집樂府詩集』 권96에 수록되어 있다.[9]

한편, 공자는 제나라에 머무를 때 이 음악을 들을 기회가 있었는데, 순임금의 〈소〉 음 악을 듣고 공자는 오랫동안 고기 맛을 모를 정도로 그 음악에 푹 빠졌었다고 전한다. 공자가 '음악을 감상하다가 이렇게 될 줄은 전혀 몰랐다.'[10]라고 했을 정도로 공자는 〈소〉 음악을 매우 높이 평가했다. 공자는 소 음악에 대해 "더 말할 나위 없이 가장 아름 다울 뿐만 아니라 좋기까지 하다."[11]라고 총평했다.

7 　난봉鸞鳳: 미인을 비유하여 일컫는 말.

8 　『書經』「益稷」: "簫韶九成, 鳳凰來儀."

9 　『樂府詩集』卷96「補樂歌十首」: "元結序曰: '自伏羲至於殷, 凡十代樂歌有其名亡其辭. 考之傳記義或 存焉. 故採其名義以補之, 凡十篇十九章, 各引其義以序之, 命曰補樂歌."

10 　『論語』「述而」: "子在齊聞韶, 三月不知肉味. 曰: '不圖爲樂之至於斯也'."(신정근 옮기고 풀어씀, 『공자씨의 유쾌한 논어』, 사계절, 2009, 278쪽)

11 　『論語』「八佾」: "子謂昭, '盡美矣, 又盡善也'"(신정근, 위의 책, 146쪽)

『논어』에 전하는 이 내용은 음악애호가로서의 공자의 모습이 잘 드러난다. 공자가 음악을 듣고 느낀 체험은, 음악은 기분을 풀어주는 효과만이 아니라 영혼을 정화하고 궁극적으로 망아忘我의 경지에 이르는 강력한 체험을 가능하게 해줄 수 있다는 점을 시사한다.[12]

○ 사무獅舞

중국 풍습에서 사자는 권세와 무력, 상서로움을 상징했다. '사무'는 당 이전부터 유전되던 것이다. 한나라 때부터 월지月氏(지금 캐시미르와 아프가니스탄 일대)와 안식安息(옛 페르시아) 등의 국가에서 사자 등과 같은 기이한 짐승을 바쳤다.[13] 이로 인하여 사자의 모습을 형용하는 춤이 만들어진 듯하다. 『구당서』에는 사자와 관련된 악무 내용이 다음과 같이 전한다. 당나라 "〈태평악太平樂〉을 또한 〈오방사자五方師子〉라고 한다. 사자師子가 짐승을 공격하는 것을 춤으로 표현한 것은 서남이西南夷의 천축天竺과 사자師子 등의 나라에서 나왔다. 털을 꿰매어 그것(사자)을 만들고, 사람들이 그 안에 들어가서 부앙俯仰(고개를 숙였다 들었다)하고 순압馴狎(길이 든 모습)하는 용모를 본떴다. 두 사람은 끈[繩]을 쥐고 불拂을 잡고 숙달되게 다루는 모습을 표현하고, 다섯 사자[五師子]가 각기 그 방색方色을 펼친다. 140인이 〈태평악〉을 노래하고, 발로 춤춘다. 끈을 쥔 자의 복식은 곤륜崑崙의 상象[14]으로 만든다."[15] 라고 전한다.

정리하면, 한나라 때부터 다른 나라에서 사자를 바쳤고, 천축과 사자의 사자춤의 영향을 받았을 것이다. 이로 인하여 사자춤이 만들어진 것으로 볼 수 있다. 그 모습은 끈을 들고 사자를 길들이는 사람과 오방색의 사자가 어우러진 형상인데, 140인이 함께 했다고 하니 당시 사자춤의 엄청난 스케일을 짐작할 수 있다.

12　신정근, 위의 책, 278쪽.

13　『後漢書』「章帝本紀」

14　곤륜昆崙: 고대 서방의 국명[『書』「禹貢」: "織皮·昆崙·析支·渠搜, 西戎卽敍"]. 곤륜산은 중국 고대 신화에 등장하는 서쪽에 있는 성스러운 산이다. 이로써 볼 때, 곤륜의 상은 신선의 모습이라고 이해할 수 있다. 즉 사자를 길들이는 이가 신선의 옷을 입고 끈을 들고 있었던 것으로 추측할 수 있다.

15　『舊唐書』 권29, 「志」9 「音樂」2: "〈太平樂〉, 亦謂之〈五方師子〉. 舞〈師子〉鷙獸, 出於西南夷天竺師子等國, 綴毛爲之, 人居其中, 像其俛仰馴狎之容. 二人持繩秉拂爲習弄之狀, 五師子各立其方色, 百四十人歌〈太平樂〉, 舞以足. 持繩者服飾, 作崑崙象."

한편, 〈산예〉는 신라오기新羅五伎(금환金丸·월전月顚·대면大面·속독束毒·산예狻猊)의 하나이고, 조선후기 김홍도의 〈평안감사환영도平安監司歡迎圖〉나 〈낙성연도落成宴圖〉에 〈사자춤〉이 보이는 것으로 볼 때, 서역에서 전해진 사자 형상을 하고 추었던 춤유형이 신라에 유전되었고, 조선시대까지 이어진 것으로 볼 수 있다. 오늘날에도 사자춤은 〈북청사자놀음〉, 〈봉산탈춤〉의 사자춤 등에서 그 모습을 찾아볼 수 있다.

40. 노래하고 춤추다

詠舞[1]

楊希道
양 희 도

열여섯 명이 휘도는 눈발같이 도니

二八如回雪[2]
이 팔 여 회 설

봄날에 일찍 핀 꽃들 같네

三春類早花[3]
삼 춘 류 조 화

행렬 나누어 촛불 향해 도니

分行向燭轉
분 행 향 촉 전

(촛불이) 바람 따라 기우는구나

一種逐風斜
일 종 축 풍 사

1　『全唐詩』 권34

2　이팔二八: 16인을 말한다. 회설回雪: 눈처럼 맴도는 춤추는 자태를 형용하는 말. 회전하는 춤
　　동작을 묘사할 때에 자주 쓰인다.

3　삼춘三春: 봄 계절의 석 달. 봄은 맹춘孟春·중춘仲春·계춘季春으로 구분한다.

41. 시 303수
詩 三百三首[1]

寒 山
한 산

......

경성의 아름다운 여인

찰랑찰랑 노리개 소리를 내네

앵무새는 꽃 앞에서 노닐고

비파는 달빛 아래서 연주하네

목청껏 부르는 노래 3월에 울리는데

재주 없는 춤만 만인이 보고 있네

분명 그리 오래가지 못하리니

연꽃은 추위를 견디지 못하기 때문이지

......

城中娥眉女
성 중 아 미 녀

珠珮珂珊珊[2]
주 패 가 산 산

鸚鵡花前弄
앵 무 화 전 롱

琵琶月下彈
비 파 월 하 탄

長歌三月響[3]
장 가 삼 월 향

短舞萬人看[4]
단 무 만 인 간

未必長如此
미 필 장 여 차

芙蓉不耐寒[5]
부 용 불 내 한

......

---

1 『全唐詩』 권86
2 珂가 何로 된 판본도 있다.
3 장가長歌: 목청껏 소리높여 부르는 노래. 참고로 음력 3월 3일은 상사上巳이다. 옛사람들은
   이날 수리하고 장식을 해서 꾸미는 풍습이 있었다. 이후 봄나들이를 하는 축제로 바뀌었다.
4 단短: 재주가 모자란다는 뜻으로, 재주가 없음을 나타내는 말.
5 부용芙蓉: 연꽃의 별칭. 목련은 연꽃과 비슷해서 목부용木芙蓉이라고 한다. 재주 없는 춤을
   추니 만인의 눈초리가 차가워져서, 춤을 빨리 마무리하고 퇴장할 것이라는 뜻인 듯하다.

42. 절구

絶句[1]

呂 巖
여 암

바위 가까이서 박수치며 호로무를 추는데

지팡이 날리니 재 넘어 구름을 뚫고 가네

팔천 리 오가는데 겨우 반나절이니

금주 남쪽 두둑에 소나무 문 있네

偎巖拍手葫蘆舞[2]
외 암 박 수 호 로 무

過嶺穿雲拄杖飛[3]
과 령 천 운 주 장 비

來往八千須半日
내 왕 팔 천 수 반 일

金州南畔有松扉[4]
금 주 남 반 유 송 비

---

1 『全唐詩』 권858

2 호로葫蘆: 호로壺蘆(호리병)의 별칭.

3 주장拄杖: 지팡이.

4 송비松扉: 소나무로 만든 사립문.

【참고】

○『석씨요람釋氏要覽』에 "요즘 승려들이 유람하는 것을 좋게 말해서 '비석飛錫'이라 하는데, 이는 고승 은봉隱峯이 오대산을 유람하고 회서로 나갈 적에 석장擲錫을 공중에 날려 그것을 타고 갔기 때문이다. 서천西天의 득도한 고승들로 말하면 왕래할 적에 대부분 이 비석을 타고 다닌다."⁵라는 글이 전하고, 진晉 나라 손작孫綽의 「유천태산부游天台山賦」에 "왕교는 학을 타고 하늘에 솟아오르고, 응진은 석장을 날려 허공을 밟고 다닌다."⁶라는 글이 전한다. 이로써 보면 〈호로무〉는 호로와 지팡이를 들고 추는 승려의 춤인 듯하다. 우리나라에도 고려시대부터 전하는 향악정재에 호리병을 들고 춤을 추는 〈무애무無㝵舞〉가 있는데, 이 춤도 불교와 관련이 있다.

5　『釋氏要覽』: "今僧遊行, 嘉稱飛錫. 此因高僧隱峰, 遊五臺, 出淮西, 擲錫飛空而往也. 若西天得道僧, 往來多是飛錫."
6　『御定歷代賦彙』권22 「游天台山賦」: "王喬控鶴以沖天, 應眞飛錫以躡虛."

43. 진나라 꿈 3수
秦夢詩 三首[1]

沈亞之
심 아 지

......

어깨를 부딪치며 춤추는데

한으로 가득 찬 봄의 풍광 머물 곳 없네

눈물이 비처럼 흘러

생각해서 말을 하려고 해도 말이 나오지 않네

황금빛 봉황과 붉은 꽃무늬의 오래된 옷

몇 번 궁중에서 춤출 때 보았었지

인간 세상의 봄날은 진정 즐거운데

해 질 녘 봄바람 어디로 가는가

......

......

擊髆舞
격 박 무

恨滿煙光無處所[2]
한 만 연 광 무 처 소

淚如雨
누 여 우

欲擬著辭不成語
욕 의 저 사 불 성 어

金鳳銜紅舊繡衣[3]
금 봉 함 홍 구 수 의

幾度宮中同看舞
기 도 궁 중 동 간 무

人間春日正歡樂
인 간 춘 일 정 환 락

日暮東風何處去
일 모 동 풍 하 처 거

......

---

1   『全唐詩』 권868

2   연광煙光: 봄 하늘의 풍광.

3   금봉金鳳: 황금빛 봉황.

44. 꿈속 아름다운 여인의 노래
夢中美人歌[1]

邢鳳
형 봉

　형봉邢鳳은 장안長安 평강平康 안에 살았다. … 꿈속에서 한 미인이, 옛 복장과 높은 머리 모양과 긴 눈썹으로 꾸미고 책을 읊조리고 있었다. 형봉이 그 책을 펴보자, 미인이 말하기를 "그대가 반드시 전하려고 한다면 한 편을 넘지 않으니, 비단에 적어 그 〈춘양곡春陽曲〉을 전하시오"라고 했다. "곡曲 중에서 활을 당긴다는 것은 무엇을 말한 겁니까?"라고 물으니, 미인이 말하기를 "부모가 첩에게 이 춤을 가르쳤습니다."라고 말하고, 일어나서 옷을 단정히 하고 소매를 펼치며 여러 박拍 춤을 추는데, 활을 당기는 모양을 형봉에게 보여주었다. 춤을 마치고서 이별하고 떠나갔다. 형봉이 꿈에서 깨어나서, 곧 옷깃 소매에서 그 가사를 얻었다.[2]

1　『全唐詩』 권868
2　"…… 邢鳳居長安平康里. …… 夢一美人, 古裝高鬟長眉, 執卷而吟. 鳳發其卷. 美人曰: "君必欲傳之, 無過一篇. 取綵箋, 傳其春陽曲." 問: "曲中弓彎何謂." 美人曰: "父母敎妾爲此舞." 乃起, 整衣張袖舞數拍, 爲弓彎狀, 以示鳳. 旣罷, 辭去. 鳳覺, 仍於襟袖得其詞."

장안의 소녀 승은을 입었다지만

어느 승은인들 애끊는 슬픔 없을까?

춤추는 소매 활처럼 당겨 슬픔을 잊더니

비단옷 공허하게 백발로 바뀌었네

長安少女踏春陽³
장 안 소 녀 답 춘 양

何處春陽不斷腸⁴
하 처 춘 양 부 단 장

舞袖弓彎渾忘却⁵
무 수 궁 만 혼 망 각

羅衣空換九秋霜⁶
나 의 공 환 구 추 상

3　춘양春陽: 봄볕을 말하지만, 여기서는 제왕의 은택을 의미한다. 女가 兒女로 된 판본도 있다. 陽이 忙으로 된 판본도 있다.

4　陽이 歸인 판본도 있다.

5　彎이 腰인 판본도 있다.

6　구추九秋: 백발에 비유되어 쓰인다. 상霜도 머리카락이 하얗게 센 것을 비유한 말이다. 羅衣空換이 羅帷空度, 또는 蛾眉空帶로 된 판본도 있다.

45. 춤을 읊다
詠舞[1]

虞世南
우 세 남

번다한 〈녹수〉곡 연주하고

긴 소매는 〈회란무〉 추네

한 쌍이 함께 박자에 딱딱 맞추니

마치 거울을 마주한 듯하네

繁弦奏淥水[2]
번 현 주 녹 수

長袖轉回鸞[3]
장 수 전 회 란

一雙俱應節
일 쌍 구 응 절

還似鏡中看
환 사 경 중 간

---

1 『全唐詩』권36
2 번현繁弦: 관현의 음악이 복잡하고 촉급한 것. 녹수淥水: 고대 악곡명(『文選·馬融』〈長笛賦〉: "中取度於〈白雪〉·〈淥水〉" 李周翰 注: "〈白雪〉·〈淥水〉, 雅曲名."; 晉 葛洪, 『抱樸子·知止』: "口吐 〈採菱〉·〈延露〉之曲, 足躡〈淥水〉·〈七槃〉之節."; 唐 陳子昂 〈春臺引〉: "擊青鐘, 歌〈淥水〉.").
3 회란回鸞: 고대 춤인 〈회란무回鸞舞〉.

46. 춤

舞[1]

李 嶠
이 교

묘한 재주는 금곡에서 즐기고 　妙伎遊金谷[2]
　　　　　　　　　　　　　　　묘 기 유 금 곡

아름다운 여인은 석성에 가득하네 　佳人滿石城[3]
　　　　　　　　　　　　　　　가 인 만 석 성

노을빛 고운 옷은 자리 위에서 돌고 돌고 　霞衣席上轉[4]
　　　　　　　　　　　　　　　하 의 석 상 전

꽃무늬 소매는 눈보다 빛나네 　花袖雪前明
　　　　　　　　　　　　　　　화 수 설 전 명

12율은 〈청상곡〉에 화합하고 　儀鳳諧淸曲[5]
　　　　　　　　　　　　　　　의 봉 해 청 곡

〈회란무〉는 아성에 응하는데 　回鸞應雅聲
　　　　　　　　　　　　　　　회 란 응 아 성

1　『全唐詩』권59

2　금곡金谷: 금곡원金谷園. 지금의 허난성 뤄양현 서쪽에 진晉나라 석숭石崇이 이곳에 금곡원을 지었다. 석숭은 당시 엄청난 재산가였다. 진 무제의 외삼촌인 왕개王愷와 부를 겨룬 일화가 유명한데, 매번 석숭이 이겼다.

3　석성石城: 견고한 성을 의미한다.

4　하의霞衣: 노을빛의 고운 옷.

5　의봉儀鳳: 봉황의 별칭이다. 여기서 봉황은 양률과 음률의 상징으로 쓰였다. 고대에 황제의 신하이자 음악가인 윤륜이 대하의 서쪽 해곡嶰谷의 대나무로 율관을 만들었는데, 봉황의 수컷의 소리를 본받아 양률 여섯을 만들고, 암컷의 소리를 본받아 음률 여섯을 만들었다. 양률은 황종·태주·고선·유빈·이칙·무역이고, 음률은 대려·협종·중려·임종·남려·응종이다. 여기가 바로 율려의 발원지다(고대 악론과 관련하여 김미영, 『『악학궤법』악론의 동양사상 2580』, 성균관대학교 출판부, 2018 참고). 해곡嶰谷은 곤륜산 북쪽에 있는 계곡의 이름.

그대 한 번 돌아볼 뿐 소중히 여기지 않으니

누가 미인의 가냘픈 허리를 감상하리오

非君一顧重
비 군 일 고 중

誰賞素腰輕[6]
수 상 소 요 경

---

6 소요素腰: 미인의 허리.

47. 춘녀의 노래
春女行[1]

劉希夷
류 희 이

춘녀의 얼굴 옥과 같은데

원망하며 〈양춘곡〉을 노래하네

......

가는 허리는 밝은 달을 희롱하고

긴 소매는 춘풍을 날리네

......

春女顏如玉
춘 녀 안 여 옥

怨歌陽春曲[2]
원 가 양 춘 곡

......

纖腰弄明月
섬 요 롱 명 월

長袖舞春風[3]
장 수 무 춘 풍

......

1 『全唐詩』 권82
2 양춘곡陽春曲: 고대 가곡명.
3 袖가 拂인 판본도 있다.

48. 성 남쪽 정자에서 짓다
城南亭作[1]

張 說
장 설

......

긴 소매 더디게 도니 마음의 정취 더하고

〈청상곡〉 느리게 울리니 햇살이 파도 위에 출렁출렁

예부터 전해오는 〈비익무〉는 제후의 집에서 추고

처음 온 앳된 여자아이는 귀족의 집에서 노래했네

......

長袖遲回意緒多[2]
장 수 지 회 의 서 다

清商緩轉日騰波[3]
청 상 완 전 일 등 파

舊傳比翼候家舞
구 전 비 익 후 가 무

新出將雛主第歌[4]
신 출 장 추 주 제 가

......

---

1 『全唐詩』 권86

2 의서意緒: 마음의 뜻. 정서.

3 등파騰波: 출렁이는 물결.

4 장추將雛: 앳된 여자아이. 주제主第: 귀족의 집.

49. 3월 20일 낙유원에서 연회를 열고 시를 짓도록 명했다. 풍자 운을 얻었다.
三月二十日 詔宴樂遊園賦得風字[1]

張 說
장 설

......

긴 소매는 저무는 해를 부르고

남은 빛은 곡이 끝나기를 기다리네

......

長袖招斜日
장 수 초 사 일

留光待曲終
유 광 대 곡 종

---

1 『全唐詩』 권88

50. 늦은 밤 기녀를 보다
夜觀妓[1]

儲光羲
저 광 희

〈백설〉은 새로운 춤이라	白雪宜新舞[2] 백 설 의 신 무
맑게 갠 밤 마땅히 초비를 불렀네	淸宵召楚妃 청 소 소 초 비
아리따운 아이는 비단 자리를 들고	嬌童携錦薦 교 동 휴 금 천
시녀는 비단옷을 정돈하네	侍女整羅衣 시 녀 정 나 의
꽃은 늘어진 쪽에서 어른거리며 돌고	花映垂鬟轉[3] 화 영 수 환 전
향기는 걸음을 마중 나가며 날리네	香迎步履飛 향 영 보 리 비
서서히 긴 소매 거두니	徐徐斂長袖 서 서 렴 장 수
쌍 촛불이 장차 돌아가는 길을 전송하네	雙燭送將歸 쌍 촉 송 장 귀

---

1 『全唐詩』 권139
2 백설白雪: 초나라 악곡명.
3 화花: 비녀 혹은 트레머리에 달린 꽃장식을 말한다.

【참고】

○ 〈백설白雪〉

〈백설〉은 옛 금곡琴曲의 이름이다. 전하기를 춘추시대 진晉나라 사광師曠이 지은 것이라고 한다. 전국시대 초楚나라 송옥宋玉의「풍부諷賦」에 "그 가운데 명금鳴琴이 있는데 신하가 그것을 두드려 〈유란幽蘭〉·〈백설白雪〉을 연주했습니다."[4]라고 전하고, 『회남자淮南子』「남명훈覽冥訓」에 "옛날에 사광이 〈백설〉의 음을 연주하자, 신물神物이 그 소리 때문에 하강하였다."[5]라고 전한다. 또 삼국시대 위魏나라 혜강嵇康의「금부琴賦」에는 "〈백설〉곡을 날리고 〈청각〉곡을 연주하는데 정성正聲을 골라서 묘곡을 연주했다."[6]라는 글이 전한다. 이 곡은 당나라 측천무후 때에도 있었던 63곡의 청악곡淸樂曲 중 하나이다.[7]

---

4 楚 宋玉「諷賦」: "中有鳴琴焉, 臣援而鼓之, 爲〈幽蘭〉·〈白雪〉之曲."

5 『淮南子』「覽冥訓」: "昔者師曠奏〈白雪〉之音, 而神物爲之下降."

6 魏 嵇康「琴賦」: "揚〈白雪〉, 發〈淸角〉, 理正聲, 奏妙曲."

7 『明集禮』53 상「唐樂章」

51. 최명부 집에서 밤에 기녀를 보다
崔明府宅夜觀妓¹

孟浩然
맹호연

태양이 이윽고 구름 속에 저물자

발그레하니 얼굴 이미 붉어졌네

화당에 비로소 촛불 밝히니

금 휘장은 비단을 반쯤 드리우네

긴 소매는 〈평양곡〉을 춤추고

새로운 곡 〈자야가〉를 노래하네

이제껏 손님을 머물게 하는 것은 익숙해졌으니

이 밤은 누구를 위한 것일까?

白日旣雲暮²
백 일 기 운 모

朱顔亦已酡³
주 안 역 이 타

畫堂初點燭⁴
화 당 초 점

金幌半垂羅⁵
금 황 반 수 라

長袖平陽曲
장 수 평 양 곡

新聲子夜歌⁶
신 성 자 야 가

從來慣留客
종 래 관 유 객

玆夕爲誰多
자 석 위 수 다

---

1 『全唐詩』 권160
2 백일白日: 태양. 군주를 뜻하기도 한다.
3 주안朱顔: 음주로 인해 붉어진 얼굴.
4 화당畫堂: 궁궐 안의 채색 단청을 칠한 당.
5 금황金幌: 화려한 휘장.
6 자야가子夜歌: 악부樂府 오성가곡吳聲歌曲의 이름. 오나라 땅의 민간가곡을 말한다.

52. 초궁사
楚宮詞[1]

薛奇童
설 기 동

후원에 봄바람 불고

꾀꼬리 소리는 방안에 감도네

아름다운 창에 햇살 비추니

주렴은 쌀쌀한 기운을 돌돌 마네

버들잎은 그늘진 섬돌에 드리워져 있고

배꽃은 우물 울타리에 떨어져 있네

임금이 긴 소매를 좋아하니

새로 지은 춤옷이 넓구나

禁苑春風起[2]
금 원 춘 풍 기

流鶯繞合歡[3]
유 앵 요 합 환

玉窓通日氣
옥 창 통 일 기

珠箔捲輕寒
주 박 권 경 한

楊葉垂陰砌
양 엽 수 음 체

梨花入井闌[4]
이 화 입 정 란

君王好長袖
군 왕 호 장 수

新作舞衣寬
신 작 무 의 관

1　『全唐詩』 권22
2　금원禁苑: 대궐 안에 있는 동산이나 후원.
3　합환合歡: 남녀 혹은 부부의 방.
4　정란井闌: 정란井欄과 같은 말로, 우물의 울타리.

53. 장립본의 딸이 노래하는 것을 듣다
聽張立本女吟[1]

高 適
고 적

높은 관과 넓은 소매의 초나라 옷을 입고

홀로 고요한 정원을 걸으며 밤의 서늘함을 좇네

스스로 옥비녀를 잡고 섬돌가 대나무를 두드리며

맑은 노래 한 곡조 부르니 달빛이 차가워지네

危冠廣袖楚宮妝
위 관 광 수 초 궁 장

獨步閒庭逐夜涼
독 보 한 정 축 야 량

自把玉釵敲砌竹
자 파 옥 채 고 체 죽

清歌一曲月如霜
청 가 일 곡 월 여 상

---

1 『全唐詩』 권214

54. 동관산에서 취한 후 절구를 짓다
銅官山醉後絶句[1]

李 白
이 백

나는 동관산의 樂을 좋아하니

천 년이 지나도 돌아가지 않을 것이네

내 반드시 춤소매 휘돌려

오송산의 산수를 모두 털어낼 것이네

我愛銅官樂
아 애 동 관 악

千年未擬還
천 년 미 의 환

要須廻舞袖
요 수 회 무 수

拂盡五松山
불 진 오 송 산

---

1 『全唐詩』 권179

55. 낙유원의 노래
樂遊園歌[1]

杜 甫
두 보

......

궁궐문 활짝 열리고 햇살은 멀리 아득하게 지니

곡강가엔 푸른 장막과 화려한 현판 늘어서네

물을 스치듯 나직이 돌며 춤추는 소매 날리고

구름 위로 맑고 애절한 노랫소리 오르네

......

......

閶闔晴開昳蕩蕩[2]
창 합 청 개 질 탕 탕

曲江翠幕排銀牓[3]
곡 강 취 막 배 은 방

拂水低徊舞袖翻
불 수 저 회 무 수 번

緣雲淸切歌聲上
연 운 청 절 가 성 상

......

1　『全唐詩』 권216

2　창합閶闔: 궁궐의 문. 탕탕蕩蕩: 넓고 아득한 모양.

3　취막翠幕: 푸른 장막. 은방銀牓: 아름다운 현판. 은방銀榜과 같은 말.

56. 조십구가 녹전자를 추다
曹十九舞綠鈿[1]

元 積
원 진

빠른 음악 맑은 곡조 급박한데

춤옷만 겨우 추스르고

애정을 담아 겨우 손을 흔들지만

양 소매가 들쭉날쭉하네

하늘거리는 버들은 가는 나뭇가지를 당기는 듯

현란하게 도는 바람은 눈발을 휘돌리는 듯

응시하는 시선은 흔들림 없이 아름다운데

종종 박자를 놓치네

急管淸弄頻[2]
급 관 청 롱 빈

舞衣纔攬結[3]
무 의 재 람 결

含情獨搖手
함 정 독 요 수

雙袖參差列[4]
쌍 수 참 치 열

嫋嫋柳牽絲
요 노 유 견 사

炫轉風迴雪[5]
현 전 풍 회 설

凝眄嬌不移
응 면 교 불 이

往往度繁節
왕 왕 도 번 절

---

1 『全唐詩』권422. 녹전綠鈿: 〈녹전자綠鈿子〉. 『교방기教坊記』에 전한다.
2 급관急管: 박자가 빠른 음악.
3 람결攬結: 거두어드린다는 말.
4 참치參差: 어지러워 번잡한 모양. 뒤섞인 모양을 형용하는 말.
5 현전炫轉: 빛나는 채색이 돌며 움직이는 모양. 회설迴雪: 소매를 휘날리며 춤추는 자태를 형용하는 말.

57. 춤추는 허리
舞腰[1]

元 積
원 진

치맛자락 휘돌리고 손 나풀거리는데

음악에 맞추지 않고 자기 이쁜 척만 하네

사내들은 분명 박자에 맞추지 못함을 알지 못하리니

모두 동시에 도는 허리만 훔쳐보고 있기 때문이지

裙裾旋旋手迢迢[2]
군 거 선 선 수 초 초

不趁音聲自趁嬌
부 진 음 성 자 진 교

未必諸郎知曲誤
미 필 제 랑 지 곡 오

一時偸眼爲迴腰
일 시 투 안 위 회 요

---

1 『全唐詩』 권422
2 초초迢迢: 춤추는 모양을 형용하는 말.

58. 야연에서 취한 후 남아서 배시중에게 바치다
夜宴醉後留獻裵侍中[1]

白居易
백 거 이

......

나부끼는 춤추는 소매 쌍으로 날아가는 나비 같고

아름다운 노랫소리 꿰놓은 구슬 소리 같네

......

......

翩翻舞袖雙飛蝶
편 번 무 수 쌍 비 접

宛轉歌聲一索珠
완 전 가 성 일 색 주

......

---

1 『全唐詩』 권455

59. 춤

舞[1]

張 祜
장 호

높은 누대에서 아름다운 춤 바치니　　　　　荊臺呈妙舞[2]
　　　　　　　　　　　　　　　　　　　　형 대 정 묘 무

하늘 위에 비단옷 가득하네　　　　　　　　雲雨半羅衣
　　　　　　　　　　　　　　　　　　　　운 우 반 나 의

낭창거리는 허리 꺾일듯하고　　　　　　　裊裊腰疑折[3]
　　　　　　　　　　　　　　　　　　　　요 요 요 의 절

춤추는 소매 날고자 하네　　　　　　　　　褰褰袖欲飛[4]
　　　　　　　　　　　　　　　　　　　　건 건 수 욕 비

옅은 안개 속 붉은 철쭉꽃과　　　　　　　霧輕紅躑躅[5]
　　　　　　　　　　　　　　　　　　　　무 경 홍 척 촉

바람 고운 붉은 장미처럼　　　　　　　　　風艶紫薔薇
　　　　　　　　　　　　　　　　　　　　풍 염 자 장 미

애써 새로운 자태를 전하려 해도　　　　　强許傳新態
　　　　　　　　　　　　　　　　　　　　강 허 전 신 태

인간 세상에는 제자가 드무네　　　　　　　人間弟子稀
　　　　　　　　　　　　　　　　　　　　인 간 제 자 희

1　『全唐詩』권510
2　형대荊臺: 높이 쌓은 대.
3　요요裊裊: 아름답고 우아한 모습, 또는 간들거리는 모습을 형용하는 말.
4　건건褰褰: 나풀거리며 춤추는 모습을 형용하는 말.
5　척촉躑躅: 철쭉꽃.

60. 양주 3수
揚州 三首[1]

杜 牧
두 목

......

하늘은 푸르고 누대는 아름답고

바람은 서늘하고 노래와 연주 소리는 맑네

가는 허리는 긴 소매 사이에 있고

옥패에는 끈들이 뒤섞여 있네

......

天碧樓臺麗
천 벽 루 대 려

風涼歌管淸
풍 량 가 관 청

纖腰間長袖
섬 요 간 장 수

玉珮雜繁纓
옥 패 잡 번 영

......

---

1 『全唐詩』 권522

【참고】

○ 춘추시대 위후衛侯가 제齊를 칠 때에 신축新築에서 싸웠는데, 중숙우해仲叔于奚가 손환자孫桓子를 구원하여 살렸으므로, 위후가 상으로 고을을 주니 사양하고서, 제후라야 쓸 수 있는 곡현曲縣과 반영繁纓을 갖추고 조회할 것을 청하니 이를 허락하였다. 공자가 이를 듣고 "애석하구나! 고을을 많이 주는 것만 못하다. 명기明器는 아무에게나 함부로 줄 수 없는 것이므로 임금이 맡는 것이다."라고 탄식하였다(『춘추좌전』 노魯 성공成公 2년). 곡현은 제후의 악으로 삼면三面에 악기를 설치하는 것을 말하고, 반영은 제후의 말에만 꾸밀 수 있는 뱃대끈과 굴레이다.

즉 대부인 중숙우해가 제후의 예를 쓰기를 청한 것과 위후가 이를 허락한 것을 비판한 것이다.

61. 미인에게 주다

贈美人[1]

方 幹
방 간

......

춤추는 소매 맴도는 것이 나비 같고

붉은 입술 짙고 옅음이 앵두를 빌려온 듯하네

......

......

舞袖低徊眞蛺蝶[2]
무 수 저 회 진 협 접

朱脣深淺假櫻桃[3]
주 순 심 천 가 앵 도

......

---

1 『全唐詩』 권651
2 저회低徊: 맴도는 모습을 형용하는 말.
3 주순朱脣: 붉은 입술. 심천深淺: 사물의 경중, 대소, 다소 등을 표현하는 말.

62. 남을 위해 감개하여 주다
爲人感贈[1]

羅鄴
나 업

가무로 최고의 이름을 얻었었는데	歌舞從來最得名 가 무 종 래 최 득 명
지금은 늙어서 낙양성에 머무네	如今老寄洛陽城 여 금 로 기 낙 양 성
그때는 술에 취해 〈용양곡〉을 불렀었는데	當時醉送龍驤曲 당 시 취 송 용 양 곡
지금은 어느 집에서 밝은 달을 노래하려나	留與誰家唱月明 유 여 수 가 창 월 명

---

1 『全唐詩』 권654

63. 우가의 기녀와 함께 비 온 뒤 합동 연회를 즐기다
與牛家妓樂雨後合宴[1]

白居易
백 거 이

아름답고 맑은 관현악 소리 부드럽고	玉管清弦聲旖旎[2] 옥 관 청 현 성 의 니
비취 비녀와 붉은 소매 뒤섞여 앉아 있네	翠釵紅袖坐參差[3] 취 채 홍 수 좌 참 치
두 집안이 깊숙한 규방에서 합주하는 밤인데	兩家合奏洞房夜[4] 양 가 합 주 동 방 야
8월에 계속 흐리고 가을비 내리네	八月連陰秋雨時[5] 팔 월 련 음 추 우 시
가수의 얼굴에 정이 있어서 오래도록 주시하니	歌臉有情凝睇久[6] 가 검 유 정 응 제 구
춤추는 허리 힘없이 치마를 더디게 돌리네	舞腰無力轉裙遲 무 요 무 력 전 군 지
세상의 즐거운 음악은 이것보다 나은 게 없는데	人間歡樂無過此 인 간 환 악 무 과 차
천상의 극락세계에 가면 더는 알지 못하리라	上界西方即不知[7] 상 계 서 방 즉 부 지

---

1 『全唐詩』 권457
2 의니旖旎: 나긋나긋하고 유순한 모양.
3 참치參差: 뒤섞인 모양.
4 동방洞房: 깊숙한 침실이나 규방.
5 연음連陰: 여러 날 계속하여 날이 흐리다는 뜻
6 응제凝睇: 주시注視.
7 서방西方: 극락세계極樂世界.

健舞

胡旋舞·胡騰舞·劍器舞·柘枝舞

【참고】

○ 《건무健舞》와 《연무軟舞》 종목

《건무》와 《연무》에 배열된 종목은 기록마다 다소 차이가 있다. 아래는 『교방기』·『악부잡록』·『악서』의 《건무》와 《연무》 종목을 배열한 것이다.

健舞	教坊記	阿遼·拂林·大渭州·達摩支·柘枝·黃驪
	樂府雜錄	阿遼·拂林·大渭州·達摩支·柘枝·劍器·胡旋·胡騰·棱大
	樂書 181-1	阿遼·柘枝·黃驪·劍器·胡旋·胡騰·大祁·渾脫
	樂書 181-5	阿遼·拂林·大渭州·達摩支·柘枝·黃驪·阿連

軟舞	教坊記	廻波樂·蘭陵王·春鶯囀·半社·渠借席·烏夜啼
	樂府雜錄	廻波樂·蘭陵王·春鶯囀·半社·渠借席·烏夜啼·垂手羅·涼州·綠腰·蘇合香·掘柘枝·團亂旋·甘州
	樂書 181-1	垂手羅·涼州·綠腰·蘇合香·掘柘枝·團亂旋·甘州
	樂書 181-5	廻波樂·蘭陵王·春鶯囀·半社·渠借席·烏夜啼·垂手羅

위에 배열된 《건무》와 《연무》 종목 중 이 책에 언급된 것은, 《건무》 중 〈劍器〉·〈胡旋〉·〈胡騰〉·〈柘枝〉이고, 《연무》 중 〈春鶯囀〉·〈掘柘枝〉·〈涼州〉·〈綠腰〉이다. 위에 나열한 종목들과 비교하면, 그 종목 수가 적다. 이로써 보면 당시에 언급된 종목들이 그만큼 인기가 있거나 영향력이 있었던 것으로 이해할 수 있다. 그 춤에 관해 자세하게 설명을 한 것은 물론 제목만 언급되었더라도, 그 춤을 대체로 알고 있었거나, 인기가 있었기 때문에 가능한 일이라고 여겨진다.

64. 호선녀(李傳에 이르기를 "천보 연간에 서국에서 와서 바쳤다" 라고 하였다)

胡旋女(李傳云天寶中西國來獻)[1]

元 積
원 진

천보 연간 말 호족이 난리를 일으키려고 할 때	天寶欲末胡欲亂 천 보 욕 말 호 욕 란
호인이 여인을 바쳤는데 호선무를 잘 췄네	胡人獻女能胡旋 호 인 헌 녀 능 호 선
곧바로 명황이 자기도 모르게 미혹되니	旋得明皇不覺迷[2] 선 득 명 황 불 각 미
요염한 호녀가 별안간 장생전에 올랐네	妖胡奄到長生殿[3] 요 호 엄 도 장 생 전
호선의 뜻은 세상 사람들 모르지만	胡旋之義世莫知 호 선 지 의 세 막 지
호선의 모습은 내가 잘 전할 수 있네	胡旋之容我能傳 호 선 지 용 아 능 전
흰 뿌리 잘린 쑥대가 회오리바람에 구르듯 빠르고	蓬斷霜根羊角疾[4] 봉 단 상 근 양 각 질
장대 위에서 붉은 쟁반을 이니 태양처럼 눈부시네	竿戴朱盤火輪炫[5] 간 대 주 반 화 륜 현
보옥은 흩어지고 귀걸이는 별을 좇아 날아가고	驪珠迸珥逐飛星[6] 여 주 병 이 축 비 성

---

1 『全唐詩』 권419
2 명황明皇: 당 현종.
3 장생전長生殿: 당 화청궁華淸宮 안의 전으로, 천자의 거처.
4 봉단蓬斷: 전봉轉蓬. 바람에 날려서 이리저리 굴러다니는 쑥. 망초가 민들레꽃처럼 날리는 것을 전봉이라고 한다. 양각羊角: 돌개바람 즉 선풍旋風.
5 주반朱盤: 붉은 옻칠을 한 쟁반. 화륜火輪: 화차火車.
6 여주驪珠: 여룡驪龍의 함하頷下에 있는 옥. 얻기 어려워 귀하게 여기는 옥이다. 飛가 龍인 판본

무지개 놀 빛 가벼운 소매는 번갯불을 당기는 듯   虹暈輕巾摰流電[7]

홍 훈 경 건 체 류 전

바닷속 고래가 몰래 숨 들이키며 파도를 거슬러 가는 듯   潛鯨暗噏筺波海[8]

잠 경 암 흡 차 파 해

회오리바람처럼 어지러운 춤이 허공에 흩어지네   回風亂舞當空霰

회 풍 난 무 당 공 산

만 번이나 도니 그 누가 처음과 끝을 구별하고   萬過其誰辨終始

만 과 기 수 변 종 시

사방의 구경꾼들 어찌 앞뒤를 분간하겠는가?   四座安能分背面

사 좌 안 능 분 배 면

재인과 구경꾼들이 서로 말을 하는데   才人觀者相爲言

재 인 관 자 상 위 언

임금 은혜를 받드는 것은 돌면서 변화하는 데에 있다고 하네   承奉君恩在圜變

승 봉 군 은 재 환 변

시비와 호오는 임금의 입을 좇아가고   是非好惡隨君口

시 비 호 악 수 군 구

동서남북은 임금이 둘러보는 곳을 따라가네   南北東西逐君眄

남 북 동 서 축 군 면

유연한 동작을 하니 몸에 걸친 패대 드러나고   柔頓依身著佩帶[9]

유 연 의 신 저 패 대

천천히 도니 손에 두른 둥근 팔찌도 함께 도네   裵回繞指同環釧

배 회 요 지 동 환 천

아첨하는 신하가 그것을 듣고 마음의 계책을 굴려   佞臣聞此心計回

영 신 문 차 심 계 회

임금 마음을 어지럽히니 임금의 눈동자 현혹되네   熒惑君心君眼眩[10]

형 혹 군 심 군 안 현

임금이 굽은 듯하다고 말하면 갈고리처럼 구부리고   君言似曲屈如鉤

군 언 사 곡 굴 여 구

임금이 곧은 것을 좋아한다고 말하면 화살처럼 펴네   君言好直舒爲箭[11]

군 언 호 직 서 위 전

도 있다. 참고로 용성龍星은 별의 명칭으로, 28수宿의 각항을 일컫는다. 4월의 밤하늘 동쪽에
보인다.

7 유전流電: 섬전閃電과 같은 말. 순간적으로 번쩍하는 번갯불, 또는 전기의 불꽃.

8 波海가 海波인 판본도 있다.

9 著가 看인 판본도 있다.

10 熒惑이 亂惑인 판본도 있다.

11 爲가 如인 판본도 있다.

교태 부리며 달빛이 닿는 곳을 따라다니며

각양각색의 꾀꼬리 소리를 묘하게 흉내내네

임금의 힘을 이용하여 천지를 기울게 하려고

억누르고 막고 두루 차단하며 임금이 알까 두려워했네

임금 수레가 남쪽으로 행차하여 만리교에 이르니

현종은 그제야 세상이 뒤집혔다는 것을 깨달았네

눈과 마음이 뒤집힌 이에게 말하노니

나라와 집안을 지키려면 마땅히 전부 책임지시오!

巧隨清影觸處行[12]
교 수 청 영 촉 처 행

妙學春鶯百般囀[13]
묘 학 춘 앵 백 반 전

傾天側地用君力
경 천 측 지 용 군 력

抑塞周遮恐君見
억 새 주 차 공 군 견

翠華南幸萬里橋[14]
취 화 남 행 만 리 교

玄宗始悟坤維轉[15]
현 종 시 오 곤 유 전

寄言旋目與旋心
기 언 선 목 여 선 심

有國有家當共譴
유 국 유 가 당 공 견

---

12 청영清影: 청명한 빛. 여기서는 달빛을 말한다.

13 妙가 好로 된 판본도 있다.

14 안녹산의 난으로 현종이 도망가는 것을 말한다.

15 곤유坤維: 대지의 중심.

【참고】

○ 〈호선무〉

〈호선무〉는 당나라 때에 가장 성행했던 춤 중의 하나이다. 이 춤은 강국康國(즉 지금의 사마르칸트 지방에 있었던 서역西域의 나라)에서 나온 것으로, 여자들이 많이 추지만 또한 남자들이 추기도 했다. 독무, 2인 혹은 3, 4인이 함께 추는데, 춤을 출 때 바람처럼 급히 돌기 때문에 호선胡旋이라고 일컬었다.

『악부잡록』의 건무곡建舞曲에 〈호선〉이 있다. 좌우로 빠르게 도는 것이 바람과 같아서 건무라고 칭했다. 무용수의 복장은 『구당서』에, "두 사람이 춤추는데, 붉은 웃옷에 비단 깃과 소매, 그리고 녹색 비단 하의[襠袴]를 입었으며, 붉은 가죽신을 신고, 흰 바지를 입었다."[16]라고 하였다. 또 「석출통파각하관기夕出通波閣下觀妓」에 "호무가 누각에서 가지런히 시작되자, 영반鈴盤을 흔들며 복도를 걸어 나오네."[17]라고 한 것으로 보면, 탬버린의 일종인 영반을 들고 춘 듯하다. 이렇듯 호선무의 유형은 하나가 아니라 여러 가지의 버전으로 응용되어 확산되고 전승되었던 것으로 볼 수 있다. 〈상운악上雲樂〉에도 "가장 성행하는 춤은 아름다운 기예를 행하는 호무라오."[18]라고 한 것으로도 당시 호선무의 인기는 증명된다.

여기서 한 가지 짚고 넘어갈 것은, 고구려 〈호선무〉의 정체성이다. 『신당서』「예악지」의 고려[고구려]기 종목에 〈호선무〉가 있는데, 이 춤은 공[毬]위에서 바람처럼 돌면서 춤추는 것이다. 그런데 중국의 무용학자 왕커번王克芬이 고구려의 〈호선무〉를 강국의 영향을 받은 춤이라고 한 것을, 한국학자들이 여과 없이 수용하여 고구려의 〈호선무〉는 얼마간 그 정체성이 퇴색되었다. 이에 대해 이종숙은 고려[고구려]기의 〈호선무〉는 "공 위에 서서 바람처럼 돌며 춤추는 것"이 특징이며, 강국의 호선무는 "넓은 양탄자 위에서 쑥대처럼 가볍게 날려 다니듯 빠르게 도는 춤"이 특징으로, 두 춤은 각기 다른 춤임을 주장한 바 있다.[19]

---

16 『舊唐書』卷29「志」9「音樂」2: "舞二人, 緋襖, 錦領袖, 綠綾襠袴, 赤皮靴, 白袴帑."

17 "胡舞開齊閣鈴盤出步廊"

18 "擧技無不佳, 胡舞最所長"

19 이종숙, 「고구려 호선무의 정체 연구」, 『한국음악연구』 40, 한국국악학회, 2006, 305-325쪽.

65. 호선녀(측근의 신하를 경계하라. 천보 말 강거국에서 그것을 바쳤다)

胡旋女(戒近習也. 天寶末康居國獻之)[1]

白居易
백거이

호선녀여! 호선녀여!

마음은 현의 선율에 응하고 손은 북장단에 맞추네

현과 북소리 한번 울리자 양 소매 들어 올리더니

휘도는 눈발처럼 맴돌고 구르는 쑥대처럼 춤추네

좌로 돌고 우로 돌며 지칠 줄 모르고

천 번 돌고 만 번 돌아도 그치지 않네

세상의 어떤 것에도 비할 수 없으니

달리는 마차바퀴와 돌개바람이 더 느리네

곡이 끝나자 절을 하고 천자에게 인사하니

천자는 그녀를 위해 가볍게 미소 짓네

강거에서 온 호선녀여!

부질없이 동쪽으로 만리 남짓 왔구나

胡旋女　胡旋女
호선녀　호선녀

心應絃　手應鼓
심응현　수응고

絃鼓一聲雙袖擧[2]
현고일성쌍수거

迴雪飄颻轉蓬舞
회설표요전봉무

左旋右轉不知疲
좌선우전부지피

千匝萬周無已時
천잡만주무이시

人間物類無可比
인간물류무가비

奔車輪緩旋風遲
분차륜완선풍지

曲終再拜謝天子
곡종재배사천자

天子爲之微啓齒
천자위지미계치

胡旋女　出康居
호선녀　출강거

徒勞東來萬里餘[3]
도노동래만리여

---

1 『全唐詩』 권426. 근습近習: 임금을 가까이에서 모시는 신하.
2 雙이 兩인 판본도 있다.

중원에 원래 호선무 추는 자가 있는데 　中原自有胡旋者
　　　　　　　　　　　　　　　　　중 원 자 유 호 선 자

기묘한 재주 다투면 너보다 못하겠느냐? 　鬪妙爭能爾不如
　　　　　　　　　　　　　　　　　투 묘 쟁 능 이 불 여

천보 말년에 세상이 변하려고 하니 　天寶季年時欲變
　　　　　　　　　　　　　　　　　천 보 계 년 시 욕 변

신하와 측근들이 돌고 도는 것을 배웠네 　臣妾人人學圜轉
　　　　　　　　　　　　　　　　　신 첩 인 인 학 원 전

안에는 태진이 있고 밖에는 녹산이 있어 　中有太眞外祿山[4]
　　　　　　　　　　　　　　　　　중 유 태 진 외 녹 산

두 사람이 호선무에 가장 능하다고 말했지 　二人最道能胡旋
　　　　　　　　　　　　　　　　　이 인 최 도 능 호 선

이화원 안에서 책봉하여 비로 삼았고 　梨花園中冊作妃[5]
　　　　　　　　　　　　　　　　　이 화 원 중 책 작 비

금계 병풍 아래서 양자로 삼았네 　金鷄障下養爲兒[6]
　　　　　　　　　　　　　　　　　금 계 장 하 양 위 아

녹산의 호선무는 임금 눈을 미혹시켜서 　祿山胡旋迷君眼
　　　　　　　　　　　　　　　　　녹 산 호 선 미 군 안

병사들이 황하를 건너와도 반란이 아닌 줄 알았고 　兵過黃河疑未反
　　　　　　　　　　　　　　　　　병 과 황 하 의 미 반

귀비의 호선무는 임금의 마음을 현혹하여 　貴妃胡旋惑君心
　　　　　　　　　　　　　　　　　귀 비 호 선 혹 군 심

마외파에서 죽임을 당했는데도 그리움은 더욱 깊어졌네 　死棄馬嵬念更深
　　　　　　　　　　　　　　　　　사 기 마 외 념 갱 심

이로부터 하늘과 땅이 뒤집혔으나 　從茲地軸天維轉[7]
　　　　　　　　　　　　　　　　　종 자 지 축 천 유 전

오십 년 동안 제도를 금지하지 않았으니 　五十年來制不禁
　　　　　　　　　　　　　　　　　오 십 년 래 제 불 금

호선녀여! 공연히 춤추지 마시오! 　胡旋女　莫空舞
　　　　　　　　　　　　　　　　　호 선 녀　　막 공 무

여러 번 이 노래를 불러 총명한 임금을 깨닫게 하겠노라 　數唱此歌悟明主
　　　　　　　　　　　　　　　　　수 창 차 가 오 명 주

3　도노徒勞: 아무 보람도 없이 수고롭기만 한 것.
4　태진太眞: 양귀비가 현종에게 오기 전 도사로 있을 때의 호.
5　양옥환을 귀비로 책봉한 것을 말함. 옥환은 양귀비의 이름.
6　금계장金鷄障: 황제를 상징하는 금계가 그려진 병풍. 안녹산을 양자로 삼은 것을 말함.
7　지축地軸: 대지大地의 중심. 천유天維: 하늘의 법도.

66. 왕중승 집에서 밤에 호등무를 보다
王中丞宅夜觀舞胡騰¹

劉言史
유 언 사

석국의 호아는 보기 드문데	石國胡兒人見少 <small>석 국 호 아 인 견 소</small>
술동이 앞에서 새처럼 빠르게 춤추네	蹲舞尊前急如鳥² <small>준 무 존 전 급 여 조</small>
번모는 가운데는 비어있고 끝은 뾰족하고	織成蕃帽虛頂尖³ <small>직 성 번 모 허 정 첨</small>
가는 털실의 호나라 적삼은 양소매가 좁네	細氈胡衫雙袖小 <small>세 첩 호 삼 쌍 수 소</small>
손에 들었던 포도주잔을 던지고	手中抛下蒲萄盞 <small>수 중 포 하 포 도 잔</small>
서쪽을 돌아보며 홀연히 먼 고향을 생각하네	西顧忽思鄕路遠 <small>서 고 홀 사 향 로 원</small>
도약한 몸 도는 바퀴처럼 굴러 보대가 울고	跳身轉轂寶帶鳴⁴ <small>도 신 전 곡 보 대 명</small>
재주부리는 다리 현란하게 움직이니 금화가 부드럽네	弄脚繽紛錦靴軟⁵ <small>농 각 빈 분 금 화 연</small>
사방에 앉은 사람들 말없이 응시하고 있는데	四坐無言皆瞪目 <small>사 좌 무 언 개 징 목</small>
횡적과 금슬이 첫 시작을 재촉하네	橫笛琵琶偏頭促 <small>횡 적 비 파 편 두 촉</small>

---

1 『全唐詩』권468
2 준무蹲舞: 고대 중앙아시아 민족춤 동작.
3 직성織成: 색실이나 금실로 짠 것. 번모蕃帽: 고대 서역 지역 호인의 모자. 위쪽으로 뾰족하게 솟아 있다. 귀 보호대가 달려 있는 것도 있다.
4 보대寶帶: 보옥으로 장식한 띠.
5 빈분繽紛: 춤이 교차하며 복잡하게 아우르며 나아가는 모습을 형용한 말.

새 담요에서 어지럽게 뛰어오르니 붉은 털이 눈처럼 내리고

가벼운 꽃을 옆에서 날리니 붉은 촛불로 떨어지네

주연이 다해 춤이 끝나고 음악 그치자

무궁화 서쪽의 새벽 달을 바라보네

亂騰新毯雪朱毛
난 등 신 담 설 주 모

傍拂輕花下紅燭
방 불 경 화 하 홍 촉

酒闌舞罷絲管絕[6]
주 란 무 파 사 관 절

木槿花西見殘月[7]
목 근 화 서 견 잔 월

---

6   주란酒闌: 주연이 장차 마친다는 뜻.
7   목근화木槿花: 아욱과에 속한 낙엽 관목인 무궁화의 꽃. 잔월殘月: 새벽의 희미한 달 또는 거의
    져 가는 달.

【참고】

○ 〈호등무〉

〈호등무〉는 강렬하고 분방한 춤이다. 서역 석국石國⁸에서 중원으로 유입된 남성 독무로, 남조南朝에서 당대唐代까지 유행했다. 당시 중원 유족들이 즐겼던 것으로 한 시대를 풍미한 춤이다. 공연하는 이들은 전하는 기록에 따르면 대부분 '근육질에 피부는 옥 같고 코는 송곳과 같이 뾰족한' 호인이었다.

그들의 의상은 구슬로 엮어져 있고 끝이 뾰족한 번족蕃族의 모자를 썼으며 화려한 비단 가죽 장화를 신었다. 소매통이 좁은 저고리를 입었으며 허리에는 포도와 꽃무늬가 있는 긴 허리띠를 묶고 한쪽으로 드리웠다.

춤은 웅건함과 빠른 속도감 강렬함과 분방함 또 유연함과 흥취가 있었으며, 특히 무용수가 단숨에 술을 한잔 쭉 들이키고, 술잔을 던져버리고 춤을 추는 것이 매우 독특했던 것으로 전한다. 주요 춤동작은 굽은 손동작과 어지럽게 놀리는 소매 동작, 넓적다리로 오랫동안 버티거나, 사타구니를 벌리고 무릎을 끌어 올려 위로 도약하는 동작이다.

송나라 궁중무용인 《소아대小兒隊》에 〈취호등대醉胡騰隊〉가 있는데, 이는 당 대의 제도를 계승한 것이다.

---

8 석국은 우즈베키스탄 공화국의 수도 Tashkent를 중국 수나라, 당나라 때에 이르던 이름이다.

67. 호등아
胡騰兒[1]

이 단

호등무를 추는 양주 아이	胡騰身是涼州兒[2]
	호 등 신 시 양 주 아
살갗은 옥 같고 코는 송곳 같네	肌膚如玉鼻如錐
	기 부 여 옥 비 여 추
얇은 동포 적삼은 앞뒤로 말리고	桐布輕衫前後卷[3]
	동 포 경 삼 전 후 권
포도 문양 긴 허리띠는 한쪽으로 드리웠네	葡萄長帶一邊垂
	포 도 장 대 일 변 수
장막 앞에 꿇어앉아 본토 말을 읊조리더니	帳前跪作本音語
	장 전 궤 작 본 음 어
옷깃 여미고 소매를 휘저으며 그대 위해 춤추네	拾襟攪袖爲君舞[4]
	습 금 교 수 위 군 무
안서 지방 옛 성곽을 눈물 거두며 바라보자	安西舊牧收淚看
	안 서 구 목 수 루 간
낙양 시인이 곡을 하나 써서 주네	洛下詞人抄曲與
	낙 하 사 인 초 곡 여
눈썹 올리고 눈 굴리며 꽃무늬 양탄자에서 춤추는데	揚眉動目踏花氈
	양 미 동 목 답 화 전
구슬 모자 옆으로 붉은 땀이 흐르네	紅汗交流珠帽偏
	홍 한 교 류 주 모 편
취한 듯 동쪽으로 기우뚱 서쪽으로 비틀	醉脚東傾又西倒
	취 각 동 경 우 서 도

---

1 『全唐詩』 권284. 兒가 歌로 된 판본도 있다.
2 양주涼州: 지금의 간쑤성甘肅省 일부.
3 동포桐布: 오동나무 꽃에서 뽑은 실로 짠 베.
4 拾이 拈으로 된 판본도 있다. 攪가 攞로 된 판본도 있다.

두 신발이 유연하게 등잔 앞을 가득 채우네

빙빙 돌고 빠르게 발로 차도 모두 리듬에 맞고

팔을 구부려 허리춤에 걸치니 반달 모양 같네

갑자기 거문고 연주 끝나자

탄식하듯 화각소리 성머리에서 울려퍼지네

호등아! 호등아!

고향길 끊어진 것 아느냐? 모르느냐?

雙靴柔弱滿燈前
쌍 화 유 약 만 등 전

環行急蹴皆應節
환 행 급 축 개 응 절

反手叉腰如却月⁵
반 수 차 요 여 각 월

絲桐忽奏一曲終⁶
사 동 홀 주 일 곡 종

嗚嗚畫角城頭發
오 오 화 각 성 두 발

胡騰兒　胡騰兒
호 등 아　호 등 아

故鄉路斷知不知
고 향 로 단 지 부 지

5　차요叉腰: 팔꿈치를 구부리고 다섯 손가락을 허리춤에 댄 모습을 형용한 말. 각월却月: 반달
　모양.
6　사동絲桐: 거문고의 별칭.

68. 공손대랑의 제자가 검기를 춤추는 것을 보고 검기행을 짓고 아울러 서를 쓰다
觀公孫大娘弟子舞劍器行幷序[1]

杜 甫
두 보

대력大歷 2년(767) 10월 19일, 기부夔府[2]의 별가別駕[3] 원지元持(행적 미상) 댁에서 임영臨潁[4]의 이십이랑李十二娘[5]이 〈검기劍器〉를 춤추는 것을 보았다. 그 웅혼한 자태[蔚跋][6]를 장壯하게 여기고, 누구에게 〈검기〉를 배웠는지 물으니, 대답하기를 "저는 공손대랑公孫大娘의 제자입니다."라고 했다. 개원開元 3년(715), 내가 아직 어린애였을 때[7] 언성郾城[8]에서 공손씨公孫氏가 〈검기劍器〉와 〈혼탈渾脫〉[9]을 춤춘 것을 기억하는데 춤사위가 활달하고 날렵하며 빨리 도는 모습[瀏灕頓挫][10]이 홀로 빼어나서 당시에

---

1 『全唐詩』 권222. 공손대랑公孫大娘: 현종玄宗 개원開元 연간의 유명한 무용수. 『태평어람太平御覽』에는 『명황잡록明皇雜錄』을 인용하여, "공손대랑은 〈검무劍舞〉를 잘 추었다. 〈인리곡隣里曲〉과 〈배장군만당세裴將軍滿堂勢〉, 〈서하검기혼탈劍器西河渾脫〉을 잘 춰서 당시에 으뜸이었다."라고 전한다(『태평어람』 권22).

2 기부夔府: 기주夔州 지역. 지금의 쓰촨성 펑제현奉節縣.

3 별가別駕: 종4품의 관직명.

4 임영臨潁: 지금의 허난성河南省 임영현.

5 이십이랑李十二娘: 공손여랑의 제자.

6 울기蔚跋: 웅혼雄渾한 자태姿態.

7 당시 두보의 나이는 6살이었다.

8 언성郾城: 지금의 허난성 언성 현.

9 혼탈渾脫: 서역에서 온 춤.

10 유리돈좌瀏灕頓挫: 활달하게 날렵하고 기복起伏이 심하고 회전回轉이 매우 빠른 춤사위를 묘사한 말.

으뜸이었다. 궁전의 의춘宜春과 이원梨園[11] 두 기방伎坊의 나인內人들과 외부의 공봉供奉[12]에 이르기까지 이 춤을 터득한 사람은 성문신무황제聖文神武皇帝(玄宗) 초에는 공손한 사람뿐이었다. 옥 같은 용모로 비단옷을 걸치고 있었는데, 하물며 내가 백발이 되었음에랴! 지금의 제자 또한 한창때의 얼굴이 아니다. 이미 그 유래를 분별해보니, 그 춤의 원류가 둘이 아님을 알았다. 옛일을 추억하며 애오라지 〈검기행〉을 짓는다. 지난날 오吳나라 사람 장욱張旭[13]이 초서첩草書帖을 잘 썼는데, 여러 번 업현鄴縣[14]에서 공손대랑이 〈서하검기西河劍器〉를 추는 것을 본 후로 초서가 크게 진전되어 호탕하게 감격하였다고 하니, 공손을 알 만하다.[15]

옛날에 공손씨라는 아름다운 이가 있었지	昔有佳人公孫氏 석 유 가 인 공 손 씨
〈검기〉 한 번 추면 사방이 진동하고	一舞劍器動四方 일 무 검 기 동 사 방
인산인해의 관람객들 모두 넋을 잃었지	觀者如山色沮喪[16] 관 자 여 산 색 저 상
천지가 이로 인해 오랫동안 위아래로 요동치고	天地爲之久低昂 천 지 위 지 구 저 앙
빛나는 것은 예가 아홉 해를 쏘아 떨어뜨린 듯	爥如羿射九日落[17] 곡 여 예 사 구 일 락
솟구치는 것은 신선들이 용 수레를 타고 나는 듯	矯如羣帝驂龍翔[18] 교 여 군 제 참 룡 상

---

11 의춘宜春과 이원梨園은 모두 궁내에 있던 교방敎坊의 이름이다.

12 외부의 공봉供奉은 궁중과 교방 이외에서 춤과 노래를 하는 사람을 일컫는 말이다.

13 장욱張旭: 당나라 서예가로 초서로 유명하다.

14 업현鄴縣: 지금의 허난성 안양현安陽縣이다.

15 大曆二年十月十九日, 夔府別駕元持宅, 見臨潁李十二娘舞劍器, 壯其蔚跂; 問其所師, 曰: "餘, 公孫大娘弟子也." 開元三載, 餘尙童穉, 記於郾城觀公孫氏舞〈劍器〉·〈渾脫〉, 瀏灕頓挫, 獨出冠時. 自高頭宜春梨園二伎坊內人, 泊外供奉, 曉是舞者, 聖文神武皇帝初, 公孫一人而已. 玉貌錦衣, 況餘白首. 今兹弟子, 亦匪盛顔. 旣辨其由來, 知波瀾莫二. 撫事慷慨, 聊爲〈劍器行〉. 昔者, 吳人張旭, 善草書帖, 數常於鄴縣, 見公孫大娘舞西河劍器, 自此草書長進, 豪蕩感激, 卽公孫可知矣.

16 저상沮喪: 의기나 원기 따위의 기운을 잃은 것.

17 예羿: 요임금 시대의 천신이자 명궁수.

오는 것은 우레가 진노를 거둔 듯

멈춘 것은 강해가 맑은 빛을 모은 듯했지

붉은 입술 구슬로 장식한 소매 모두 적막하더니

만년에 제자가 향기를 전하는구나

공손의 제자는 백제성에서

절묘한 춤으로 이 곡의 정신을 떨치고 있네

나와 함께 얘기함이 이미 이유가 있었으니

시절을 느끼고 옛일을 추억하니 더욱 슬프구나

현종의 시녀 팔천 명 중

공손의 〈검기〉가 제일이었는데

오십 년간 손바닥 뒤집히듯

안사의 난으로 세상이 뒤틀리고 왕실이 혼란해지니

이원제자들은 연기처럼 흩어지고

來如雷霆收震怒
내 여 뢰 정 수 진 노

罷如江海凝淸光
파 여 강 해 응 청 광

絳脣珠袖兩寂莫[19]
강 순 주 수 양 적 막

況有弟子傳芬芳[20]
황 유 제 자 전 분 방

臨潁美人在白帝[21]
임 영 미 인 재 백 제

妙舞此曲神揚揚
묘 무 차 곡 신 양 양

與餘問答旣有以
여 여 문 답 기 유 이

感時撫事增惋傷[22]
감 시 무 사 증 완 상

先帝侍女八千人[23]
선 제 시 녀 팔 천 인

公孫劍器初第一
공 손 검 기 초 제 일

五十年間似反掌
오 십 년 간 사 반 장

風塵傾動昏王室[24]
풍 진 경 동 혼 왕 실

梨園子弟散如煙
이 원 자 제 산 여 연

---

18 군제羣帝: 군선群仙. 신선의 무리.

19 강순주수絳脣珠袖: 붉은 입술과 구슬로 장식한 소매. 여기서는 공손이 춤을 출 때의 얼굴 화장
    과 입었던 춤옷을 묘사한 말.

20 況이 晩 또는 脫인 판본도 있다. 여기서는 晩으로 풀었다.

21 임영미인臨潁美人: 공손의 제자 이십이랑李十二娘. 백제白帝: 백제성白帝城으로, 기주夔州을
    말한다.

22 완상惋傷: 매우 슬퍼한다는 말.

23 선제先帝: 현종.

24 풍진風塵: 세상에 일어나는 어지러운 일. 여기서는 안사의 난을 말한다. 경동傾動: 땅덩어리가
    기울어진 것. 傾動이 㴞洞인 판본도 있다.

여악의 남은 자태는 차가운 햇살이 덮어 버렸네 　 女樂餘姿映寒日
　　　　　　　　　　　　　　　　　　　　　　　여 악 여 자 영 한 일

금속산 남쪽 나무는 이미 아름이 되었을텐데 　 金粟堆南木已拱[25]
　　　　　　　　　　　　　　　　　　　　　　　금 속 퇴 남 목 이 공

구당 석성의 풀은 쓸쓸하기만 하네 　 瞿唐石城草蕭瑟[26]
　　　　　　　　　　　　　　　　　　　　　　　구 당 석 성 초 소 슬

화려한 연회의 빠른 피리소리 마지막을 고하니 　 玳筵急管曲復終[27]
　　　　　　　　　　　　　　　　　　　　　　　대 연 급 관 곡 부 종

즐거움 다하고 슬픔이 일며 달이 동쪽에서 뜨네 　 樂極哀來月東出
　　　　　　　　　　　　　　　　　　　　　　　락 극 애 래 월 동 출

노부는 갈 곳을 몰라 　 老夫不知其所往
　　　　　　　　　　　　　　　　　　　　　　　노 부 부 지 기 소 왕

거친 산에서 발바닥에 굳은살 박혀 더욱 시름겹네 　 足繭荒山轉愁疾
　　　　　　　　　　　　　　　　　　　　　　　족 견 황 산 전 수 질

【참고】

○ 예羿

예는 요임금 시대의 천신이자 명궁수이고, 두꺼비로 변해 달에 갇혀 있는 항아姮娥의
남편이다. 요임금 시대에 있었던 일로, 천제의 아들들인 10개의 해가 하루에 한 번씩
번갈아서 하늘로 올라야 하는데, 오랜 세월이 지난 어느 날 장난삼아 10개의 해가 동시에
떠올랐다. 이로 인해 농작물도 다 타버리고 사람과 짐승들도 타죽을 지경이 되었다.
요임금이 천제에게 이 상황을 알리고 해결해 달라고 간청을 드렸다. 이에 천제는 천신인
예에게 지상에 내려가서 문제를 해결하고 오라고 명한다. 고지식한 예는 천제의 아들들
에게 장난을 멈추라고 하면 될 것을, 화살로 쏘아 하늘의 해를 하나씩 떨어뜨리기 시작했
다. 예가 활을 쏴서 백발백중 해를 떨어뜨리자, 이를 지켜보던 요임금이 이대로 두었다가
는 지금보다 더 무서운 암흑과 혹한의 세상으로 변하게 되겠기에, 한 개의 화살을 몰래
감춰 결국 9개의 해를 활로 쏘아 떨어뜨렸다고 한다.[28] 『회남자淮南子』「본경훈本經訓」에

25 　금속퇴金粟堆: 금속산金粟山. 지금의 산시성 포성蒲城 동북으로, 현종의 태릉泰陵이 있는 곳.
26 　구당석성瞿唐石城: 구당협瞿唐峽 석성石城으로, 기주夔州를 말한다. 草가 暮인 판본도 있다.
27 　대연玳筵: 대모玳瑁 장식의 화려한 자리. 즉 화려한 연회.

"요堯 임금 시대에 10개의 태양이 한꺼번에 떠올라서 곡물을 불태우고 초목을 말라 죽게 하여 백성들이 먹을 것이 없어졌다. …… 그래서 요임금은 예羿에게 명하여 …… 해를 쏘아 떨어뜨리게 했다."[29]라는 내용이 전한다. 요임금이 화살 하나를 감춰두었기에 하늘의 해가 지금까지 남아 있는 것이다.

○ 안사의 난

안사의 난은 755년에서 763년까지 당나라에서 일어난 전란이다. 전란을 일으킨 안녹산安祿山(703-757)과 사사명史思明(?-761)의 이름을 따서 안사의 난이라고 일컫는다. 당 현종이 양귀비에 빠져서 정사를 돌보지 않자, 환관과 양국충 등의 환관-외척정치가 시작되었다. 환관과 외척들의 전횡과 부패 속에서 관리들은 타락할 수밖에 없었고, 권력 다툼은 난을 일으킬 명분이 되었다. 755년 안녹산은 양귀비의 오빠 양국충을 토벌한다는 명분으로 반란을 일으킨 것이다. 안녹산은 757년 1월에 맏아들인 안경서安慶緒에게 살해당한다. 이후 안녹산의 부장이던 사사명에게 안녹산의 아들인 안경서가 살해당하고, 사사명은 그의 맏아들 사조의史朝義에게 살해당한다. 762년 당 현종 사망에 이어, 763년 사조의가 자살하면서 난이 평정되었다. 안사의 난으로 8년여의 전란에 시달려 많은 사람이 죽고, 당은 쇠퇴기로 접어들게 된다.

---

28 예에 관한 이야기는 김희영 지음, 『이야기 중국사 1』, 청아출판사, 2003, 21-24쪽을 참고하시오.

29 『淮南子』「本經訓」: 逮至堯之時, 十日竝出, 焦禾稼, 殺草木, 而民無所食 …… 堯乃使羿 …… 上射十日. 앞뒤 내용은 劉安 編著/ 안길환 편역, 『회남자』 상, 명문당, 2001, 357-358쪽 참조.

69. 검기사 3수
劍器詞 三首[1]

姚 合
요 합

조정이 능력 있는 장수를 등용하자마자

귀신처럼 빠르게 적을 패배시키네

휘두르는 칼에는 용이 감겨 있고

깃발 펼치니 불빛이 몸에 가득하네

하천의 기슭에는 적군의 시체가 쌓여있고

흐르는 피로 들판엔 먼지가 일지 않았네

오늘 펼쳐지는 검기무

응당 전사는 알고 있겠지

대낮에 황하강 건널 때는

장군께서 군대가 위험하지 않도록 지휘했고

聖朝能用將
성 조 능 용 장

破敵速如神
파 적 속 여 신

掉劍龍纏臂[2]
도 검 룡 전 비

開旗火滿身
개 기 화 만 신

積屍川沒岸[3]
적 시 천 몰 안

流血野無塵
유 혈 야 무 진

今日當場舞
금 일 당 장 무

應知是戰人[4]
응 지 시 전 인

晝渡黃河水[5]
주 도 황 하 수

將軍險用師
장 군 험 용 사

---

1 『全唐詩』권502
2 掉이 揷인 판본도 있다.
3 沒이 有인 판본도 있다.
4 應이 須인 판본도 있다.
5 晝가 夜인 판본도 있다.

눈빛을 갑옷에 반사 시켜 어둠을 밝혔으며

깃발로 바람을 막았었지

진영은 용과 뱀이 살아 움직이는 듯 변하는데

군대의 웅장함은 고각소리로 알 수 있었네

오늘 아침 다시 일어나 춤을 추니

전쟁이 무르익었던 때가 생각나네

오랑캐를 격파하러 천리를 가는데

삼군의 의기가 호장하네

펼친 깃발이 해를 막아 어둡고

달리던 말이 황하물 마셔 마르게 하네

이웃 나라에서 군대의 전략을 구하고

황제의 은혜로 진도를 찾았네

雪光偏著甲[6]
설 광 편 저 갑

風力不禁旗
풍 력 불 금 기

陣變龍蛇活[7]
진 변 룡 사 활

軍雄鼓角知[8]
군 웅 고 각 지

今朝重起舞
금 조 중 기 무

記得戰酣時[9]
기 득 전 감 시

破虜行千里
파 로 행 천 리

三軍意氣麤[10]
삼 군 의 기 추

展旗遮日黑
전 기 차 일 흑

驅馬飮河枯[11]
구 마 음 하 고

鄰境求兵略[12]
인 경 구 병 략

皇恩索陣圖[13]
황 은 색 진 도

---

6   설광雪光: 쌓인 눈에서 반사된 빛. 光이 聲인 판본도 있다.

7   용사龍蛇: 창과 칼 등의 무기.

8   고각鼓角: 군중에서 호령할 때 쓰던 북과 나팔.

9   전감戰酣: 전투가 격렬한 때.

10 삼군三軍: 주대에 제후가 거느린 상군上軍·중군中軍·하군下軍으로, 각 군은 1만 2천 500명
    이다.

11 飮이 踏인 판본도 있다.

12 병략兵略: 군대의 전략.

13 진도陣圖: 진을 치는 방법을 묘사한 그림.

원화 연간의 〈태평악〉은

예로부터 반드시 두려움을 없애주었네

元和太平樂[14]
원 화 태 평 악

自古恐應無
자 고 공 응 무

---

14 원화元和: 806-820년 간의 당 헌종憲宗의 연호.

70. 검기

劒器[1]

司空圖
사 공 도

누각 아래서 공손대랑이 옛 무대를 독점하자

헛되이 여자들이 군장을 사랑하게 되었네

동관에서 한 번 패하니 호아가 웃고

여산에 모인 말들이 해당탕 막는 것을 막네

樓下公孫昔擅場[2]
누 하 공 손 석 천 장

空教女子愛軍裝
공 교 녀 자 애 군 장

潼關一敗吳兒喜[3]
동 관 일 패 오 아 희

簇馬驪山看御湯[4]
족 마 려 산 간 어 탕

---

1 『全唐詩』권633

2 천장擅場: 기예가 남보다 월등하게 뛰어나서 독무대를 펼쳤다는 말.

3 동관潼關: 산시성陝西省에 있는 관關 이름. 吳가 胡인 판본도 있어서 호아로 풀이했다.

4 탕湯: 현종이 양귀비를 위해 지어준 해당탕을 말하는 듯하다. 해당탕은 현종과 양귀비가 로맨
   스를 즐긴 화청지에 있었다. 이곳은 주나라 때는 여궁, 진나라 때는 여산탕, 한나라 때는 이궁
   으로 유명했던 곳이다.

71. 배장군에게 보내다
贈裵將軍[1]

顏眞卿
안 진 경

......

검무는 마치 날아가는 번개같이

바람 따라 얽히고 또 돌아가네

......

劍舞若遊電
검 무 약 유 전

隨風縈且迴
수 풍 영 차 회

......

---

1 『全唐詩』권152

72. 협객가
俠客行[1]

李白
이 백

조나라 협객 호인의 모자 끈 늘어뜨리고	趙客縵胡纓[2] 조 객 만 호 영
휘어진 칼 서릿발처럼 빛나네	吳鉤霜雪明[3] 오 구 상 설 명
은 안장은 백마를 비추고	銀鞍照白馬 은 안 조 백 마
바람 소리는 뒤섞여 흐르는 별과 같네	颯遝如流星 삽 답 여 류 성
열 걸음 걸을 때마다 한 사람 죽이며	十步殺一人 십 보 살 일 인
천릿길을 머물지 않고 가는데	千里不留行 천 리 불 유 행
일이 끝나면 옷을 털고 떠나며	事了拂衣去 사 료 불 의 거
이름과 몸은 깊숙이 감추네	深藏身與名 심 장 신 여 명
한가할 때 신릉군에게 가서 술을 마시면서	閒過信陵飲[4] 한 과 신 릉 음
검을 벗어 무릎 앞에 뉘어놓았네	脫劍膝前橫 탈 검 슬 전 횡

---

1   『全唐詩』 권23
2   조객趙客: 협객俠客. 전국시대 조趙나라와 연燕나라는 무武를 숭상하는 기풍이 있어 협객이
      많았다.
3   오구吳鉤: 날이 휘어진 칼. 춘추시대 오나라 사람들이 휘어진 칼을 잘 만들었다고 한다.
4   신릉信陵(信陵君, ?-B.C.243): 전국시대 위나라 사람으로 위소왕魏昭王의 아들이며, 이름은
      위무기魏無忌이다. 신릉군은 전국시대 조나라의 평원군平原君 조승趙勝, 제나라의 맹상군孟嘗
      君 전문田文, 초나라의 춘신군春申君 황갈黃歇과 함께 전국시대의 4공자로 불린다.

구운 고기는 주해에게 먹이고

술잔을 잡아 후영에게 권하네

술 석 잔에 승낙하니

오악이 무너짐을 가볍게 여긴 것이지

將炙啖朱亥[5]
장 자 담 주 해

持觴勸侯嬴[6]
지 상 권 후 영

三杯吐然諾
삼 배 토 연 낙

五嶽倒爲輕[7]
오 악 도 위 경

---

5 주해朱亥: 신릉군의 식객.

6 후영侯嬴: 신릉군의 문객.

7 오악五嶽: 중국의 오대 명산으로 중악中嶽인 숭산崇山, 동악東嶽인 태산泰山, 서악西嶽인 화산
   華山, 남악南嶽인 형산衡山 그리고 북악北嶽인 항산恒山을 일컫는다.

73. 사마장군의 노래

司馬將軍歌[1]

李 白
이 백

......

장군이 스스로 일어나 장검무를 추니

장사들의 환호소리에 하늘이 진동하네

공 세우고 승전보를 알리며 어진 임금을 알현하니

고운 빛깔로 그린 초상화가 기린각에 걸리네

......

將軍自起舞長劍
장 군 자 기 무 장 검

壯士呼聲動九垓[2]
장 사 호 성 동 구 해

功成獻凱見明主
공 성 헌 개 견 명 주

丹靑畵像麒麟臺[3]
단 청 화 상 기 린 대

---

1 『全唐詩』권163. (안록산의 잔당인) 반역자 강초원康楚元과 장가연張嘉延이 불법으로 군사를
   일으켜 형주를 훔쳤다. 남쪽 하늘의 별이 밝게 빛나고 전쟁의 승리가 눈 앞에 펼쳐지니, 남쪽을
   정벌한 맹장들이 구름같이 밀집하여 기세를 올리고 있다. …… 장군이 장검을 휘두르자 장사의
   함성이 하늘을 뒤흔들었다. 군대가 경공을 이기고, 개선의 노래를 연주할 때, 공신의 화상이
   미앙궁의 기린대에 그려질 수 있었다. 〈사마장군가司馬將軍歌〉는 이백이 〈농상가隴上歌〉를 본
   떠 지은 악부시다. 시에서는 남쪽 지역을 정벌한 장병의 위무한 기개와 엄숙한 규율을 노래했
   으며, 강초원과 장가연의 반란을 평정한 것에 대한 시인의 필승 신념이 표현되어 있다.

2   구해九垓: 하늘 끝, 하늘 위, 구천九天의 밖.

3   기린대麒麟臺: 한나라 고조 때 소하蕭何가 지어 공신들의 초상을 걸었다는 기린각麒麟閣.

74. 옥항아리를 두드리며 읊다

玉壺吟[1]

李 白
이 백

......

술 석 잔에 검을 뽑아 가을 달밤에 춤을 추다가

갑자기 높은 소리로 노래 부르며 눈물을 흘리네

......

......

三杯拂劍舞秋月
삼 배 불 검 무 추 월

忽然高詠涕泗漣[2]
홀 연 고 영 체 사 련

......

---

1 『全唐詩』 권166. 옥호玉壺: 옥항아리. 옥호음은 열사가 강개하여 침 뱉을 때 쓰는 옥항아리를
   두드리며 노래하는 것을 이르는 말이다. 『세설신어世說新語』 「호상豪爽」에 "동진東晉의 왕처중
   王處仲(處仲은 王敦의 字)이 음주 후에 항상 부르는 노래가 있는데, 그것은 조조曹操의 〈보출하
   문행步出夏門行〉 중에서 "늙은 지사의 뜻은 천 리에 가 있어도 엎드려 있어야 하는데, 열사는
   말년에도 비장한 심경을 멈출 줄 모르네[老驥伏櫪, 志在千里. 烈士暮年, 壯心不已]"라는 비장한
   시구이다. 그는 그 시구를 옥호를 두드리면서 즐겨 불렀다고 한다.
2 고영高詠: 시나 가사를 높고 큰 소리로 읊는 것. 높은 소리로 노래한다는 뜻도 있다. 체사涕泗:
   울어서 흐르는 눈물이나 콧물.

75. 우림 도장군을 보내며

送羽林陶將軍[1]

李 白
이 백

......

만 리를 창을 비껴들고 호랑이 굴을 찾더니

술 석 잔에 검을 빼서 용천검무를 추네

......

......

萬里橫戈探虎穴[2]
만 리 횡 과 탐 호 혈

三杯拔劍舞龍泉[3]
삼 배 발 검 무 용 천

......

---

1 『全唐詩』 권176. 우림羽林: 궁성을 호위하는 금위군禁衛軍.

2 호혈虎穴: 매우 위험한 곳을 비유해서 쓴 말.

3 용천龍泉: 보검寶劍의 이름. 용연龍淵이라고도 하며 검의 범칭으로 쓰인다. 『진서』 「장화전」
   에 쌍검에는 용천과 태하太阿가 있다고 전한다(『晉書』 卷36 「張華傳」: "中有雙劍, 並刻題, 一曰龍
   泉, 一曰太阿").

76. 양공창이 신안의 북쪽 정벌에 따라감을 전송하다
送梁公昌從信安北征[1]

李 白
이 백

......

일어나 연화검으로 춤추고

가면서 명월궁을 차고 노래하네

......

......

起舞蓮花劍[2]
기 무 연 화 검

行歌明月弓
행 가 명 월 궁

......

---

1 『全唐詩』권176
2 연화蓮花: 검명劍名.

77. 주천태수의 연회자리에서 취한 후에 짓다
酒泉太守席上醉後作[1]

岑 參
잠 삼

주천태수 검무에 능하니

높은 누대에서 주연을 베풀어 한밤중에 북 울리네

호가 한 곡조로 애간장 끊어 내니

좌석에서 서로 보며 눈물 흘리네

酒泉太守能劍舞
주 천 태 수 능 검 무

高臺置酒夜擊鼓
고 대 치 주 야 격 고

胡茄一曲斷人腸[2]
호 가 일 곡 단 인 장

座上相看淚如雨
좌 상 상 간 누 여 우

---

1 『全唐詩』 권201. 주천酒泉: 군 이름. 지금의 간쑤성甘肅城 주천 지역에 해당한다. 태수는 그 지역의 우두머리를 의미한다.

2 호가胡茄: 중국 고대 북방민족의 관악기. 〈호가십팔박胡茄十八拍〉은 고악부 금곡 가사 이름으로 후한의 채염蔡琰(177-?)이 전란으로 흉노에 붙잡혀 가자, 그의 재능을 아꼈던 위나라 조조가 돈을 내어 귀향하게 했다는 이야기를 열여덟 곡의 운문으로 읊은 것이다. 채염은 채문희로 채옹의 딸이다.

78. 죽은 무위장군을 위한 만가 3수
故武衛將軍輓歌 三首[1]

杜 甫
두 보

......

검무는 남들보다 빼어나고	舞劍過人絶[2] 무 검 과 인 절
명궁은 짐승을 쏘는 데 능하네	鳴弓射獸能 명 궁 사 수 능
날카로운 칼날이 마음 따라 날아가니	銛鋒行恊順 섬 봉 행 협 순
사나운 짐승도 도망가지 못하고 잡히네	猛噬失蹻騰[3] 맹 서 실 교 등

......

......

---

1 『全唐詩』 권224. 만가輓歌: 죽은 사람을 애도하는 슬픈 노래.
2 과인過人: 보통 사람보다 뛰어나다는 뜻.
3 맹서猛噬: 날카로운 이빨을 한 짐승. 교등蹻騰: 힘차게 뛰어오르는 모양을 묘사한 말.

79. 혼홍려 댁에서 노래를 듣고 백저가를 본받아 짓다
渾鴻臚宅聞歌效白紵[1]

柳宗元
유 종 원

푸른 장막 쌍으로 걷히며 미인이 등장하는데

용검은 칼집을 가르더니 서리 맞은 달빛에 빛나네

붉은 입술 꾸욱 다물고 말없이 근엄하게 있는데

생황과 옥경 소리 궁중에 울려 퍼지네

날이 선 검을 내려놓자 하늘이 격렬하게 흔들리더니

하늘 높고 땅 먼 곳까지 태양빛이 멈추네

술잔에 술 출렁이는데 무엇하러 기울이는가?

翠帷雙卷出傾城[2]
취 유 쌍 권 출 경 성

龍劍破匣霜月明[3]
용 검 파 갑 상 월 명

朱脣掩抑悄無聲
주 순 엄 억 초 무 성

金簧玉磬宮中生[4]
금 황 옥 경 궁 중 생

下沈秋水激太淸[5]
하 침 추 수 격 태 청

天高地逈凝日晶[6]
천 고 지 형 응 일 정

羽觴蕩漾何事傾[7]
우 상 탕 양 하 사 경

---

1 『全唐詩』권353. 홍려鴻臚: 관직명.
2 취유翠帷: 장식한 장막. 푸른 장막의 의미로도 쓰인다.
3 상월霜月: 서리가 내리는 달. 음력 동짓달.
4 금황金簧: 생笙·우竽 등의 악기 소리.
5 추수秋水: 검이 시퍼렇게 날이 선 모양. 태청太淸: 하늘의 천공.
6 일정日晶: 태양.
7 우상羽觴: 술잔. 새 모양으로 만들어 양쪽에 날개를 붙인 술잔이다. 일설에는 술잔에 새의 깃털을 꽂아 술을 빨리 마시도록 재촉하던 일에서 유래한 이름이라고 한다. 탕양蕩漾: 물결이 넘실거리며 움직이는 모양을 묘사한 말.

【참고】

○ 〈백저무白紵舞〉

〈백저무〉는 원래 강남지역의 민간무용이었는데, 의상을 백저白紵라고 하는 하얀 모시로 만들었기 때문에 그러한 이름이 붙게 되었다. 후에 궁전에 전해져 연회석에서 항상 연출되었다. 그 후 진晉(265-316)에서 수, 당에 이르는 500-600년 간에 계속 유행하였으며 결코 쇠퇴하는 일이 없었다. 각 왕조의 시인들은 〈백저무〉를 두고 수많은 시를 지었다. 그 속에는 봉건지배계급의 부패한 향락적 사상을 선전하는 시구도 있고, 반대로 봉건지배계급의 공덕을 칭송하는 시구도 있다. 그러나 대개는 〈백저무〉의 탁월한 공연을 생생하게 묘사하고 있다. 그들은 대부분 아름다운 무희가 구름처럼 빛나는 은색의 긴 소매가 달린 의상을 입고, 반짝거리는 진주로 머리 장식을 하고 서서히 고조되는 노랫소리와 음악에 맞춰 춤추는 모습을 독자에게 보여주기라도 하려는 듯이 생동감 있게 전한다.[8] 〈백저무〉는 〈전계무前溪舞〉 등과 함께 수백 년 동안 성행하는 불멸의 작품이 되어 연회 때마다 항상 공연되었다. 청상악은 여러 차례 변화를 겪으면서 원래 지니고 있던 풍격과 생기를 점차 잃어 급속히 쇠락하여, 급기야 측천무후 때에 62곡만 남게 되었는데, 〈백저무〉와 〈전계무〉는 여전히 성행했다고 전한다.[9]

『악서』와 『통전』에 전하는 〈백저무〉의 내용은 다음과 같다.

"송나라와 제나라의 〈백저무〉 시가가 세 편이 있는데 그 앞부분에 '도포를 만들고 남은 것을 수건으로 만들어, 도포로 몸을 빛내고 수건은 더러움을 털어버린다.'라고 전하고, 이어서 '쌍소매 가지런히 들어 난봉처럼 날고 비단 치마 휘도니 밝은 의례가 빛난다.'라고 했으며, 끝으로 '금석악기와 아름다운 생황 울리고, 비단 치마 천천히 돌며 붉은 소매 들어 올리네.'라고 했다. 그러나 저紵는 원래 오나라 땅에서 나는 것이니 오나라 춤이 아닌가 한다. 진나라 배가俳歌에 '희디 흰 하얀 실이여 마디마다 쌍을 이루네.'라고 했다. 오나라에서는 서緖를 저紵로 발음하니 백서白緖와 백저白紵는 같은 것이다. 오늘날 선주宣州에 백저산白紵山이 있는데 아마도 이로 인해서 이름한 것이 아닌가 한다."[10]

---

8 왕커번 저, 고승길 역, 『중국무용사』, 83-84쪽 참조.
9 왕커번 저, 차순자 옮김, 『중국무용사 수당오대』, 133-135쪽 참조.

"〈백저무〉는 춤의 가사를 살피면 건포巾袍라는 말이 있다. 심약沈約이 이르기를, '저紵는 본디 오吳 땅에서 나온 바이니, 아마도 이것은 오무吳舞일 것이다.'라고 하였다. 진晉나라 배가俳歌에 이르기를: '희디 흰 하얀 실이여, 마디마디 쌍이 되네.'라고 하였는데, 오음吳音에 '저緒'는 '저紵'가 되니, 곧 '백저白緒'가 아니겠는가? 양무제梁武帝는 또한 심약沈約에게 명을 내려 그 가사를 고치도록 하여 〈사시백저四時白紵〉의 노래가 있었다고 말하니, 심약의 문집에 실려 있는 바이다. 지금 중원에 〈백저곡白紵曲〉이 있는데, 가사의 뜻이 이것과 전부 다르다."[11]

한편 청상악 속에는 무복의 소매로 춤추는 〈백저무〉 외에도 방울(구슬과 같은 모양)을 쥐고 춤을 추는 〈탁무鐸舞〉, 털어내듯 춤을 추는 〈불무拂舞〉, 수건을 쥐고 춤을 추는 〈건무巾舞〉 등과 같은 춤이 있는데, 이것들은 지금까지 여전히 각 민족 민간무 및 고전 희곡 무용 속에서 그 흔적을 찾을 수 있어서, 정밀하고 심오한 예술성을 추적할 수 있다.[12]

---

10 『樂書』권179「白紵舞」: "宋齊白紵舞歌詩三篇, 其首篇曰: '制以爲袍餘作巾, 袍以光軀巾拂塵.' 次篇曰: '雙袂齊擧鸞鳳翔, 羅裙飄颻昭儀光.' 終篇曰: "聲發金石媚笙簧, 羅袿徐轉紅袖揚.", 是其事也. 然紵本吳地所出, 疑吳舞也. 晉俳歌曰: "皎皎白緒, 節節爲雙." 吳音呼緒爲紵, 則白緒白紵一矣. 今宣州有白紵山, 豈因是而名之邪."

11 『通典』권145「樂」5: "白紵舞, 按舞辭有巾袍之言. 沈約云, 紵本吳地所出, 疑是吳舞也. 晉俳歌云: '皎皎白緒, 節節爲雙' 吳音呼'緒'爲'紵', 疑卽'白緒'也. 梁武帝又令沈約改其辭, 曰有四時白紵之歌, 約集所載是也. 今中原有白紵曲, 辭旨與此全殊."

12 왕커번 저, 차순자 옮김, 『중국무용사-수당오대-』, 135-136쪽.

검무기
劍舞記

朴齊家
박 제 가

二妓舞劍 甲服氈笠 霎拜廻對 徐徐而起 既掠其鬢 又整其襟
이 기 무 검 갑 복 전 립 삽 배 회 대 서 서 이 기 기 략 기 빈 우 정 기 금

갑옷을 입고 전립을 쓴 2명의 무희가 검무를 추려고 하네. 가볍게 절을 하고 돌아
서서 마주하더니 천천히 일어나 귀밑머리를 넘기고 옷매무새를 정돈하네.

翹襪蹴裳 以擧其袖 劍器在前 若將不顧 悠揚折旋 惟視其手
교 말 축 상 이 거 기 수 검 기 재 전 약 장 불 고 유 양 절 선 유 시 기 수

버선발을 들어 치마를 톡 차며 소매를 들어 올리더니, 검기가 앞에 놓여있어도
보지 않으려는 듯, 바람에 흩날리듯 몸을 돌리고 숙이며 손만 쳐다보네.

室之隅樂作 鼓隆·笛亮 於是 二舞齊進 頡頏久之
실 지 우 악 작 고 융 적 양 어 시 이 무 제 진 힐 항 구 지

한쪽 모퉁이에서 북소리 둥둥 울리고 적 소리 휘릴리 휘릴리 울려 퍼지자, 두
무희는 나란히 나아가 오랫동안 서로 견제하며 가까워졌다 멀어졌다 하며 춤을 추네.

張衺而合 亞肩而分 迺翩然而坐 目注於劍
장 부 이 합 아 견 이 분 내 편 연 이 좌 목 주 어 검

어깨를 나란히 하기도 하고 양쪽으로 나뉘어 떨어지기도 하다가 날랜 듯이 앉더니
그제야 검을 주목하네.

欲取未取 愛而復惜 將近忽却 將襯忽驚
욕 취 미 취 애 이 부 석 장 근 홀 각 장 친 홀 경

검을 잡을 듯하다가 잡지 않고, 탐하려다가 두려워하는 듯. 가까이 다가갔다가
어느새 물러나고, 손을 대려다가 주춤하네.

如將得之 又將失之 虛挐其光 乍攫其旁
여 장 득 지 우 장 실 지 허 나 기 광 사 확 기 방

검을 잡은 듯하다가 놓쳐버린 듯하더니 무심한 듯 기운을 당겨 순식간에 옆에
놓인 것을 움켜잡네.

袖欲與之掃 口欲與之嘲 腋臥背起歆 前側後以至 衣帶毛髮無不飛揚
수 욕 여 지 소 구 욕 여 지 함 액 와 배 기 의 전 측 후 이 지 의 대 모 발 무 불 비 양

소매로는 검을 쓸어버리고, 입으로는 검을 물려고 하네. 겨드랑이에 끼고 뒤로
누웠다가 등을 밀어 일어나고, 앞으로 숙이고 뒤로 젖히니, 옷과 허리끈, 머리카락이
모두 휘날리네.

頓挫而十指無力 幾委復擧 舞之方促 手如搖綏
돈 좌 이 십 지 무 력 기 위 부 거 무 지 방 촉 수 여 요 수

갑자기 기세가 꺾이며 열 손가락에 힘이 풀리고 쓰러질 듯하더니 다시 일어나면서
춤이 빨라지니 손이 마치 흔들리는 끈 같네.

翻然而起 劍不知處 仰首擲之 雙隊如霜 不徐不疾 奪之空中 以鐔尺臂
번 연 이 기 검 부 지 처 앙 수 척 지 쌍 추 여 상 불 서 부 질 탈 지 공 중 이 심 척 비

갑자기 검이 (없어져) 어디 갔나 했더니, 머리를 치켜들고 (하늘로) 검을 던졌었네.
검이 서리처럼 쌍으로 떨어지는데, 느리지도 않고 빠르지도 않게 공중에서 그것을
낚아채니 칼날은 팔에서 1척밖에 안 되네.

昂然而退 颯然相攻 猛如可刺 劍至於身 不能以寸
앙 연 이 퇴 삽 연 상 공 맹 여 가 자 검 지 어 신 불 능 이 촌

오만하게 물러섰다가 바람이 몰아치듯 서로 공격하며, 맹렬하게 찌를 듯하니 검이
몸에 닿을 듯, 몸과 검의 사이가 한 치도 안 되네.

當挈不挈 若相讓者 欲閃未閃 如不肯者
당 설 불 설 약 상 양 자 욕 섬 미 섬 여 불 긍 자

칠 듯하더니 치지 않는 것은 서로 양보하는 듯하고, 피하려다 피하지 않는 것은
옳지 않다고 여겨서인 듯하네.

引而莫伸 結而莫解 合而爲四 分而爲二 劍氣映壁 若波濤龍魚之狀
인 이 막 신 결 이 막 해 합 이 위 사 분 이 위 이 검 기 영 벽 약 파 도 룡 어 지 상

(검을) 각자 끌어당겨서 펴지 않았다가 (둘이) 얽혀서 풀지 않으니, 합쳐져 넷이
되기도 하고, 떨어져 둘이 되기도 하며 검의 기운이 벽에 비추는데, 용과 물고기의
형상이 큰 파도가 치는 듯하네.

驀焉分開 一東一西
맥 언 분 개 일 동 일 서

갑자기 두 무희가 떨어져 한 사람은 동쪽에 또 한 사람은 서쪽에 있네.

西者揷劍于地 垂手而立 東者奔之 劍爲之翅 走而剚衣 仰而刮頰
서 자 삽 검 우 지 수 수 이 립 동 자 분 지 검 위 지 시 주 이 사 의 앙 이 괄 협

서쪽 기생은 검을 땅에 꽂아놓고 팔을 늘어뜨리고 서 있고, 동쪽 기생은 검으로
날개를 펴듯이 달려가더니 (서쪽 기생의) 옷에 칼을 꽂았다가, 검을 쳐들어 뺨을
베는 듯하네.

西者 寂然立 不失容若郢人之質也
서 자 적 연 립 불 실 용 약 영 인 지 질 야

(그런데도) 서쪽 기생은 숙연하게 서 있는데 한 치의 흐트러짐도 없으니, 마치 영인
(郢人)의 품성 같네.

奔炙一躍 賈勇于前 耀武而還
분 자 일 약 고 용 우 전 요 무 이 환

(동쪽 기생은) 달려오다가 한 번 도약하고 앞으로 달려와 용맹을 과시하고 무력을
발휘하다가 돌아가네.

立者逐之 以報其事 掀如馬笑 忽如豕怒 俯首直赴 如冒雨逆風而前趁也
입 자 축 지 이 보 기 사 흔 여 마 소 홀 여 시 노 부 수 직 부 여 모 우 역 풍 이 전 진 야

(그러자 숙연하게) 서 있던 기생이 곧바로 쫓아가서 앞에 있었던 일을 보복하는데,
(그 모습이 마치) 흥분하여 말이 웃는듯하고 갑자기 돼지가 성낸 것 같네. 머리를
숙인 채 곧장 달려가니, 거센 비바람을 거스르며 나아가는 듯하네.

鬪而不能鬪 止而不可止 二肩俊搏 如幹樞機 各自不意 踵隨而旋 如幹樞機
투 이 불 능 투 지 이 불 가 지 이 견 숙 박 여 알 추 기 각 자 불 의 종 수 이 선 여 알 추 기

싸우고자 하나 (서로 힘이 빠져) 싸울 수가 없고 멈추고자 하나 (결전을) 멈출
수가 없는데, 두 어깨 슬쩍 부딪히더니 지도리를 빙빙 돌리듯, 각자 뜻하지 않게
발꿈치를 따라 도네.

俄之東者已西 而西者已東 一時俱回 額與之撞 容與于上 飛騰于下
아 지 동 자 이 서 이 서 자 이 동 일 시 구 회 액 여 지 당 용 여 우 상 비 등 우 하

어느새 동쪽에 있던 자는 서쪽으로 가고 서쪽에 있던 자는 동쪽으로 가 있네.
일시에 같이 도는데 이마가 서로 부딪칠 듯 마주 보면서 아랫도리는 공중에 높이
떠 있네.

劍爲之眩 希見其面 或自指于身 以示其能 或虛迎于空 以盡其態
검 위 지 현 희 견 기 면 혹 자 지 우 신 이 시 기 능 혹 허 영 우 공 이 진 기 태

검이 현란하니 그 얼굴이 드물게 보이는데, 혹은 자신의 몸을 곧추세우고 기량을
보이기도 하고, 혹은 허공에 떠서 그 맵시의 극치를 보여주네.

輕步而跳 若不履地 盈之縮之 以達餘氣
경 보 이 도 약 불 리 지 영 지 축 지 이 달 여 기

가볍게 걷다가 도약함이 마치 땅을 밟지 않은 듯하고, 보폭을 늘였다 줄였다 하며 남은 기운을 모으네.

凡擊者·擲者·進者·退者·易地而立者·拂者·扯者·疾者·徐者 皆以樂之節而隨
범 격 자 척 자 진 자 퇴 자 역 지 이 립 자 불 자 차 자 질 자 서 자 개 이 악 지 절 이 수

其數焉
기 수 언

치고·던지고·나아가고·물러나고·위치를 바꾸어 서고·베고·찢는 빠르고 느린 동작들이 음악의 절주에 맞추어 그 이치를 따르네.

已而鏗然有聲 投劍而拜 能事畢矣 四坐如空 寂然無言 樂之將終 細其餘音以搖
이 이 갱 연 유 성 투 검 이 배 능 사 필 의 사 좌 여 공 적 연 무 언 악 지 장 종 세 기 여 음 이 요

曳之
예 지

어느덧 챙[鏗然]하는 소리를 내며 검을 던지고 절을 하며 춤을 마치니, 온 좌석이 텅 빈 것처럼 적막하고 아무 소리 없이 잠잠하네. 음악은 끝내려고 작게 그 여음을 이끄네.

其始舞而拜也 左手捧心 右手鉗笠 遲遲而立 若將不勝者 始條理也
기 시 무 이 배 야 좌 수 봉 심 우 수 겸 립 지 지 이 립 약 장 불 승 자 시 조 리 야

춤을 시작할 때 왼손으로 가슴을 받들고 오른손으로는 전립을 잡고 절하고 천천히 일어서는데, 이기지 못할 것처럼 하는 것이 시작의 이치이고,

鬖髿其鬢 顚倒其裾 倏忽俯仰 翻然擲劍者 終條理也 ……
삼 사 기 빈 전 도 기 거 숙 홀 부 앙 번 연 척 검 자 종 조 리 야

귀밑머리가 헝클어지고 그 옷자락이 뒤집히고 갑자기 (고개를) 숙였다가 쳐들고 휙 날려 검을 내던지는 것이 끝남의 이치라하네. ……[13]

---

13 『貞蕤閣集』 권1.

80. 자지사 3수
柘枝詞 三首[1]

薛 能
설 능

30만 대군이 진영을 갖추고	同營三十萬 동 영 삼 십 만
우레와 같은 북소리 울리며 강족을 정벌했네	震鼓伐西羌[2] 진 고 벌 서 강
전쟁에서 흘린 피 가을 풀에 엉겨있고	戰血黏秋草 전 혈 점 추 초
말 달리며 이는 먼지 석양을 가렸었지	征塵攬夕陽[3] 정 진 교 석 양
돌아왔는데 사람들 알아보지 못해	歸來人不識 귀 래 인 불 식
도시에서 나홀로 무장하고 있네	帝里獨戎裝[4] 제 리 독 융 장
고을 병사는 탁갈을 정벌했지만	縣軍征拓羯[5] 현 군 정 탁 갈
고향은 소관과 떨어져 있네	內地隔蕭關[6] 내 지 격 소 관
태양은 곤륜산 위에 있고	日色崑崙上 일 색 곤 륜 상
바람 소리는 사막을 가로지르네	風聲朔漠間[7] 풍 성 삭 막 간

---

1 『全唐詩』권558
2 서강西羌: 서한西漢(B.C206-AD24) 시대 강인羌人의 범칭.
3 정진征塵: 병마가 달려가면서 일으키는 먼지.
4 융장戎裝: 무장武裝.
5 탁갈拓羯: 탁발씨와 갈융.
6 내지內地: 제 나라 본국, 해안이나 변지에서 멀리 들어간 안쪽 지방. 여기서는 고향이라고
   풀었다. 소관蕭關: 중국 간쑤성甘肅省의 동부, 구이안현固原縣 남동쪽에 있던 옛 관.

언제쯤 천만의 기마병

바람처럼 이사로 돌아오려나?

기상은 날마다 공을 세우고

춘풍은 하늘에서 버들개지 일으키네

누대를 저택에 새롭게 꾸미니

노래하고 춤추는 아리따운 소녀

빠른 파곡에 꺾고 흔들고 뛰어다녀

비단 적삼 벗겨져 어깨 드러나네

何當千萬騎
하 당 천 만 기

颯颯貳師還[8]
삽 삽 이 사 환

意氣成功日
의 기 성 공 일

春風起絮天
춘 풍 기 서 천

樓臺新邸第[9]
누 대 신 저 제

歌舞小嬋娟
가 무 소 선 연

急破摧搖曳[10]
급 파 최 요 예

羅衫半脫肩
나 삼 반 탈 견

---

7 삭막朔漠: 북방의 사막지대.

8 이사貳師: 한나라 시대 대완국大宛國의 지명.

9 저제邸第: 저택邸宅.

10 파破: 대곡의 한 부분. 악곡의 구성 형식을 언급할 때, 만慢·근近·령으로 구분하기도 하고,
    또는 령·인引·근·만 혹은 령·파破·근·만으로 구분하는데, 파는 주로 빠른 악곡을 가리키며,
    반드시 춤이 동반되는 특징이 있다.

【참고】

○ 〈자지무柘枝舞〉

당 왕조는 중국 봉건사회의 최고봉의 하나인데, 당인들은 소탈하고, 술을 좋아했고, 좌석에 앉아 무용 공연을 관람하는 것을 즐겼으므로, 이것을 직업으로 하는 무희들이 많이 생겨났다. 〈예상우의무〉는 지나칠 정도로 곡조가 높았고, 〈검무〉는 지나치게 영민하고 용맹스러웠으며, 어떤 춤은 양쯔강 남북을 휩쓸었는데, 그 춤이 바로 〈자지무〉이다.

〈자지무〉는 원래 중앙아시아 일대의 민간무용인데, 당나라에 유입되어 당대에 꽤 유명한 춤으로 인기가 있었다. 〈자지무〉와 더불어 〈굴자지屈柘枝〉도 인기가 있었는데, 〈자지무〉는 건무健舞에 〈굴자지〉는 연무輭舞에 속하는 춤으로 춤의 특징이 다소 달랐다. 또 건무곡健舞曲에 〈우조자지羽調柘枝〉가 있고, 연무곡輭舞曲에 〈상조굴자지商調屈柘枝〉가 있었다.

〈자지무〉의 춤동작은 매우 다양했다, 때로는 은근하면서 단아하고 아름다우며 때로는 유약하며 민첩하고 분방하기도 했다. 두 명의 여자아이가 모자를 쓰고 금방울을 흔들고 박수를 치며, 또 발을 굴러 소리를 냈다. 무용수 2명이 두 연꽃 속에 숨어 있다가 꽃잎이 펼쳐진 후에 나타난다. 춤 중에서 아묘雅妙한 것으로 전한다.

심괄沈括(1031-1095)[11]의 『몽계필담夢溪筆談』에는 〈자지무〉에 관해 아래와 같이 자세하게 설명되어 있다.

"〈자지〉의 옛 곡의 편수는 너무도 많다. 『갈고록羯鼓錄』[12]에서 말하는 혼탈해渾脫解는 현재의 〈자지〉에는 남아 있지 않다. 구래공寇萊公은 〈자지〉 춤을 좋아하여 손님을 청하면 언제나 그 춤을 선보였다. 한번 그 춤을 추게 하면 반드시 한나절을 추게

---

11 심괄沈括의 자는 존중存中이며, 만년에 이르러서 몽계장인夢溪丈人이라는 호를 가졌다. 그의 사적은 『송사宋史』「심구전沈溝傳」에 실려 있다. 기록에 따르면, 심괄은 북송 시기에 학문이 가장 박식한 사람이었으며, 그 당시의 전장제도와 천문산법 및 악률에 있어서 그 연구가 깊었다고 말하고 있다. 64세의 일기로 세상을 떠날 때까지 40편 이상의 저술을 남겼지만, 그 가운데에서 가장 유명한 것이 『몽계필담』을 비롯한 『보필담補筆談』과 『속필담續筆談』이다(심괄, 최병규 옮김, 『몽계필담』 상, 범우사, 2003, 7-8쪽 참조).

12 『갈고록羯鼓錄』: 당나라 남탁南卓의 저서.

하였기 때문에 당시 사람들은 그를 '자지 무광舞狂'이라고 불렀다. 현재 봉상鳳翔(陝西省 渭水 유역)에 있는 도시에는 늙은 비구니가 있는데, 과거 구래공寇萊公 댁에서 〈자지〉를 춤추었던 무녀였다. 그 여인이 말하길 내가 한창 출 때는 〈자지〉 춤이 수십 편이 되었지만, 현재 추고 있는 〈자지〉는 당시의 십 분의 2나 3밖에 되지 않는다고 말하였다. 그 늙은 비구니는 여전히 그 곡을 부를 줄 알았는데, 그 곡에 관심이 있는 사람들은 그것을 배워 즐겨 부르기도 하였다."[13]

이로써 보면, 〈자지무〉는 그 유형이 한 가지가 아니라 매우 다양했었다는 것을 알 수 있다. 또 세월이 흘러 많은 유형의 〈자지무〉가 사라졌다는 사실도 확인된다. 그렇더라도 오랜 시간이 흘렀음에도 여전히 인기종목이었다는 것은 분명하다.

그러나 진양陳暘의 『악서樂書』[14]에 소개된 〈자지무〉의 내용은 이와는 다르다. 『악서』의 〈자지무〉에서 특히 주목해 봐야 할 점은 고려시대의 〈연화대蓮花臺〉와 조선시대 〈학연화대처용무합설鶴蓮花臺處容舞合設〉에 흡수된 〈연화대〉의 모습과 유사하게 표현되어 있다는 점이다. 그 내용은 다음과 같다.

"〈자지〉의 무동舞童의 옷은 오색수라관포五色繡羅寬袍·호모胡帽·은대銀帶 등이다. 당唐나라 잡설雜說을 살펴보면, 우조羽調에 〈자지곡柘枝曲〉이 있고, 상조商調에 〈굴자지掘柘枝〉가 있고, 각조角調에 〈오천자지五天柘枝〉가 있는데, 2명의 아이가 춘다. 무의舞衣는 모帽에 금령金鈴을 매다는데, 치고 돌리며 소리를 내면[抃轉有聲], 비로소 두 연꽃이 피는데, 동자가 그 안에 숨었다가 꽃이 열리고 난 후, 마주 보고 춤추며 서로 대무한다. 실로 춤 가운데 아묘雅妙한 것이다. 그러나 지금의 제도와는 같지 않다. 시간이 흘러 그렇게 된 것인가? 당唐나라 명황明皇, 현종 때 〈나호자지那胡柘枝〉는 여러 사람에게 영향 미침이 막대했다."[15]

---

13 『夢溪筆談』: "今無復此遍. 寇萊公好〈柘枝〉舞, 會客必舞柘枝. 每舞必盡日時謂之柘枝顚. 今鳳翔有一老尼, 猶寇公時柘枝妓云. 當時柘枝尚有數十遍, 今日所舞〈柘枝〉比當時十不得二三. 老尼尚能歌其曲, 好事者往往傳之." (심괄, 최병규 옮김, 앞의 책, 91쪽)

14 진양이 정리한 『악서』는 총 200권이다.

15 『樂書』 권183 「柘枝舞」: "〈柘枝〉舞童衣, 五色繡羅寬袍·胡帽·銀帶. 案唐雜說, 羽調有〈柘枝曲〉; 商調有〈掘柘枝〉; 角調有〈五天柘枝〉, 用二童. 舞衣, 帽施金鈴, 抃轉有聲, 始爲二連華, 童藏其中; 華坼而後

〈연화대〉는 본래 〈자지〉에서 유래된 춤이다. 고려에 전한 〈연화대〉는 '반하무班賀舞'를 특징으로 하는 매우 축약된 형태로 전해진 것으로 보인다. 『악서』에서 "춤추는 아이의 모자에는 금방울이 달려 있으며, 두 연꽃에 숨었다가 꽃이 열리고 마주보며 춤을 추는" 대목은 오늘날 〈학연화대처용무합설〉에 흡수된 〈연화대〉의 모습과 거의 흡사하다. 따라서 〈연화대〉는 송 대의 것이 유입된 것으로 볼 수 있다.[16]

見, 對舞相占. 實舞中之雅妙者也. 然與今制不同豈. 亦因時損益, 然邪? 唐明皇時, 〈那胡柘枝〉, 衆人莫及也."

16 〈연화대〉와 〈자지무〉 관련 내용은, 김미영, 「『악학궤범』 당악정재의 규칙성과 사상성 연구」, 성균관대 박사학위논문, 2008, 79-81쪽을 참조하시오.

81. 자지사

柘枝詞[1]

작자 미상

장군이 명을 받자마자	將軍奉命卽須行 장 군 봉 명 즉 수 행
요새 밖으로 강한 병사를 거느리고 행군하는네	塞外領彊兵 새 외 령 강 병
봉화 연기 올랐다는 말 듣자	聞道烽煙動[2] 문 도 봉 연 동
허리에 찬 보검이 칼집 속에서 울부짖네	腰間寶劍匣中鳴 요 간 보 검 갑 중 명

---

1 『全唐詩』권22
2 문도聞道: 들었다는 뜻. 봉연烽煙: 봉화를 올릴 때 나는 연기.

82. 신주의 관리 노공에게 보내다
寄申州盧拱使君[1]

楊巨源
양거원

군을 다스리며 거듭 용맹한 군사를 모은다고 들었네	領郡仍聞總虎貔[2] 영 군 잉 문 총 호 비
여전히 목숨 바치는 남아를 보겠군	致身還是見男兒[3] 치 신 환 시 견 남 아
작은 배는 강 건너에서 도엽가를 재촉하는데	小船隔水催桃葉 소 선 격 수 최 도 엽
큰 북으로 바람을 막고 〈자지무〉를 추네	大鼓當風舞柘枝 대 고 당 풍 무 자 지
......	......

---

1 『全唐詩』권333. 사군: 자사刺史라는 관직에 관한 한대 이래의 별칭.
2 호비虎貔: 용맹한 군사.
3 치신致身: 나라에 몸과 명예를 바친다는 뜻. 환시還是: 여전히, 그대로의 뜻.

83. 자지무를 보고 2수
觀柘枝舞 二首[1]

劉禹錫
유 우 석

호인의 옷 얼마나 화려한지	胡服何葳蕤[2] 호 복 하 위 유
비단자리에 올라 춤추는데	僊僊登綺墀[3] 선 선 등 기 지
빠르게 회전하며 붉은 연꽃을 밟고	神飆獵紅蕖[4] 신 표 렵 홍 거
용촉은 금가지를 비추네	龍燭映金枝[5] 용 촉 영 금 지
늘어뜨린 띠가 가는 허리를 덮자	垂帶覆纖腰 수 대 복 섬 요
곧바로 비녀가 아리따운 눈썹과 마주하네	安鈿當嫵眉[6] 안 전 당 무 미
날리는 소매는 복잡한 북소리에 맞추는데	翹袖中繁鼓 교 수 중 번 고
눈은 곁눈질로 화려한 서까래를 훑어보네	傾眸溯華榱 경 모 소 화 최
연나라 진나라 지역에는 옛 곡이 흐르고	燕秦有舊曲 연 진 유 구 곡

1　『全唐詩』 권354

2　위유葳蕤: 화려하고 아름다운 모양을 이르는 말.

3　선선僊僊: 춤추는 모양을 묘사한 말. 기지綺墀: 비단으로 꾸민 바닥. 僊이 姬인 판본도 있다.

4　신표神飆: 몹시 빠른 신령스런 바람.

5　용촉龍燭: 용신龍神이 받들고 있는 촛불. 映이 然인 판본도 있다.

6　"늘어뜨린 띠가 가는 허리를 덮자, 곧바로 비녀가 아리따운 눈썹과 마주하네"라는 말은, 허리
　를 뒤로 젖힌 춤동작을 묘사한 것으로 볼 수 있다. 상체를 빠르게 뒤로 젖히자 늘어져 있던
　띠가 상체를 덮고, 얼굴이 거꾸로 되니 눈동자와 비녀가 나란하게 보인다는 것을 묘사한 것으
　로 보인다.

회남에는 남쪽의 꾸민 말이 많네　　　　　淮南多冶詞[7]
　　　　　　　　　　　　　　　　　회 남 다 야 사

미인이 있는 곳을 보고 싶으면　　　　　欲見傾城處
　　　　　　　　　　　　　　　　　욕 견 경 성 처

그대는 박자에 맞춰 좇아가며 보구려　　君看赴節時[8]
　　　　　　　　　　　　　　　　　군 간 부 절 시

꿩은 깨끗한 거울 앞에 놓고　　　　　山鷄臨淸鏡[9]
　　　　　　　　　　　　　　　　　산 계 림 청 경

석연새는 멀리 나루터로 보내네　　　石燕赴遙津[10]
　　　　　　　　　　　　　　　　　석 연 부 요 진

귀빈들의 모임은 어떠할까?　　　　何如上客會
　　　　　　　　　　　　　　　　하 여 상 객 회

긴 소매 화려한 자리에 입장하여　　長袖入華裀
　　　　　　　　　　　　　　　　장 수 입 화 인

뼈 없는 듯 몸을 재빠르게 움직이자　體輕似無骨
　　　　　　　　　　　　　　　　체 경 사 무 골

관객들 모두 놀라네　　　　　　　觀者皆聳神[11]
　　　　　　　　　　　　　　　　관 자 개 용 신

곡진히 몸 돌리고 가지만　　　　　曲盡回身處[12]
　　　　　　　　　　　　　　　　곡 진 회 신 처

미인의 눈동자는 여전히 사람들을 보고 있네　層波猶注人[13]
　　　　　　　　　　　　　　　　　　　　층 파 유 주 인

7　회남淮南: 회하淮河 이남과 장강 이북의 지역. 야사冶詞: 꾸밈말, 요염한 말.
8　부절赴節: 절도에 따라 리듬에 맞추는 것.
9　산계山鷄: 꿩의 별칭.
10　석연石燕: 박쥐처럼 생긴 새의 일종.
11　용신聳神: 경이로움의 정서를 드러내는 것.
12　處가 去인 판본도 있다. 여기서는 거로 풀었다.
13　층파層波: 미인의 눈.

84. 백거이의 자지사에 화답하다

和樂天柘枝[1]

劉禹錫
유 우 석

〈자지무〉는 본래 초나라 왕가에서 나왔는데

옥같은 얼굴에 교태를 더하니 춤태가 화려하네

덥수룩한 머리 다시 빗어 난봉 머리로 세우고

새 적삼은 별도로 투계 문양으로 짠 비단이네

북소리 남은 박을 재촉하니 허리 부드럽고

땀방울이 비단옷 적셔 꽃문양 피우네

화려한 자리에서 곡을 마치자 돌아가겠다고 말하더니

곧바로 왕모를 따라 연하로 올라가네

柘枝本出楚王家
자 지 본 출 초 왕 가

玉面添嬌舞態奢[2]
옥 면 첨 교 무 태 사

鬆鬢改梳鸞鳳鬆[3]
송 빈 개 소 난 봉 송

新衫別織鬪雞紗
신 삼 별 직 투 계 사

鼓催殘拍腰身軟
고 최 잔 박 요 신 연

汗透羅衣雨點花
한 투 나 의 우 점 화

畫筵曲罷辭歸去[4]
화 연 곡 파 사 귀 거

便隨王母上煙霞[5]
편 수 왕 모 상 연 하

---

1 『全唐詩』권360. 낙천樂天: 백거이(772-846)의 자.
2 옥면玉面: 옥과 같이 아름답게 생긴 얼굴.
3 鬆이 鬢인 판본도 있다.
4 畫筵曲罷辭歸去이 畫席曲殘辭別去인 판본도 있다.
5 연하煙霞: 안개와 노을, 고요한 산수의 경치를 이르는 말이지만, 여기서는 왕모를 따라간다고
했으니, 아득히 먼 신선의 세계로 올라가는 것으로 풀이할 수 있다.

85. 규방의 밤 연회에 눈이 내림을 기뻐하며 주인에게 보내다

房家夜宴喜雪戲贈主人¹

白巨易
백 거 이

……

상락주 술기운 오르니 여인들 따뜻해지고

〈자지곡〉은 관현 소리 이끌며 고조되네

……

……

桑落氣熏珠翠暖²
상 락 기 훈 주 취 난

柘枝聲引管絃高
자 지 성 인 관 현 고

……

---

1 『全唐詩』 권441
2 상락桑落: 고대의 좋은 술인 상락주桑落酒. 주취珠翠: 화려하게 장식한 여인.

86. 자지기

柘枝妓[1]

白居易
백거이

편평하게 이어 붙인 비단 자리 펼치고	平鋪一合錦筵開[2] 평포일합금연개
화고를 연이어 세 번 치며 재촉하네	連擊三聲畫鼓催 연격삼성화고최
붉은 촛불 밝히고 이동하며 〈도엽가〉 부르자	紅蠟燭移桃葉起[3] 홍납촉이도엽기
자줏빛 비단 적삼 하늘거리며 〈자지무〉를 추네	紫羅衫動柘枝來 자라삼동자지래
허리띠는 엉덩이 옆으로 늘어뜨리고 꽃으로 허리 장식하고	帶垂鈿胯花腰重 대수전과화요중
금방울 달린 모자 쓰고 도니 하얀 얼굴도 빙빙 도네	帽轉金鈴雪面廻 모전금령설면회
곧 곡이 끝나면 머물지 못하니	看卽曲終留不住 간즉곡종유부주
운우의 정을 생각하며 양대로 향하겠지	雲飄雨送向陽臺[4] 운표우송향양대

---

1 『全唐詩』권446
2 평포平鋪: 편평하게 펴 놓은 것.
3 도엽桃葉: 도엽가桃葉歌. 청상곡 중 오나라 노래의 곡명.
4 양대陽臺: 운우지정雲雨之情의 장소. 운우지정은 남녀 사이에 은밀한 사랑을 나누는 것을 말한다.

87. 상주에서 자지무를 보고 가사군께 주다

看常州柘枝贈賈使君[1]

白巨易
백거이

새 옷을 아끼지 않고 〈자지무〉를 추는데

또 먼지 날리며 땀방울 흘리더군

그대는 곧바로 조정으로 돌아갔으니

옛날의 은니 적삼은 못 보았을테지

莫惜新衣舞柘枝
막 석 신 의 무 자 지

也從塵汙汗霑垂[2]
야 종 진 오 한 점 수

料君卽却歸朝去
요 군 즉 각 귀 조 거

不見銀泥衫故時[3]
불 견 은 니 삼 고 시

---

1 『全唐詩』 권446

2 진오塵汙: 먼지의 더러움.

3 은니銀泥: 옛날 은가루를 갠 아교물. 여기서는 그것으로 장식한 비단을 의미한다.

88. 자지사

柘枝詞[1]

白居易
백 거 이

버드나무 그늘진 긴 회랑이 합쳐지고 　　柳闇長廊合[2]
　　　　　　　　　　　　　　　　　　유 암 장 랑 합

꽃 무성하게 핀 작은 정원 열리네 　　　花深小院開
　　　　　　　　　　　　　　　　　　화 심 소 원 개

노복이 비단 자리를 펴니 　　　　　　蒼頭鋪錦褥[3]
　　　　　　　　　　　　　　　　　　창 두 포 금 욕

여종은 하얀 손으로 술잔 올리네 　　　皓腕捧銀桮[4]
　　　　　　　　　　　　　　　　　　호 완 봉 은 배

수놓은 모자의 구슬 촘촘하게 이어져 있고 　繡帽珠稠綴
　　　　　　　　　　　　　　　　　　수 모 주 조 철

아름다운 적삼저고리 소매는 좁게 마름질했네 　香衫袖窄裁
　　　　　　　　　　　　　　　　　　향 삼 수 착 재

장군은 휘장을 걸어 놓고 　　　　　　將軍拄毬杖[5]
　　　　　　　　　　　　　　　　　　장 군 주 구 장

〈자지무〉를 출 무희가 오는지 살펴보네 　看按柘枝來
　　　　　　　　　　　　　　　　　　간 안 자 지 래

1　『全唐詩』 권448
2　유암柳闇: 버드나무가 우거져 그늘이 짙게 드리운 것.
3　창두蒼頭: 노복奴僕.
4　호완皓腕: 희고 깨끗한 손목. 여인에 관한 것을 말할 때 많이 쓰인다.
5　장군將軍: 관직명. 구장毬杖: 연회나 의식에 쓰는 휘장.

89. 같은 고을 양시랑이 자지곡을 노래하는 것을 보고 화답하다

和同州楊侍郎誇柘枝見寄[1]

白巨易
백 거 이

풍익 사군의 시를 작게 읊조리면서	細吟馮翊使君詩[2] 세 음 풍 익 사 군 시
여항에서 태수를 지냈던 때를 추억하네	憶作餘杭太守時[3] 억 작 여 항 태 수 시
그대는 나에게 지는 게 한 가지 있네	君有一般輸我事[4] 군 유 일 반 수 아 사
〈자지무〉를 십 년이나 늦게 본 것이지	柘枝看校十年遲 자 지 간 교 십 년 지

---

1 『全唐詩』 권455. 시랑侍郎: 관직명
2 풍익馮翊: 고을 이름. 사군使君: 자사刺史. 한나라 때, 지방을 감독하기 위하여 각 주에 상주하던 감찰관이다. 당나라와 송나라를 거쳐 이어지다가 명나라 때 폐지되었다.
3 여항餘杭: 현縣의 이름. 저장성浙江省 항주杭州 북서쪽에 있다. 태수太守: 군 단위 지역의 장.
4 반반般: 종류를 세는 단위.

90. 궁중곡 2수
宮中曲 二首[1]

徐 凝
서 응

......

몸이 가벼운 후궁은 모두 임금의 총애를 받아

가냘픈 허리 나부끼며 〈자지무〉를 출 수 있는데

매일 새롭게 단장하느라 옛 모습 버리고

육궁에서 검은 눈썹 그리는 것만 다투고 있구나

......

身輕入寵盡恩私[2]
신 경 입 총 진 은 사

腰細偏能舞柘枝
요 세 편 능 무 자 지

一日新妝抛舊樣
일 일 신 장 포 구 양

六宮爭畫黑煙眉[3]
육 궁 쟁 화 흑 연 미

---

1 『全唐詩』 권474
2 입총入寵: 후궁이 되어 임금의 총애를 받게 되었다는 말. 은사恩私: 총애를 받는 사람.
3 육궁六宮: 궁중에 있었던 황후의 궁전과 부인 이하의 다섯 궁실.

91. 담주의 석상에서 자지무를 춘 기생에게 주다
潭州席上贈舞柘枝妓[1]

殷堯藩
은 요 번

고소 지역 태수의 어여쁜 딸이	姑蘇太守青娥女[2] 고 소 태 수 청 아 녀
장사에서 떠돌며 〈자지무〉를 추는데	流落長沙舞柘枝[3] 유 락 장 사 무 자 지
좌석의 화려한 옷 입은 사람들은 모두 알아채지 못하네	坐滿繡衣皆不識 좌 만 수 의 개 불 식
가련하게 붉은 뺨에 두 줄기 눈물 흐르는 것을	可憐紅臉淚雙垂 가 련 홍 검 누 쌍 수

---

1 『全唐詩』 권492
2 고소姑蘇: 장쑤성江蘇省 오현吳縣(오늘날 蘇州) 서남西南. 소주오현蘇州吳縣의 별칭.
3 유락流落: 외지를 떠돌아다니는 것. 장사長沙: 후난성湖南省의 성도.

92. 자지

柘枝¹

章孝標
장 효 표

〈자지무〉첫 등장에 북소리 울리는데

꽃 비녀와 비단 적삼 가는 허리를 돋보이게 하네

걸음 옮기니 비단 신발 허공에서 아름답고

바람맞으니 수놓은 모자 펄럭이네

몸 구부리며 절주에 따라 아름답게 돌다가

등 돌리며 부끄러워하니 봉황그림자 아름답네

다만 재상이 아직 보지 못했는데

곧바로 바람 따라 푸른 하늘로 오를까 걱정되네

柘枝初出鼓聲招
자 지 초 출 고 성 초

花鈿羅衫聳細腰
화 전 나 삼 용 세 요

移步錦靴空綽約²
이 보 금 화 공 작 약

迎風繡帽動飄颻³
영 풍 수 모 동 표 요

亞身踏節鸞形轉⁴
아 신 답 절 난 형 전

背面羞人鳳影嬌⁵
배 면 수 인 봉 영 교

祇恐相公看未足
지 공 상 공 간 미 족

便隨風雨上靑霄
편 수 풍 우 상 청 소

---

1 『全唐詩』권506

2 작약綽約: 몸이 가냘프고 아리땁다는 말.

3 표요飄颻: 바람이 부는 모양. 나부낌. 비상하는 모양을 묘사한 말.

4 난형鸞形: 미인의 아름다운 몸.

5 배면背面: 등 쪽이 되는 면. 수인羞人: 자신을 부끄럽게 여긴다는 뜻. 봉鳳: 고대에는 제사를 모시고 신을 모시는 신조의 의미였는데, 후대에 덕이 있는 사람, 악기, 음률 등의 의미로 사용되었다. 여기서는 〈자지무〉를 추는 무희를 의미한다. 등을 돌려도 아름다운 무희는 그 그림자까지 아름답다는 말을 하고 있다.

93. 이씨 집의 자지 기녀
李家柘枝[1]

張 祜
장 호

붉은 분이 뺨을 덮은 가는 허리의 사람
金繡羅衫軟著身[2]
홍 연 불 검 세 요 인

금실로 수놓은 비단 적삼을 몸에 부드럽게 걸쳤네
金繡羅衫軟著身
금 수 나 삼 연 저 신

춤출 때 남은 박자가 사라질까 한참을 걱정하더니
長恐舞時殘拍盡
장 공 무 시 잔 박 진

도리어 운우의 인연이 다시 없음을 슬퍼하네
却思雲雨更無因[3]
각 사 운 우 경 무 인

---

1 『全唐詩』권501
2 紅이 細로 된 판본도 있다.
3 운우雲雨: 남녀 사이의 은밀한 사랑을 의미하는 말.

94. 항주에서 자지무를 관람하다
觀杭州柘枝[1]

張祜
장 호

춤 멈추고 노래 끝났는데 북소리 연이어 재촉하니	舞停歌罷鼓連催 무 정 가 파 고 련 최
앳된 미녀가 급하게 일어나서 오네	軟骨仙蛾暫起來[2] 연 골 선 아 잠 기 래
붉은 망사로 만든 옷을 팔이 드러나게 걸쳤고	紅罨畫衫纏腕出[3] 홍 엄 화 삼 전 완 출
푸르게 배열한 허리 장식은 허리 뒤에서 도네	碧排方胯背腰廻[4] 벽 배 방 과 배 요 회
옆에 짤랑대며 흔들리는 금방울을 거두고	旁收拍拍金鈴擺 방 수 박 박 금 령 파
다시 비단 버선 꺾으며 장단을 밟네	却踏聲聲錦袎摧 각 답 성 성 금 요 최

---

1 『全唐詩』 권501. 항주杭州: 저장성浙江省의 성도. 전당강錢塘江 어귀에 있으며 예로부터 외국과의 무역으로 유명하며, 명승 서호가 있다.

2 연골軟骨: 아직 뼈대가 굳지 아니한 어린 나이의 사람.

3 압화罨畫: 색채가 선명한 그림.

4 과胯: 허리띠 위의 장식.

95. 주원외 석상에서 자지무를 관람하다
周員外席上觀柘枝[1]

張祜
장 호

비단 소매 걷어 올리고 화고 고리를 끌어당기더니　　　畫鼓拖環錦臂攘
　　　　　　　　　　　　　　　　　　　　　　　　　화 고 타 환 금 비 영

어린 미녀 둘이 춤옷을 고쳐입네　　　　　　　　　　小娥雙換舞衣裳
　　　　　　　　　　　　　　　　　　　　　　　　　소 아 쌍 환 무 의 상

금사로 누빈 안개 문양의 얇은 붉은 적삼에　　　　　金絲蹙霧紅衫薄
　　　　　　　　　　　　　　　　　　　　　　　　　금 사 축 무 홍 삼 박

은빛 넝쿨이 늘어진 자색 꽃무늬 띠 길게 늘어졌네　銀蔓垂花紫帶長
　　　　　　　　　　　　　　　　　　　　　　　　　은 만 수 화 자 대 장

두 미녀 돌다가 갑자기 마주 보며 고개 들더니　　　鸞影乍迴頭並擧[2]
　　　　　　　　　　　　　　　　　　　　　　　　　난 영 사 회 두 병 거

음악소리 딱 멈추자 날개를 나란히 펴네　　　　　　鳳聲初歇翅齊張[3]
　　　　　　　　　　　　　　　　　　　　　　　　　봉 성 초 헐 시 제 장

갑자기 동시에 손짓하자 박이 그치더니　　　　　　一時欻腕招殘拍[4]
　　　　　　　　　　　　　　　　　　　　　　　　　일 시 훌 완 초 잔 박

몸을 가볍게 숙이며 사내에게 절을 하네　　　　　　斜斂輕身拜玉郞
　　　　　　　　　　　　　　　　　　　　　　　　　사 렴 경 신 배 옥 랑

1　『全唐詩』권511
2　난영鸞影: 여인의 아름다운 모습을 비유한 말. 並이 對인 판본도 있다.
3　봉성鳳聲: 12율의 음률.
4　腕이 折인 판본도 있다.

96. 양원의 자지무를 보다
觀楊瑗柘枝[1]

張 祜
장   호

북을 빠르게 두드리며 〈자지무〉를 출 무희를 인도하는데

돌돌 말린 빈 모자에 띠는 엇갈려 드리워져 있네

자색 비단 적삼 입고 앉아서 머무를 듯하다가

붉은 비단 신발 박자에 맞춰 부드럽게 내딛네

작게 움직이던 미녀는 구태의연한 태도를 버리고

붉고 고운 입술을 천천히 가리며 새로운 가사를 부르네

점차 춤이 끝나려 하자 가벼운 구름이 일어나니

다시 양왕에게 다가가 꿈속에서 만날 것을 기약하네

促疊蠻鼉引柘枝[2]
촉 첩 만 타 인 자 지

卷簷虛帽帶交垂
권 첨 허 모 대 교 수

紫羅衫宛蹲身處[3]
자 라 삼 완 준 신 처

紅錦靴柔踏節時
홍 금 화 유 답 절 시

微動翠娥抛舊態[4]
미 동 취 아 포 구 태

緩遮檀口唱新詞[5]
완 차 단 구 창 신 사

看看舞罷輕雲起
간 간 무 파 경 운 기

却赴襄王夢裏期[6]
각 부 양 왕 몽 리 기

---

1 『全唐詩』 권511
2 만타蠻鼉: 악어 가죽으로 만든 북.
3 준신蹲身: 다리를 구부리고 쪼그리고 앉은 것.
4 취아翠娥: 미녀.
5 단구檀口: 붉고 고운 입술.
6 몽리夢裏: 꿈속 혹은 꿈을 꾸는 동안을 이르는 말이다. 양왕은 초나라 양왕을 말하는 것으로,
   『문선文選』에 수록된 송옥宋玉의 「고당부高唐賦」에 전하는 운우지정의 이야기를 떠오르게 한다.

97. 왕장군의 자지무를 추던 기녀의 죽음에 상심하다
感王將軍柘枝妓歿[1]

張祜
장 호

적막한 봄바람 부는 날의 늙은 자지 기녀	寂寞春風舊柘枝 적 막 춘 풍 구 자 지
무희는 춤추는 것을 멈추고 노래 부르는 것도 멈추었네	舞人休唱曲休吹[2] 무 인 휴 창 곡 휴 취
원앙 비녀와 띠는 어디에 버리고	鴛鴦鈿帶抛何處 원 앙 전 대 포 하 처
공작 비단 적삼은 누구에게 주었는가?	孔雀羅衫付阿誰 공 작 나 삼 부 아 수
북소리 박자 맞추는데 듣지도 못하면서	畫鼓不聞招節拍 화 고 불 문 초 절 박
금화 신고 허리 꺾었던 때를 부질없이 생각하네	錦靴空想挫腰肢[3] 금 화 공 상 좌 요 지
지금 자리에서 술 취한 듯 펄럭거리지만	今來座上偏惆悵[4] 금 래 좌 상 편 추 창
일찍이 이원에서 춤을 가르치던 때도 있었네	曾是堂前教徹時[5] 증 시 당 전 교 철 시

---

1 『全唐詩』권511
2 舞人休唱曲休吹이 美人休舞曲停吹인 판본도 있다.
3 空이 虛인 판본도 있다.
4 추창惆悵: 실의에 빠지거나 실망하여 감정이 상하고 괴로운 것을 묘사한 말. 偏惆悵이 翻如醉인 판본도 있다. 翻如醉로 풀이했다.
5 是堂前이 見梨園인 판본도 있다. 見梨園으로 풀이했다.

98. 종릉에서의 옛 유람을 회상하다
懷鍾陵舊遊四首[1]

杜 牧
두 목

......

등왕각에서 봄에 비단 자리 펼치니	滕閣中春綺席開 등 각 중 춘 기 석 개
자지곡의 북소리 맑은 천둥소리처럼 울려 퍼지네	柘枝蠻鼓殷晴雷 자 지 만 고 은 청 뢰
누대에 드리운 수많은 장막에 푸른 구름 합쳐지니	垂樓萬幕青雲合 수 루 만 막 청 운 합
파도를 부수며 수많은 배가 기마부대처럼 몰려오는 듯하네	破浪千帆陣馬來 파 랑 천 범 진 마 래
파내지 못한 쌍룡검은 우성과 두성 사이에서 검기를 쏘는데	未掘雙龍牛斗氣[2] 미 굴 쌍 룡 우 두 기
인재를 위해 높이 걸어 둔 탑같네	高懸一榻棟梁材[3] 고 현 일 탑 동 량 재
파땅에 이어 월땅을 치니 무슨 일인지 아는가?	連巴控越知何事[4] 연 파 공 월 지 하 사
진주와 비취 침향과 단목향이 곳곳에 쌓이겠구나	珠翠沈檀處處堆[5] 주 취 침 단 처 처 퇴

......

---

1 『全唐詩』권523. 종릉鍾陵: 남경에 있는 종산鍾山으로 육조시대부터 군사요충지였다.
2 쌍용雙龍: 보검寶劍. 우두牛斗: 견우성과 북두성.
3 동한東漢의 진번陳蕃이 예장태수豫章太守 때 서치徐穉를 공경하여 다른 빈객은 만나지 않고 오로지 서치가 오면 특별한 탑榻를 설치했다. 서치가 돌아가면 탑을 높이 걸어두었다.
4 事가 有인 판본도 있다.
5 침단沈檀: 침향목과 단목으로 모두 향을 만드는 재료. 진주와 비취 침향과 단목향이 곳곳에 쌓인다는 것은 상업이 번성한다는 의미다.

【참고】

○ 삼국시대 때 오吳나라가 멸망하기 전에 하늘의 두성斗星(북두성)과 우성牛星(견우성) 사이에 늘 보랏빛 기운이 서려 있었다. 진晉나라 장화張華[6]가 천문에 밝은 뇌환에게 그 이유를 물었더니, 뇌환이 말하기를, "보검寶劍의 정기精氣가 하늘 위로 뻗친 것입니다."라 고 대답했다. 이에 장화가 "그러면 어느 지방에 있겠는가?"라고 물었고, 뇌환은 "예장豫 章[7]의 풍성豊城에 있습니다."라고 대답했다. 장화는 뇌환을 풍성령豊城令으로 보냈고, 뇌 환은 풍성의 옥터[獄基]를 파서 그곳에서 보검 한 쌍을 찾아냈다. 바로 용천검龍泉劍과 태하검太阿劍이다. 장화가 형벌을 받아 죽은 후 그 검도 없어졌다. 뇌환이 죽은 뒤 그의 아들 뇌화雷華는 다른 칼 하나를 차고 다녔는데, 어느 날 갑자기 칼이 저절로 물속으로 들어가자, 잠수하여 찾아보니 거기에 커다란 용 두 마리가 있었다고 한다.[8]

---

6   장화張華: 서진西晉의 대신. 자는 무선茂先, 범양範陽 방성方城(지금의 하북성 안남安南) 사람. 진 무제 사마염에게 오나라를 토벌하라는 주장을 강하게 밀어붙여서 마침내 통일 대업을 이루 게 한 인물이다.
7   예장豫章: 한나라와 당나라 시대의 행정구역 이름.
8   『晉書』 권36 「張華傳」

99. 중승 업심도는 대략 뜻이 공명에 있어서 다시 장구 한 편을 바치며 묻고 권하다

中丞業深韜 畧志在功名 再奉長句一篇 兼有諮勸[1]

杜 牧
두 목

돛대는 마치 우거진 숲 같고 장강은 거세게 파도치는데

檣似鄧林江拍天[2]
장 사 등 림 강 박 천

월나라 향과 파 땅의 비단 가득 차 있네

越香巴錦萬千千
월 향 파 금 만 천 천

등왕각 위로 자지곡의 북소리 울리는데

滕王閣上柘枝鼓[3]
등 왕 각 상 자 지 고

서유정 서쪽엔 철축선 있네

徐孺亭西鐵軸船[4]
서 유 정 서 철 축 선

8군의 태수는 귀하지 않음이 없는데

八部元侯非不貴[5]
팔 부 원 후 비 불 귀

만인의 태수가 어찌 권세가 없겠는가?

萬人師長豈無權[6]
만 인 사 장 기 무 권

그대는 엄중히 환락을 멀리하시오

要君嚴重疎歡樂[7]
요 군 엄 중 소 환 락

---

1 『全唐詩』권524. 중승中丞: 관직명.
2 등림鄧林: 전설의 나무가 우거진 숲. 박천拍天: 파도가 세차게 치며 물살이 부딪치는 것을 형용한 말.
3 등왕각滕王閣: 당 태종의 아우 등왕 이원영이 장시성江西省 난창南昌의 서남방에 세운 누각. 웨양岳陽의 악양루岳陽樓, 우한武漢의 황학루黃鶴樓와 함께 3대 누각으로 불린다.
4 西가 前인 판본도 있다.
5 원후元侯: 태수. 部가 郡으로 된 판본도 있다. 여기서는 郡으로 풀었다.
6 사장師長: 태수.
7 君이 知인 판본도 있다.

오히려 하황에 채찍을 드리울 수 있으니　　　　　　　　　猶有河湟可下鞭[8]
　　　　　　　　　　　　　　　　　　　　　　　　　　　유 유 하 황 가 하 편

8　편鞭: 착편著鞭의 뜻이다. 착편은 말에 채찍질을 하는 것으로, 곧 출발을 의미한다. 당시 하황지
　역을 함락시키지 못하여 조적祖逖의 착편 고사를 비유하여 쓴 것이다. 진晉 나라 때 유곤劉琨이
　일찍이 자기 친구 조적祖逖과 함께 중원 땅을 수복할 뜻을 품고, 한번은 다른 친구에게 보낸
　편지에서 "나는 창을 베고 아침이 오기를 기다리면서 역적의 머리를 효시하려는 생각뿐인데,
　항상 조생이 나보다 말채찍을 먼저 쥘까 염려스럽네[吾枕戈待旦 志梟逆虜 常恐祖生先吾著鞭]."라
　고 했던 말에서 온 것으로, 남보다 먼저 일을 성공시키는 것을 의미한다(『晉書』 권62, 「劉琨傳」).

100. 대성곡 2수
臺城曲 二首[1]

杜 牧
두 목

왕이 전쟁을 공포하는 형세가 급박한데

오랑캐 노비는 북 아래에 앉아 있네

王頒兵勢急
왕 반 병 세 급

鼓下坐蠻奴
고 하 좌 만 노

---

1 『全唐詩』 권523

101. 남을 대신하여 두목에게 주다

代人贈杜牧侍御[1]

趙嘏
조 하

......

하늘처럼 높은 대궐은 새벽의 꿈속을 헤매는데

물결처럼 화려한 자리는 추기를 막네

원래 정감과 자태는 오히려 무한한데

또 누대 앞에서 〈자지무〉를 추네

......

高闕如天縈曉夢[2]
고 궐 여 천 영 효 몽

華筵似水隔秋期[3]
화 연 사 수 격 추 기

坐來情態猶無限[4]
좌 래 정 태 유 무 한

更向樓前舞柘枝
경 향 루 전 무 자 지

---

1 『全唐詩』 권349. 두목시어杜牧侍御: 두목이 전중시어사殿中侍御史를 지냈다는 것을 말한다.

2 효몽曉夢: 날이 밝을 무렵의 꿈.

3 추기秋期: 남녀가 서로 약속하여 만나기로 한 날.

4 좌래坐來: 원래, 본래의 뜻.

102. 자지무를 추는 기녀를 가엽게 여기다
傷柘枝妓[1]

李羣玉
이 군 옥

일찍이 두 마리 난새가 거울 속에서 춤추는데

나란히 날며 이어진 그림자가 봄바람을 마주함을 보았네

지금 와서 홀로 화려한 자리에 있으니

달빛도 가을 하늘을 반만 비추는구나

曾見雙鸞舞鏡中
증 견 쌍 란 무 경 중

聯飛接影對春風
연 비 접 영 대 춘 풍

今來獨在花筵散[2]
금 래 독 재 화 연 산

月滿秋天一半空
월 만 추 천 일 반 공

---

1 『全唐詩』권570
2 散이 上인 판본도 있다. 여기서는 上으로 풀었다.

103. 모란

牡丹[1]

鄭谷
정곡

화당의 주렴 말고 멋지게 연회를 베푸니

향기 머금은 안개 낀 정취 무한하네

봄바람에도 애석하게 아직 피지 못하더니

자지곡의 북소리 진동하니 붉은 꽃봉오리 터지네

畫堂簾卷張淸宴[2]
화 당 렴 권 장 청 연

含香帶霧情無限
함 향 대 무 정 무 한

春風愛惜未放開
춘 풍 애 석 미 방 개

柘枝鼓振紅英綻
자 지 고 진 홍 영 탄

---

1 『全唐詩』 권677
2 화당畫堂: 고대 궁중에 있는 화려하게 그림이 그려진 전당.

104. 궁사 100수
宮詞 百首[1]

和凝
화 응

......

자리가 처음 펼쳐지자 상서로운 빛의 노을이 화합하고

수놓은 모자와 금방울이 순임금의 교화를 춤추네

관현악이 아름다운 궁전에 울려퍼지니

선녀가 쌍으로 오색구름 사이로 내려오네

......

......

地衣初展瑞霞融[2]
지 의 초 전 서 하 융

繡帽金鈴舞舜風
수 모 금 령 무 순 풍

吹竹彈絲珠殿響
취 죽 탄 사 주 전 향

墜仙雙降五雲中
추 선 쌍 강 오 운 중

......

1　『全唐詩』 권735
2　지의地衣: 헝겊으로 가장자리를 꾸미고 여러 개를 마주 이어서 크게 만들어 행사 때에 쓰는
　　깔개. 서하瑞霞: 상서로운 채색의 노을.

105. 궁사 100수

宮詞 百首[1]

花蕊夫人
화 예 부 인

......

아름다운 피리소리 조를 바꾸니 쟁은 기러기발을 옮기고

재빠르게 붉게 수놓은 옷 바꿔입고 자리에서 춤추려 하네

아직 〈자지무〉의 꽃 모자를 쓰지 않았는데

두 줄의 궁감이 주렴 앞에 있네

......

......

玉簫改調箏移柱[2]
옥 소 개 조 쟁 이 주

催換紅羅繡舞筵[3]
최 환 홍 라 수 무 연

未戴柘枝花帽子[4]
미 대 자 지 화 모 자

兩行宮監在簾前[5]
양 행 궁 감 재 렴 전

......

---

1 『全唐詩』권798

2 쟁箏은 현악기로, 처음에는 5현, 2현, 당 이후에는 13현이 되었다가 현재는 18현, 21현, 25현 등으로 늘어났다. 箏移柱이 移纖指인 판본도 있다.

3 換이 赴인 판본도 있다.

4 戴가 著인 판본도 있다.

5 궁감宮監: 관직명. 수당시기 이궁離宮에 궁감宮監과 부감副監이 설치되었다.

106. 이관찰께 올리다
獻李觀察[1]

關盼盼
관 반 반

상강무 끝나자 홀연히 슬픔이 밀려 왔는데	湘江舞罷忽成悲 상 강 무 파 홀 성 비
곧바로 오랑캐 신발 벗고 붉은 휘장을 들고나오네	便脫蠻靴出絳帷 변 탈 만 화 출 강 유
누가 채옹의 금주객이었던가?	誰是蔡邕琴酒客 수 시 채 옹 금 주 객
위나라 조조는 옛날에 시집간 문희를 생각하네	魏公懷舊嫁文姬[2] 위 공 회 구 가 문 희

---

1 『全唐詩』 권489
2 문희文姬: 이름은 채염蔡琰. 자는 문희文姬. 채옹蔡邕의 딸. 채옹은 한 말 조정에 출사하면서
   조조曹操와 막역한 사이로 지냈다. 그러나 채옹은 헌제獻帝 때 동탁 아래에서 벼슬을 했다는
   이유로 역적으로 몰려 감옥에서 죽고, 채문희에게도 역적의 딸이라는 낙인이 찍히게 된다. 이후
   흉노족이 침입해 왔을 때 조정은 화친 차원에서 문희를 흉노의 왕에게 바쳤고, 이로 인해 문희는
   흉노의 땅에서 살게 된다. 조조가 북방을 통일한 후에 문희를 한나라로 데리고 오는데, 이를
   '문희귀한'이라고 한다.

107. 취한 후에 이·마 두 기녀에게 주다
醉後贈李馬二妓[1]

白居易
백 거 이

구름 모양 머리 흔들며 화전은 절주를 따르고

예상우의곡은 관현을 쫓아 응하네

어여쁜 자태에 따라 흔들리는 치마는 온통 붉고

근심 어린 노래에 검은 눈썹 연기처럼 오르려 하네

바람 불자 길 따라 눈발이 휘날리더니

물도 없는데 어디선가 홀연히 연꽃이 나타나네

둘이 돌고 도니 마음은 아직 정하지 않았지만

빗속의 신녀와 달 속의 선녀 같네

行搖雲髻花鈿節[2]
행 요 운 계 화 전 절

應似霓裳趁管弦
응 사 예 상 진 관 현

艶動舞裙渾是火
염 동 무 군 혼 시 화

愁凝歌黛欲生煙
수 응 가 대 욕 생 연

有風縱道能迴雪
유 풍 종 도 능 회 설

無水何由忽吐蓮
무 수 하 유 홀 토 련

疑是兩般心未決
의 시 양 반 심 미 결

雨中神女月中仙
우 중 신 녀 월 중 선

---

1 『全唐詩』 권436
2 화전花鈿: 이마 중앙에 붙이는 꽃잎 모양의 장식

軟舞

折楊柳[楊柳枝]·春鶯囀·
屈柘枝·烏夜啼·達摩支

108. 절양류

折楊柳[1]

盧照鄰
노 조 린

기생집에서 새벽에 문을 열어보니 倡樓啓曙扉[2]
창 루 계 서 비

버드나무 가지가 때마침 휘늘어져 있네 楊柳正依依[3]
양 유 정 의 의

새 우니 세월이 바뀐 것을 알겠고 鳥鳴知歲隔
조 명 지 세 격

나뭇가지 변하니 봄이 온 것을 알겠네 條變識春歸
조 변 식 춘 귀

이슬 맺힌 잎은 눈물이 맺힌 뺨 같고 露葉疑啼臉[4]
노 엽 의 제 검

바람에 날리는 꽃잎은 춤옷이 흐트러진 것 같네 風花亂舞衣
풍 화 란 무 의

애오라지 가지를 꺾어 보냈건만 攀折聊將寄
반 절 료 장 기

군영에서는 소식이 뜸하네 軍中書信稀[5]
군 중 서 신 희

---

1 『全唐詩』 권18
2 창루倡樓: 기녀들이 거처하는 곳.
3 楊이 園으로 된 판본도 있다. 의의依依: 나뭇가지가 휘늘어진 모양.
4 啼臉이 愁黛로 된 판본도 있다.
5 書가 音으로 된 판본도 있다.

【참고】

○ 〈절양류折楊柳〉

〈양류지楊柳枝〉는 옛 제목의 〈절양류折楊柳〉이다. 북방민족 노래인 〈절양류〉가 개편되고 새롭게 지어져 낙양 등지에서 유행하였다. 백거이의 「양류지 20韻」의 내용을 보면, 얇게 비치는 비단옷을 입고, 화려하게 수놓은 꽃신을 신은 무용수가 옥구슬 등의 장신구를 착용하고 가볍고 유연하게 춤을 춘 것으로 보인다.

백거이는 만년에 병이 들어 애첩을 건사할 수 없게 되자, 가무를 잘하는, 특히 양류지 곡을 잘 불러서 일명 '양류지'라는 이름으로 불리던 애첩 번소樊素를 내보내고, 아울러 애마까지 팔았다. 백거이의 「불능망정음不能忘情吟」이라는 시에 "낙마를 팔고 양류지를 놓아주매, 검은 눈 가리고 울며 말고삐를 멈추누나. 말은 말을 하지 못하기에, 길게 울며 문득 뒤돌아보고, 양류지는 거듭 절을 하고 꿇어앉아 말을 고하네[鬻駱馬兮放楊柳枝 掩翠黛兮頓金羈 馬不能言兮 長鳴而却顧 楊柳枝再拜長跪而致辭]"[6]라고 전한다.

『교방기』와 『악부잡록』에는 건무 종목과 연무 종목이 나뉘어 소개되었는데, 〈양류지〉는 건무에도 연무에도 속해 있지 않다. 다만 설릉의 〈양유사〉에, "건부乾符 5년(878), 허주자사許州刺史였던 설능이 고을 관성의 장막 안에서 손님과 술을 마시며 담소를 나누었다. 술 취하자 어린 기생을 불러 양류지 건무를 춤추게 하고, 또 그 사詞를 노래하게 했다[乾符五年, 許州刺史薛能, 於郡閣與幕中談賓酣飲酩. 酊因令部妓少女作楊柳枝健舞, 復歌其詞]"라는 내용으로 미루어 보면, 〈양유지〉는 건무에 속하는 것으로 볼 수 있다.

백거이는 "〈양류지〉는 원래 옛날 〈절양류〉로 일컬어지던 것이다."라고 했는데, 〈절양류〉는 "원래 호방하고 활달한 북방 유목민족의 민가이며, 용사와 전쟁을 노래한 것"이라고 했듯이, 건무에 속하는 것으로 보는 것이 타당할 듯하다.

다만 당대의 〈양류지〉와 〈절양류〉 시문의 내용에는 이별을 노래하는 이야기가 적지 않다. 이것은 버들가지를 꺾어 이별하는 한 대 이래의 풍속을 노래한 것이다. 이로써 보면, 서로 다른 두 가지 풍격을 지닌 〈양류지〉 혹은 〈절양류〉가 전해졌던 것으로 이해할 수 있다. 백거이가 〈절양류〉에서 "옛 노래 옛 곡조 듣는 것을 그대는 멈추고, 새롭게 바뀐 〈양류지〉 곡을 들어보세요"라고 읊은 것도 이와 같은 추측을 가능하게 한다.

이 책에서 〈양류지〉, 〈절양류〉는 이별을 주제로 한 것이 많아서 연무에 배열하였다.

6　『白樂天詩後集』 권18

109. 양류지

楊柳枝[1]

白居易
백거이

집집마다 〈육마〉와 〈수조〉 곡을 부르고

곳곳에서 〈백설〉과 〈매화〉를 읊네

옛 노래 옛 곡조 듣는 것을 그대는 멈추고

새롭게 바뀐 〈양류지〉 곡을 들어보소

六麼水調家家唱[2]
육 마 수 조 가 가 창

白雪梅花處處吹[3]
백 설 매 화 처 처 취

古歌舊曲君休聽
고 가 구 곡 군 휴 청

聽取新翻楊柳枝
청 취 신 번 양 유 지

---

1 『全唐詩』 권454

2 〈육마六麼〉와 〈수조水調〉는 모두 악곡명이다.

3 〈백설白雪〉: 부부 제목. 마융馬融의 〈장적부長笛賦〉에 "中取度於〈白雪〉·〈淥水〉"라고 전한다.
　〈매화梅花〉: 악곡명. 당나라 대곡大曲에 〈대매화大梅花〉·〈소매화小梅花〉가 있다.

110. 양류지사 2수
楊柳枝詞 二首[1]

皇甫松
황 보 송

봄이 되면 행궁은 아득한 푸른빛으로 덮이고

현종의 시녀는 버들가지 흔들리듯 춤을 췄었는데

지금도 버드나무는 텅 빈 성을 향해 푸르지만

옥피리는 누가 다시 불겠는가?

春入行宮映翠微[2]
춘 입 행 궁 영 취 미

玄宗侍女舞烟絲[3]
현 종 시 녀 무 연 사

如今柳向空城綠
여 금 유 향 공 성 록

玉笛何人更把吹
숙 적 하 인 갱 파 취

---

1 『全唐詩』 권369
2 행궁行宮: 임금이 행차했을 때의 임시 거처. 취미翠微: 먼 산에 아른아른 보이는 검푸른 빛.
3 연사烟絲: 안개 낀 버들가지.

111. 백거이가 취한 후에 읊은 10운에 화답하다
酬樂天醉後狂吟十韻[1]

劉禹錫
유 우 석

......

취향에 가고자 했으나

오히려 색계에 이끌렸네

양류곡 부는 것을 좋아하니

나를 위해 금비녀 춤을 춰주구려!

......

欲向醉鄕去[2]
욕 향 취 향 거

猶爲色界牽[3]
유 위 색 계 견

好吹楊柳曲
호 취 양 유 곡

爲我舞金鈿
위 아 무 금 전

---

1 『全唐詩』권362
2 취향醉鄕: 음주도취의 생활을 즐기는 은자의 거처. 당나라 왕적王績의 〈취향기醉鄕記〉에 나오
   는 일종의 술의 나라를 말한다.
3 색계色界는 불교 용어로 삼계三界(欲界, 色界, 無色界)의 하나이다. 욕계는 탐욕이 많아 오로지
   물질에 속박되어, 식욕·색욕·재물욕·명예욕 등의 욕심 때문에 항상 산란한 마음으로 중생들
   이 살아가는 세계다. 색계는 욕심은 없지만, 마음에 들지 않는 것들에 대해 거부감이 있는 중생
   들이 살아가는 세계로, 욕심은 없고 미세한 진심은 남아 있다. 무색계는 탐욕과 진심이 모두
   사라져서 물질에 영향을 받지 않지만, 아직 '나'를 버리지 못한 세계이다. 무색계는 중생이 사는
   세계 가운데 가장 깨끗한 세계.

112. 양류지사 9수
楊柳枝詞 九首[1]

劉禹錫
유우석

가녀리고 아름다운 여인이 봄의 화려함을 차지하고

무대와 장루 곳곳에 가득하네

봄이 다하면 버들꽃은 머물 수 없으니

바람 따라 아름답게 떠나 누군가의 집에 떨어지겠구나!

輕盈嬝娜占春華[2]
경 영 요 나 점 춘 화

舞榭妝樓處處遮[3]
무 사 장 루 처 처 차

春盡絮飛留不得
춘 진 서 비 유 부 득

隨風好去落誰家
수 풍 호 거 낙 수 가

---

1 『全唐詩』권28
2 경영輕盈: 여인의 자태가 가늘고 부드러운 것을 형용하는 말. 요나嬝娜: 가늘고 길고 부드럽고
   아름다운 용모. 춘화春華: 봄 경치의 화려한 볼품.
3 무사舞榭: 노래하고 춤추는 데에 쓰이는 큰 정자. 장루妝樓: 부녀자가 머무는 곳.

113. 대정안 가인의 원망 2수
代靖安佳人怨 二首[1]

劉禹錫
유 우 석

보마는 옥구슬 울리며 새벽 먼지를 밟고

비늘같이 날카로운 단검은 수레의 좌석을 공격하네

오가며 마을 밖에서 방성곡 울리는데

지난밤 화당에서는 무인을 노래했다네

寶馬鳴珂踏曉塵[2]
보 마 명 가 답 효 진

魚文匕首犯車茵[3]
어 문 비 수 범 차 인

適來行哭里門外[4]
적 래 행 곡 리 문 외

昨夜華堂歌舞人
작 야 화 당 가 무 인

---

1 『全唐詩』권365
2 가珂: 마조瑪瑙. 보석의 일종으로 말을 장식할 때 쓰임.
3 비수匕首: 날이 매우 날카롭고 짧은 칼.
4 행곡行哭: 방성곡放聲哭. 구슬프게 곡哭을 함.

114. 유소주가 쌀로 술을 빚어 보내고, 이절동이 양류지 춤
옷을 보내니, 뜻하지 않게 술을 맛보고 적삼을 입어보
며, 문득 긴 구절을 지어 그것에 대한 답례를 보내네
劉蘇州寄釀酒糯米, 李浙東寄楊柳枝舞衫, 偶因嘗酒試衫,
輒成長句寄謝之[1]

白居易
백거이

〈양류지〉춤은 어지럽게 밟아가며 쌍수를 사용하는데   柳枝漫蹋試雙袖
유지만답시쌍수

상락주에서 비로소 향이 나 한 잔 맛보네   桑落初香嘗一杯[2]
상락초향상일배

금설주 진한 것은 오나라 쌀로 빚어서이고   金屑醅濃吳米釀[3]
금설배농오미양

은적삼 따뜻한 것은 월땅 여인이 재봉해서라네   銀泥衫穩越娃裁[4]
은니삼온월왜재

춤추기 시작하자 벌써 찌푸렸던 눈썹 펴지고   舞時已覺愁眉展
무시이각수미전

취한 후엔 거듭 입 벌려 웃게 만드네   醉後仍教笑口開
취후잉교소구개

벗들이 적막함을 불쌍히 여겨   慙愧故人憐寂寞[5]
참괴고인연적막

삼천리 밖에서 즐거움 보내오니 부끄럽기 짝이 없구나   三千里外寄歡來
삼천리외기환래

---

1 『全唐詩』권455
2 상락桑落: 상락주桑落酒. 상락주는 초겨울에 떨어진 뽕으로 양조한 술이다.
3 금설배金屑醅: 금설주金屑酒.
4 은니銀泥: 은가루로 갠 아교로 장식한 옷.
5 참괴慙愧: 부끄러워하며 괴로워함.

115. 절양류

折楊柳[1]

張祜
장 호

미인의 청루에 날이 밝고	紅粉靑樓曙[2] 홍 분 청 루 서
버들가지는 봄의 중턱에 드리워져 있네	垂楊仲月春[3] 수 양 중 월 춘
그대 생각하며 거듭 가지를 꺾는 것이지	懷君重攀折[4] 회 군 중 반 절
가는 허리를 질투해서가 아니라오	非妾妬腰身[5] 비 첩 투 요 신
춤을 추다가 띠가 버들가지에 얽혀 끊어지니	舞帶縈絲斷 무 대 영 사 단
미인이 잎을 향해 눈살 찌푸리면서	嬌娥向葉嚬[6] 교 아 향 엽 빈
횡취곡 모두 몇 곡인지	橫吹凡幾曲[7] 횡 취 범 기 곡
혼자만 큰 걱정을 하네	獨自最愁人 독 자 최 수 인

---

1 『全唐詩』 권510

2 홍분紅粉: 여자가 화장할 때 쓰는 연지. 여인에 비유한 말이다. 청루靑樓: 기원妓院.

3 중월仲月: 중삭仲朔. 봄여름가을겨울을 각각 세 개의 달로 나누는데, 그중 가운데 달을 말한다. 여기서는 중춘仲春을 일컫는다.

4 반절攀折: 꽃이나 나무를 꺾는 것.

5 요신腰身: 허리 부분.

6 교아嬌娥: 누에나방 모양처럼 아름다운 미인의 눈썹. 아리따운 소녀를 묘사할 때에도 쓰인다.

7 횡취곡: 〈절양류〉를 말한다. "『당서』「악지」, 양梁나라 악부에는 고취악鼓吹樂이 있고, …… 고각횡취곡鼓角橫吹曲인 〈절양류〉가 있다[『唐書』「樂志」曰: "梁樂府有胡吹, …… 鼓角橫吹曲折楊柳是也]."라고 했다(『악부시집』 권22).

116. 유지사 5수
柳枝詞 五首[1]

薛 能
설 능

......

가는 허리의 춤 모두 봄 버들가지 같은데

나에게는 한 수의 시도 남아 있지 않구나!

......

纖腰舞盡春楊柳
섬 요 무 진 춘 양 류

未有儂家一首詩[2]
미 유 농 가 일 수 시

---

1 『全唐詩』권561
2 농가儂家: 자기 자신.

117. 양류지 20운
楊柳枝 二十韻[1]

白居易
백 거 이

〈양류지〉는 낙양에서 새로 지은 노래이다. 낙양의 어린 기녀 중에 노래를 잘하는 자가 있는데, 가사와 음률이 듣는 사람을 감동하게 할 수 있기에 이것을 짓는다.[2]

어린 기녀 복숭아 잎 손에 들고	小妓携桃葉 소 기 휴 도 엽
새 노래에 맞춰 버드나무 가지를 밟네	新聲踏柳枝 신 성 답 유 지
단장 마치고 촛불 심지 자른 후	妝成剪燭後[3] 장 성 전 촉 후
취한 듯 일어나 적삼 입고 춤추네	醉起舞衫時 취 기 무 삼 시
수 놓인 신발로 예쁘게 걷는 것이 느리고	繡履嬌行緩 수 리 교 행 완
꽃자리에 웃으며 오르는 것도 더디네	花筵笑上遲 화 연 소 상 지
몸 가벼워 눈발 날리는 듯하니	身輕委迴雪 신 경 위 회 설
비단옷 얇아 보드라운 피부 드러나네	羅薄透凝脂 나 박 투 응 지
생황소리 이끄니 피리 혀 자주 따뜻해지고	笙引簧頻煖[4] 생 인 황 빈 난

---

1 『全唐詩』 권455
2 〈楊柳枝〉, 洛下新聲也. 洛之小妓有善歌之者, 詞章音韻聽可動人, 故賦之.
3 촛불의 심지를 자르는 것은 어둠이 내려서 촛불을 돋우려는 것이다.

쟁소리 재촉하니 기러기발 여러 번 옮기네 　　箏催柱數移
　　　　　　　　　　　　　　　　　　　　　쟁 최 주 수 이

악사가 애원의 곡조로 바꾸니 　　　　　　　　樂童翻怨調
　　　　　　　　　　　　　　　　　　　　　악 동 번 원 조

재능이 뛰어난 문인 아름다운 가사 지어주네 　才子與妍詞[5]
　　　　　　　　　　　　　　　　　　　　　재 자 여 연 사

문득 사람이 나무같다는 생각이 들자 　　　　便想人如樹
　　　　　　　　　　　　　　　　　　　　　변 상 인 여 수

우선 머리카락은 버들가지 같고 　　　　　　先將髮比絲
　　　　　　　　　　　　　　　　　　　　　선 장 발 비 사

바람 속 가지는 흔들리는 두 개의 허리띠 같고 　風條搖兩帶
　　　　　　　　　　　　　　　　　　　　　풍 조 요 량 대

안개 속 잎은 두 눈썹 붙인 듯하네 　　　　　煙葉貼雙眉
　　　　　　　　　　　　　　　　　　　　　연 엽 첩 쌍 미

입 움직이니 앵두가 벌어지는 듯하고 　　　　口動櫻桃破
　　　　　　　　　　　　　　　　　　　　　구 동 앵 도 파

쪽 머리 아래엔 비취 드리워져 있는데 　　　　鬟低翡翠垂
　　　　　　　　　　　　　　　　　　　　　환 저 비 취 수

가지의 부드러움은 허리가 나긋나긋한 듯하고 　枝柔腰嫋娜[6]
　　　　　　　　　　　　　　　　　　　　　지 유 요 요 나

띠풀의 여린 싹은 가녀린 손가락 같네 　　　　荑嫩手葳蕤[7]
　　　　　　　　　　　　　　　　　　　　　이 눈 수 위 유

울던 학은 날이 맑아지자 짝을 부르고 　　　　唳鶴晴呼侶
　　　　　　　　　　　　　　　　　　　　　여 학 청 호 려

불쌍한 원숭이는 늦은 밤 새끼를 부르네 　　　哀猨夜叫兒[8]
　　　　　　　　　　　　　　　　　　　　　애 원 야 규 아

옥소리가 쟁그랑쟁그랑 　　　　　　　　　　玉敲音歷歷[9]
　　　　　　　　　　　　　　　　　　　　　옥 고 음 역 력

4　황황簧: 악기에서 진동 발성을 위해 쓰는 얇은 조각.

5　재자才子: 재능이 뛰어난 문인.

6　요나嫋娜: 가늘어서 낭창낭창한 모습.

7　이荑와 눈嫩은 모두 어린 싹을 이르는 말이다. 위유葳蕤: 원기가 쇠퇴하여 활기가 없는 모습을 형용.

8　원숭이와 학은 산속 은자의 거처를 의미한다.

9　역력歷歷: 모든 것을 분명하게 알 수 있다는 뜻으로, 옥소리가 쟁그랑 쟁그랑 분명하게 들리는 것으로 풀이했다.

구슬은 주렁주렁

소매를 소리가 나게 거둬들이더니

리듬 따라가다 비녀를 떨어뜨리네

겹겹이 둘러싼 얼굴들 달라도

한 박 한 박 마음은 알겠네

변방에선 가지 꺾음을 근심하고

강남에선 이별을 괴로워하네

황금빛이 금곡 언덕을 가리고

푸르름은 행원의 연못을 비추네

봄엔 향기로운 풀의 화려함을 애석해하고

가을엔 안색이 쇠함을 슬퍼하네

가져와서 노래로 부르고

성대하게 피리로 부네

곡 끝났지만 어찌 이별할 수 있으리오

정 많아서 스스로 억제할 수 없네

珠貫字纍纍[10]
주 관 자 유 류

袖爲收聲點
수 위 수 성 점

釵因赴節遺
채 인 부 절 유

重重遍頭別
중 중 편 두 별

一一拍心知
일 일 박 심 지

塞北愁攀折[11]
새 북 수 반 절

江南苦別離
강 남 고 별 리

黃遮金谷岸[12]
황 차 금 곡 안

綠映杏園池
녹 영 행 원 지

春惜芳華好
춘 석 방 화 호

秋憐顔色衰
추 련 안 색 쇠

取來歌裏唱[13]
취 래 가 리 창

勝向笛中吹
승 향 적 중 취

曲罷那能別
곡 파 나 능 별

情多不自持
정 다 부 자 지

---

10 유류纍纍: 많고 무거운 모양. 구슬이 주렁주렁 많이 달린 것으로 풀이했다.
11 당시에 이별할 때 버드나무 가지를 꺾어서 주는 풍속이 있었다. 시견오施肩吾가 지은 〈양류지〉에 "길가의 버드나무가 봄을 알리니 마음이 아프네. 한 가지를 다 꺾었는데도 다시 돋아나네. 작년에 꺾은 가지를 올해 또 꺾지만 작년에 이별한 사람에게 보내지는 않을 것이오[傷見路傍楊柳春, 一枝折盡一重新, 今年還折去年處, 不送去年離別人]."라고 전한다.
12 황금빛은 어린 버들가지의 색을 가리킨다.
13 취래取來: 취하여 가져옴.

전두채로 줄 특별한 물건 없으니

애끊는 시 한 수 지어주네

纏頭無別物[14]
전 두 무 별 물

一首斷腸詩
일 수 단 장 시

---

14 전두纏頭: 광대나 기생, 악공 등에게 사례의 뜻으로 주는 금품.

118. 절양류지 2수
折楊柳枝 二首[1]

張祜
장 호

궁궐 앞 버드나무 꺾지 마소	莫折宮前楊柳枝 막 절 궁 전 양 류 지
현종이 일찍이 피리로 불었다오	玄宗曾向笛中吹[2] 현 종 증 향 적 중 취
상심한 해 질 녘 안개 노을 피어나고	傷心日暮煙霞起 상 심 일 모 연 하 기
무한한 봄 시름 푸른 눈썹에 생겨나네	無限春愁生翠眉[3] 무 한 춘 수 생 취 미
푸름이 엉긴 못가에선 푸른 눈썹 감추고	凝碧池邊斂翠眉 응 벽 지 변 염 취 미
경양루 아래에서 검은 머리를 묶지만	景陽樓下綰青絲[4] 경 양 루 하 관 청 사
어찌 양귀비의 조원각보다 낫겠는가?	那勝妃子朝元閣[5] 나 승 비 자 조 원 각
어여쁜 손 안개 속에서 양류지 한 곡을 연주하네	玉手和煙弄一枝 옥 수 화 연 농 일 지

---

1 『全唐詩』권511

2 笛中이 玉笛으로 된 판본도 있다.

3 춘수春愁: 봄에 공연히 마음이 설레거나 마음 둘 곳 없이 느껴지는 뒤숭숭한 시름. 취미翠眉: 푸른 눈썹. 화장한 눈썹을 비유하여 이르는 말.

4 경양루景陽樓: 장쑤성江蘇城 난징시南京市 북쪽에 있었던 남조南朝 진후주陳後主의 누각으로 진후주가 장려화 등 많은 비빈들과 연회를 즐겼던 곳. 청사青絲: 검은 머리.

5 조원각朝元閣: 당나라 때의 전각으로 오늘날 산시성陝西省 시안西安 린퉁현臨潼縣 리산驪山에 있었다. 당 현종이 양귀비와 함께 노닐었던 화청궁의 한 부분이다. 『옥해玉海』「당조원각부시唐朝元閣賦詩」에 "천보 10년 10월 을축, 조원각에 행차했을 때 상서로운 구름이 나타나서, 황제가 시를 짓고 군신들이 모두 화답했다[天寶十載十月乙丑, 御朝元閣, 有慶雲見, 上賦詩羣臣畢和]."라고 전한다.

119. 유지사 12수
柳枝辭 十二首[1]

徐 鉉
서 현

......

선악 울리는 봄이 오자 춤추는 허리 잡아당기고

맑은소리는 곧바로 아름다운 미인 옆에 있는 듯하네

대체로 꾀꼬리 소리의 다정함에 의지해서

오랫동안 미인이 푸른 가지를 말했는데

생황은 난간 앞에서 불 수 없으니

춤추는 소매도 자리 앞에서 저절로 머뭇거리네

......

......

仙樂春來按舞腰[2]
선 악 춘 래 안 무 요

淸聲便似傍嬌嬈[3]
청 성 편 사 방 교 요

應緣鶯舌多情賴[4]
응 연 앵 설 다 정 뢰

長向雙成說翠條[5]
장 향 쌍 성 설 취 조

鳳笙臨檻不能吹[6]
봉 생 임 함 불 능 취

舞袖當筵亦自疑
무 수 당 연 역 자 의

......

---

1 『全唐詩』 권752
2 선악仙樂: 선계仙界의 음악. 경지가 높은 아름다운 음악.
3 교요嬌嬈: 어여쁘고 아름다운 미인.
4 응연應緣: 대체로, 아마도의 뜻. 앵설鶯舌: 꾀꼬리 소리.
5 쌍성雙成: 동쌍성董雙成. 서왕모의 시녀. 미인에 비유하여 쓴다. 취조翠條: 식물의 녹색 가지.
6 봉생鳳笙: 생황의 미칭.

120. 소아시

小兒詩[1]

路德延
노 덕 연

......

팔과 어깨는 표주박처럼 통통하고

피부는 솜털보다 부드럽네

긴 머리는 이마를 조금 덮었고

양 갈래로 묶은 머리는 점점 어깨로 내려오네

......

음절은 조화롭게 〈양유가〉를 노래하고

여러 사람은 일제히 〈채련가〉로 화답하네

둑을 달리며 가는 빗속을 걷고

거리를 달리며 가벼운 안개를 쫓아가네

......

주석거울은 가슴 위에 걸어놓고

은구슬은 양쪽 귀에 걸었네

......

臂膞肥如瓠
비 박 비 여 호

肌膚軟勝綿
기 부 연 승 면

長頭纔覆額
장 두 재 복 액

分角漸垂肩[2]
분 각 점 수 견

......

合調歌楊柳
합 조 가 양 류

齊聲踏採蓮[3]
제 성 답 채 련

走隄行細雨
주 제 행 세 우

奔巷趁輕煙
분 항 진 경 연

......

錫鏡當胸挂
석 경 당 흉 괘

銀珠對耳懸
은 주 대 이 현

---

1 『全唐詩』 권719

2 각角: 정수리 양쪽 가에 소의 뿔처럼 상투를 묶은 것을 일컫는 말.

3 제성齊聲: 여러 사람이 한꺼번에 일제히 노래를 부르는 것.

머리는 창골의 머리를 따라 했고

소매는 〈자지무〉의 말아 올린 소매를 모방했네

......

頭依蒼鶻裹[4]
두 의 창 골 과

袖學柘枝揎
수 학 자 지 선

......

【참고】

○ 참군희參軍戲

춘추시대의 배우가 했던 풍자와 우스개는 남북조시대에 참군희라는 놀이로 계승된다. 참군희는 남북조시대에 발생하고 당 대에 크게 유행한 골계희滑稽戲이다. 참군이란 본래 군대의 지휘관 아래서 군무를 관장하는 직책인데, 참군희란 이름은 후조後趙의 고조高祖 석륵石勒의 참군 주연周延에게서 비롯되었다. 그는 관도령館陶令으로 있을 때 비단 수백 필을 횡령하였다. 황제는 용서해 주었지만, 큰 잔치가 있을 때마다 배우들을 시켜 그를 풍자했다고 한다. 극중 인물의 이름보다도 배우의 명칭인 참군과 창골을 써서 중국 희곡의 독특한 각색체제의 기원이 되었다.

몸짓과 대사를 주요 표현수단으로 사용하는 참군희는 희곡은 아니지만 하나의 연극 양식으로 인정하기에 충분하다.

한 편 설능薛能의 시구 중 "이날 꽃잎이 휘날려 처음에는 눈인 줄 알았는데, 여아들이 관현에 맞춰 '참군'을 공연한 것이었네" 라는 내용으로 볼 때, 당 대에는 여자가 공연하는 참군희도 있었음을 알 수 있다. 당 대에는 이 외에도 대면代面·발두撥頭·답요낭踏搖娘 등 가무와 음악이 결합된 형태의 가면극이 있었다. 이는 모두 백희百戲에서 비롯된 것으로서, 당시 예능의 주류를 이루었다.[5]

---

4 창골蒼鶻: 당송시기 참군희 각색의 이름. 각색은 전통희곡 중의 출연자를 이르는 말이다.

5 이상의 내용은, 김학주 외 공저, 『중국공연예술』, 한국방송통신대학교출판부, 2002; 2003 2쇄, 66-67쪽과 왕극분, 『중국무용사 수당오대』, 100쪽 부분 인용.

121. 양주 교외에서 바라보다

涼州郊外遊望[1]

王 維
왕 유

노인은 아주 작은 마을에 사는데

외딴 시골이라 사방에 이웃이 적네

신들린 듯 춤추며 마을의 토지신에 의지하고

피리와 북은 농신에게 굿을 올리네

술 뿌리고 추구에게 물을 주고

향 태우고 나무인형에 절하네

무녀가 복잡하게 빙빙 돌며 춤추니

비단 버선 저절로 먼지 일으키네

野老纔三戶[2]
야 로 재 삼 호

邊邨少四鄰
변 촌 소 사 린

婆娑依里社[3]
파 사 의 리 사

簫鼓賽田神
소 고 새 전 신

灑酒澆芻狗[4]
쇄 주 요 추 구

焚香拜木人
분 향 배 목 인

女巫紛屢舞[5]
여 무 분 루 무

羅襪自生塵
나 말 자 생 진

---

1 『全唐詩』권126

2 야노野老: 시골에 사는 노인. 삼호三戶: 집이 몇 채 안 되는 작은 마을.

3 파사婆娑: 춤추는 모양. 여기서는 무녀가 토지신과 농사신에게 굿을 하며 춤을 추는 것으로, 신들린 듯 흔들거리는 모습을 형용한 것으로 볼 수 있다.

4 추구芻狗: 제사 지낼 때 쓰던 짚으로 만든 개. 제사를 마치면 쓸모없는 것이 되므로, 쓸모없는 사물에 비유하여 쓰이기도 한다.

5 분루무紛屢舞: 어지럽게 빙빙 돌고 불규칙적이고 복잡한 움직임으로 멈추지 않고 계속 춤추는 것.

【참고】

○〈양주涼州[梁州]〉

〈양주〉는 연무에 속한다.〈양주〉는 지명(지금의 武威)으로 예부터 호인들이 많이 살았던 지역이다.〈양주〉는 지역명으로 악무명을 지은 예에 속한다. 당 대는 지명으로 악무명을 대신 한 예가 적지 않다. 대표적으로《십부악》에 속해 있는 악무명이 그렇고, 그 외에도 〈위주渭州〉,〈불름拂菻〉,〈이주伊州〉,〈석주石州〉,〈감주甘州〉 등이 있다.

양주 지역의 가무 예인들은 매우 이른 시기에 중원에 들어왔다. 수나라 초(581-600)에 정리된《칠부악》의 서량악과 비교해 보면 200여 년 정도 빠르다.[6]〈양주〉는 장호의 시〈패나아무悖拏兒舞〉에 의하면, 손에 금 그릇을 들고 빠르게 춘 춤이었을 것으로 추측된다.

---

6 〈양주〉는 전조시대前趙時代(318-329)에 유입되었다.

122. 전전곡 2수
殿前曲 二首[1]

王昌齡
왕 창 령

......

서쪽 궁궐 앞 호부 생황에 맞춰 부르는 노래는

이원 제자들이 〈양주곡〉에 화답하는 것이네

신성 한 자락이 누대 위의 달에 이르고

성군의 장수를 비는 천추악 멈추질 않네

......

胡部笙歌西殿頭
호 부 생 가 서 전 두

梨園弟子和涼州[2]
이 원 제 자 화 량 주

新聲一段高樓月
신 성 일 단 고 루 월

聖主千秋樂未休[3]
성 주 천 추 락 미 휴

---

1 『全唐詩』 권143
2 이원梨園: 당 현종 때 궁중에서 가무를 교습하던 곳. 조선 시대에는 장악원掌樂院의 별칭으로
   쓰였다.
3 천추千秋: 긴 시간. 송의 악곡 중 선려仙呂 9곡 중에 〈천추악〉이 있다(『명집례』 권53).

123. 양주사 2수

凉州詞 二首[1]

王 翰
왕 한

맛있는 포도주 야광배에 담겨 있는데

마시려고 하자 비파소리 말 위에서 재촉하네

취해서 전장에 누우니 그대는 비웃지 마시오

예로부터 출정하여 몇 사람이나 돌아왔소?

장안의 꽃과 새 이미 한창 화답하고 있지만

변방의 모래바람은 여전히 차갑기만 하네

늦은 밤 호가로 부는 〈절양류〉 들으니

사람들 마음속에 장안을 생각하게 하네

蒲萄美酒夜光杯
포 도 미 주 야 광 배

欲飮琵琶馬上催
욕 음 비 파 마 상 최

醉臥沙場君莫笑[2]
취 와 사 장 군 막 소

古來征戰幾人回
고 래 정 전 기 인 회

秦中花鳥已應闌[3]
진 중 화 조 이 응 란

塞外風沙猶自寒[4]
새 외 풍 사 유 자 한

夜聽胡笳折楊柳[5]
야 청 호 가 절 양 류

教人意氣憶長安
교 인 의 기 억 장 안

---

1   『全唐詩』 권156

2   사장沙場: 전장戰場.

3   진중秦中: 관중關中과 같은 말. 여기서는 장안을 말한다.

4   猶와 自는 모두 여전하다는 뜻.

5   호가胡笳: 고대 북방민족의 악기. 피리와 모양이 비슷하다.

124. 양주사

涼州詞[1]

孟浩然
맹 호 연

자단의 금무늬 저절로 생기고	渾成紫檀金屑文[2] 혼 성 자 단 금 설 문
비파 연주하니 소리가 구름을 뚫네	作得琵琶聲入雲 작 득 비 파 성 입 운
호땅은 삼만리나 떨어진 아득히 먼 곳	胡地迢迢三萬里[3] 호 지 초 초 삼 만 리
어찌하여 말을 태워 왕소군을 보냈는가?	那堪馬上送明君[4] 나 감 마 상 송 명 군
다른 지방 음악은 사람을 슬프게 만드니	異方之樂令人悲[5] 이 방 지 악 영 인 비
강적과 호가를 불 수 없네	羌笛胡笳不用吹 강 적 호 가 불 용 취
오늘밤 관산의 달을 잠깐 보고 있자니	坐看今夜關山月[6] 좌 간 금 야 관 산 월
변성의 유협아를 죽이고 싶은 생각이 드네	思殺邊城遊俠兒 사 살 변 성 유 협 아

---

1 『全唐詩』 권167

2 혼성渾成: 천연으로 생긴 것. 자단紫檀: 콩과 식물로 재질이 치밀하고 무거워서 고급가구의 재료로 쓰이고, 약용으로 쓰이기도 한다. 금설金屑: 금가루.

3 초초迢迢: 아득히 멀고 먼 것을 형용하는 말.

4 명군明君: 왕소군王昭君을 말한다. 이름은 장嬙, 자는 소군昭君이다. 진晉나라 문제文帝 사마소司馬昭의 이름을 피하여 소군을 명군明君으로 바꾸었다.

5 이방異方: 풍속이나 습관 따위가 다른 지방.

6 좌간坐看: 잠깐 보는 것. 관산關山: 국경에 있는 산.

【참고】

○ 왕소군王昭君

왕소군은 한나라 원제의 후궁이다. 원제에게는 후궁이 너무 많아서 매일 밤 후궁을 선택하는 데에 시간이 오래 걸렸다. 이에 원제는 화공에게 후궁의 초상화를 그리라고 하고, 그 초상화를 보고 마음에 드는 후궁을 선택하기로 했다. 후궁들은 대부분 화공에게 뇌물을 주며 실물보다 예쁘게 그려달라고 요청을 했다. 화공은 자신에게 뇌물을 준 후궁만 예쁘게 그려주었다. 왕소군은 뇌물을 바치지 않아서 화공 모연수毛延壽가 그녀의 초상화를 추녀로 그렸다. 이로 인하여 그녀는 원제의 사랑을 받지 못했다. 그러던 어느 날 흉노의 선우單于가 원제에게 미인을 요구하자, 원제는 누구를 보낼까 고민하며 후궁의 초상화를 살펴보다가 못생긴 왕소군을 흉노의 선우에게 보내는 것으로 결정했다. 왕소군은 융복戎服을 입고 말에 올라 비파琵琶를 타면서 흉노의 땅으로 떠나려고 하는데, 그 모습을 보고 원제는 놀라지 않을 수 없었다. 자기가 본 초상화와는 달리 왕소군의 미모가 매우 뛰어났기 때문이다. 안타까웠지만 원제는 왕소군을 흉노땅으로 보낼 수밖에 없었다. 이 일이 어떻게 된 연유인지 밝혀지자 뇌물을 받았던 모연수 외에 여러 화공은 기시형棄市刑에 처해 졌다(『서경잡기西京雜記』). 왕소군은 흉노족에게 길쌈과 같은 중국 문물을 전파했고, 흉노와 한나라 사이의 우호 관계를 유지하는 데 큰 역할을 했다.

왕소군 2수
王昭君二首[7]

소군은 옥안장을 털고	昭君拂玉鞍 소 군 불 옥 안
말에 오르더니 붉은 뺨에 눈물 흘리네	上馬啼紅頰 상 마 제 홍 협
오늘은 한나라 궁녀인데	今日漢宮人 금 일 한 궁 인
내일 아침엔 호땅의 첩이라네	明朝胡地妾 명 조 호 지 첩

---

7 『李太白文集』 권3

125. 양주관사 안에서 판관들과 더불어 밤에 모이다
凉州館中與諸判官夜集[1]

岑 參
잠 삼

둥근 달이 나타나 성 머리에 걸렸다가

성 머리 위로 달이 떠올라 양주를 비추네

양주 7리에 십만 가구인데

호인들 절반이 비파를 타네

비파 한 곡조에 창자가 끊어질 듯한데

바람소리 휘이휘이 밤은 아득하기만 하네

하서의 진영에는 친구가 많았었는데

친구와 헤어진 지 15년이나 되었네

화문루 앞 가을 풀만 볼 뿐

彎彎月出掛城頭[2]
만 만 월 출 괘 성 두

城頭月出照梁州[3]
성 두 월 출 조 량 주

凉州七里十萬家[4]
양 주 칠 리 십 만 가

胡人半解彈琵琶
호 인 반 해 탄 비 파

琵琶一曲腸堪斷
비 파 일 곡 장 감 단

風蕭蕭兮夜漫漫[5]
풍 소 소 혜 야 만 만

河西幕中多故人[6]
하 서 막 중 다 고 인

故人別來三五春[7]
고 인 별 래 삼 오 춘

花門樓前見秋草
화 문 루 전 견 추 초

---

1 『全唐詩』 권199
2 만만彎彎: 직선이 아닌 굽은 것.
3 梁이 凉으로 된 판본도 있다.
4 7리七里: 2,749,091km. 里가 城으로 된 판본도 있다.
5 소소蕭蕭: 의성어. 바람 소리, 낙엽 소리, 말 울음소리, 빗소리 등에 두루 쓰인다. 만만漫漫:
   끝이 없거나 오랜 시간 등을 묘사.
6 하서河西: 중국의 황허 강黃河江 서쪽을 통틀어 이르는 말.
7 삼오三五: 열다섯.

어찌하면 빈천하게 늙어가는 서로의 모습 볼 수 있을까?

일생에 큰 웃음 몇 번이나 있겠는가?

한 말의 술로 서로 만나 반드시 취해 쓰러져 보세

豈能貧賤相看老
기 능 빈 천 상 간 로

一生大笑能幾廻
일 생 대 소 능 기 회

斗酒相逢須醉倒
두 주 상 방 수 취 도

126. 양주곡 2수
凉州曲 二首[1]

柳中庸
유중용

관산 만리 전쟁터로 간 사람	關山萬里遠征人[2] 관 산 만 리 원 정 인
한 번 관산을 바라보니 눈물이 수건에 가득하네	一望關山淚滿巾 일 망 관 산 루 만 건
청해의 군영 위 허공에 달은 떠 있어도	青海戍頭空有月[3] 청 해 수 두 공 유 월
모래바람이 부는 사막에는 본래 봄이 없네	黃沙磧裏本無春 황 사 적 리 본 무 춘

하늘과 잇닿은 높은 난간에서 양주 땅을 바라보며	高檻連天望武威[4] 고 함 연 천 망 무 위
한겨울에도 대지를 떨치며 금미산을 지키네	窮陰拂地戍金微[5] 궁 음 불 지 수 금 미
아홉 개 성의 음악 소리 멀리 퍼지는데	九城弦管聲遙發 구 성 현 관 성 요 발
한밤중 관산에는 눈발만 가득 날리네	一夜關山雪滿飛 일 야 관 산 설 만 비

---

1 『全唐詩』 권257
2 관산關山: 변방의 전쟁터를 말함. 정인征人: 출정하는 사람이나 변방을 지키는 군인.
3 청해青海: 지금의 칭하이성青海省 시닝西寧 서쪽에 있는 호수. 수십 년간 당나라와 토번군이 전투를 했던 전쟁터이다.
4 무위武威: 양주凉州.
5 금미金微: 산 이름. 중국 변방의 산으로 진한秦漢 때 전쟁이 잦았던 곳이다. 금휘金徽라고도 하며 지금은 아이태산阿爾泰山이라 부른다. 후대의 시문에서 이 산을 변새邊塞, 또는 변새의 전쟁을 상징하는 것으로 많이 쓰였다. 우세남虞世南이 「西山將年年屬數奇」에서 "봉화는 금미에서 올리고, 연이은 군영은 무위를 떠난다[烽火發金微, 連營出武威]."라고 하였다(『全唐詩』 권36).

127. 늦은 밤 상서성에서 양주곡 2수를 듣다
夜上西城聽梁州曲二首[1]

李益
이 익

나그네가 밤에 상서성에 묵다가

피리소리 맞춰 짝지어 〈양주곡〉 부르는 소리 들었네

지금쯤 가을 달이 관산 하늘을 가득 채웠을테니

관산 어디엔들 이 곡이 들리지 않겠는가?

行人夜上西城宿
행 인 야 상 서 성 숙

廳唱梁州雙觱逐
청 창 양 주 쌍 관 축

此時秋月滿關山
차 시 추 월 만 관 산

何處關山無此曲
하 처 관 산 무 차 곡

기러기가 새롭게 북쪽 땅에서 날아왔었는데

소리를 듣자 절반은 다시 날아가 버렸네

금하 변방 군사의 장은 끊어졌을 텐데

또 가을바람 속 백척대 위에 서 있네

鴻雁新從北地來
홍 안 신 종 북 지 래

聞聲一半却飛回
문 성 일 반 각 비 회

金河戍客腸應斷[2]
금 하 수 객 장 응 단

更在秋風百尺臺
갱 재 추 풍 백 척 대

---

1 『全唐詩』 권283
2 금하金河: 강이름. 현재의 이름은 대흑하大黑河이다. 지금의 내몽골자치구 안에 있다. 옛날에
   는 북방교통로였고, 항상 이 일대에서 군사를 부렸다. 수객戍客: 변방의 군사.

128. 옛 궁인

舊宮人[1]

張籍
장 적

노래하고 춤추던 양주 여인	謳舞梁州女[2] 가 무 양 주 녀
돌아갈 때는 백발이 성성하네	歸時白髮生 귀 시 백 발 생
온 집안 토번에 몰락하여	全家沒蕃地 전 가 몰 번 지
돌아갈 곳이 없네	無處問鄕程[3] 무 처 문 향 정
궁궐 비단옷 모습은 온데간데 없고	宮錦不傳樣[4] 궁 금 부 전 양
궁궐에도 그 이름이 없네	御香空記名[5] 어 향 공 기 명
자신이 스스로 말하기 어려워	一身難自說 일 신 난 자 설
근심하며 나그네를 따라가네	愁逐路人行 수 축 로 인 행

---

1 『全唐詩』권384
2 양주梁州: 사패詞牌라는 일종의 곡조이다. 당나라 때 교방의 대곡 중에 양주涼州라는 곡조가
   있었는데 이것이 송나라 때에 와서 양주梁州로 바뀌었다. 양주령梁州令이라고도 한다. 당시에
   도 涼州와 梁州가 함께 쓰였다. 謳舞가 得寵인 판본도 있다. 梁이 秦으로 된 판본도 있다.
3 無가 何인 판본도 있다.
4 궁금宮錦: 궁궐에서 특수 제작한 것 또는 그것을 모방하여 만든 비단.
5 어향御香: 천자의 거처.

129. 패나아의 춤
悖拏兒舞[1]

張 祜
장 호

봄바람 남내에 불고 꽃들이 만발할 때

빠른 곡조에 맞춰 〈양주곡〉을 노래하고

손에 든 금그릇을 손가락으로 자유롭게 놀리면서 춤추니

황제는 놀라며 패나아에게 미소짓네

春風南內百花時[2]
춘 풍 남 내 백 화 시

道唱梁州急遍吹[3]
도 창 양 주 급 편 취

揭手便拈金椀舞
게 수 변 념 금 완 무

上皇驚笑悖拏兒
상 황 경 소 패 나 아

---

1 『全唐詩』 권511
2 남내南內: 당대 장안의 흥경궁興慶宮. 봉래궁蓬萊宮의 남쪽에 있다. 원래 현종 번왕 때의 고택
   이었다.
3 唱이 詞인 판본도 있다. 급편急遍: 악곡 중에 성조가 급한 부분.

130. 낙세

樂世[1]

白居易
백 거 이

녹요綠腰는 바로 녹요錄要다. 정원貞元 연간(785-805)에 악공이 덕종에게 곡 한 수를 올렸는데, 덕종은 그에게 그 곡 중에서 중요한 부분을 발췌하라고 명하였다. 그래서 만들어진 악곡이기 때문에 〈녹요錄要〉라고 불렀다. 후에 잘못 전해져서 녹요綠腰가 된 것으로 연무곡이다. 강곤륜[2]이 일찍이 비파 한 곡을 연주했는데, 새로 개편한 우조羽調의 〈녹요錄要〉 한 곡이었다. 또 빠른 악곡도 있다.[3]

관현소리 급하고 번다하다가 박자 점차 고르자	管急絲繁拍漸稠[4] 관 급 사 번 박 점 조
〈녹요〉의 완연한 곡 마침내 시작하네	綠腰宛轉曲終頭 녹 요 완 전 곡 종 두
참으로 〈낙세곡〉 가락이 즐겁다는 것 알지만	誠知樂世聲聲樂 성 지 락 세 성 성 악
늙고 병든 사람은 듣고 시름을 면할 수 없네	老病人廳未免愁 노 병 인 청 미 면 수

1　『全唐詩』 권27. 낙세樂世: 당나라 비파곡명. 바로 〈육요六么〉·〈녹요錄要〉·〈녹요綠腰〉

2　강곤륜康崑崙: 당나라 때에 비파로 명성이 높았던 궁중의 악공. 서역의 강국康國 출신이다.

3　一曰綠腰, 卽錄要也. 貞元中樂工進曲. 德宗令錄出要者, 因以爲名, 後語訛爲綠腰, 軟舞曲也. 康崑崙 嘗於琵琶彈一曲, 卽新翻羽調綠腰. 又有急樂.

4　絲가 絃인 판본도 있다.

【참고】

○ 〈녹요錄要[綠腰]〉

〈녹요〉는 『악부잡록』에 연무에 속해 있는 춤으로, 〈육요六么〉·〈녹요錄要〉·〈낙세樂世〉라고도 부른다. 장안에서 있었던 가무 대회에서 〈녹요〉가 추어진 것으로 볼 때, 이 춤은 널리 유행했던 것으로 보인다. 〈녹요〉를 추는 모습은 오 대의 화간 고굉중顧閎中의 〈한희재야연도韓熙載夜宴圖〉에 보이는데, 그림에는 왕옥산이 〈육요〉를 추고 있다. 그림에서 한희재는 큰 북을 치고 있으며, 한 사람은 목판으로 두 사람은 손뼉을 치며 박자를 맞추고 있다. 왕옥산은 뒤쪽으로 몸을 돌린 후, 얼굴만 살짝 애교 있게 돌리고, 두 팔은 허리 뒤쪽으로 올리는 듯한 동작을 취하고 있다. 비록 정지된 그림이지만 그림 속에서 흥에 겨운 박수 소리와 힘찬 박판의 절도 있는 절주, 경쾌한 절주에 맞춰 몸을 가볍게 움직이는 왕옥산의 춤사위에서 생동감이 느껴진다.

131. 주점의 호녀에게 주다

贈酒店胡妓[1]

賀 朝
하 조

호녀가 봄 술 파는 주점에서	胡姬春酒店 호 희 춘 주 점
밤이 되자 음악 소리 쟁쟁하게 울리네	弦管夜鏘鏘 현 관 야 장 장
붉은 담요엔 새 달빛이 퍼지고	紅毾鋪新月 홍 탑 포 신 월
담비 갖옷에는 엷은 서리 앉았네	貂裘坐薄霜[2] 초 구 좌 박 상
옥쟁반에 비로소 잉어회 올리고	玉盤初鱠鯉 옥 반 초 회 리
쇠솥 안에는 지금 양을 삶네	金鼎正烹羊 금 정 정 팽 양
귀빈들이 애써 흩어지지 않고	上客無勞散 상 객 무 로 산
〈낙세〉를 부르는 소녀의 노래를 듣네	聽歌樂世娘 청 가 낙 세 낭

---

1 『全唐詩』 권117
2 초구貂裘: 담비의 모피로 만든 가죽옷.

132. 장사에서 9일 동루에 올라 춤을 보다
長沙九日登東樓觀舞[1]

李羣玉
이 군 옥

남국에 가인이 있는데	南國有佳人 남 국 유 가 인
맵시 있고 유연하게 〈녹요〉를 추네	輕盈綠腰舞[2] 경 영 녹 요 무
잔치 자리에는 가을이 저물어 가고	華筵九秋暮 화 연 구 추 모
날리는 소매는 구름과 비를 털어내는 듯하네	飛袂拂雲雨 비 몌 불 운 우
나는 것은 난초의 푸름과 같고	翩如蘭苕翠[3] 편 여 란 초 취
부드럽기는 헤엄치던 용이 오르는 듯하네	婉如遊龍舉[4] 완 여 유 룡 거
월나라 미인은 〈전계무〉를 추다 멈추고	越豔罷前溪[5] 월 염 파 전 계

---

1 『全唐詩』 권568

2 경영輕盈: 여자의 맵시 있고 부드러운 자태.

3 如蘭苕翠가 緩如祥煙泛인 판본도 있다. 상서로운 연기가 피어오르듯 부드럽다는 뜻. 나는 모습을 묘사한 것으로 후자의 의미가 더 와 닿는다.

4 如가 若인 판본도 있다.

5 전계무前溪舞: 동진東晉시대 춤이다. 전계前溪는 마을 이름으로, 지금의 저장浙江 더칭현德清縣이다. 그 마을에는 악무 기예가 뛰어난 사람들이 많아서, "춤은 전계에서 나온다[舞出前溪]."는 말이 있을 정도다. 동진 시기에 거기장군車騎將軍 심충沈充이 그곳에서 태어났고, 이로 인하여 〈전계가前溪歌〉 7수를 지었다. 가사에 남녀의 사랑과 그리움을 뜻하는 내용이 많다. 곡조는 〈자야子夜〉와 비슷한 애원곡조다. 춤추는 자태는 부드럽고 온유한 아름다움이 특징이다. 그래서 송宋·제齊·양梁·진陳을 거치는 오랜 세월 동안에도 쇠퇴하지 않았다. 당대에는 청상악淸商樂에 속했다.

오나라 미인도 〈백저무〉를 추다 멈추네 吳姬停白紵[6]
오 희 정 백 저

느릿느릿한 자태는 끝낼 수 없다는데 慢態不能窮
만 태 불 능 궁

복잡한 자태와 곡조는 끝을 향해 가네 繁姿曲向終
번 자 곡 향 종

몸을 낮춰 돌면 연꽃이 파도를 타는 듯하고 低回蓮破浪[7]
저 회 연 파 랑

어수선한 것은 바람에 흩날리는 눈발 같네 凌亂雪縈風[8]
능 란 설 영 풍

귀고리가 떨어지자 예쁜 눈동자 굴리며 墜珥時流盼[9]
추 이 시 류 반

긴 옷자락 흔들며 하늘로 오르고자 하네 脩裾欲遡空[10]
수 거 욕 소 공

오로지 붙잡아 머물게 할 수 없음을 근심하며 唯愁捉不住
유 수 착 부 주

가볍고 우아한 미녀의 자태를 쫓아 날아갈 뿐이네 飛去逐驚鴻[11]
비 거 축 경 홍

---

6 백저무白紵舞: 오나라의 무곡. 저紵는 오나라에서 생산되는 직물. 『명집례』에는 "송宋나라와 제齊나라 무렵에 〈백저가白紵歌〉와 춤이 있었다. 백저白紵는 오지吳地에서 나온 것이니, 〈백저白紵〉는 오의 춤인 듯하다[宋齊間有〈白紵歌〉及舞. 白紵, 吳地所出, 疑〈白紵〉吳舞也]."라고 전한다.(『명집례』 53 상 「악무」)

7 파랑破浪: 배가 파도를 헤치고 나아가는 것.

8 능란凌亂: 순서가 뒤바뀌어 혼란스러운 것을 말함.

9 유반流盼: 눈동자를 굴리는 모습을 형용.

10 수脩: 길다. 거裾: 옷의 찬란한 모양. 긴 옷자락이 흔들리는 모습으로 풀었다.

11 경홍驚鴻: 미인의 가볍고 우아한 자태를 형용. (여성의 몸매와 동작이) 유연하다, 경쾌하다, 나긋나긋하다, 가뿐하다의 뜻이다.

133. 옛날을 그리워하며
古意[1]

吳少微
오 소 미

......

북림의 해는 거울처럼 밝게 빛나는데

남국의 잔잔한 바람에 〈소합향〉을 추네

가련한 요조숙녀는

〈한단곡〉을 부르지 못하고

가볍게 돌며 긴 소매를 떨쳐 묘무를 추고

노랫소리 크게 청상곡을 널리 펼치네

......

......

北林朝日鏡明光
북 림 조 일 경 명 광

南國微風蘇合香[2]
남 국 미 풍 소 합 향

可憐窈窕女
가 련 요 조 녀

不作邯鄲娼
부 작 감 단 창

妙舞輕迴拂長袖
묘 무 경 회 불 장 수

高歌浩昌發清商
고 가 호 창 발 청 상

......

---

1 『全唐詩』권94
2 소합향蘇合香:『악부잡록』에 연무에 속해 있는데, 자세한 기록은 전하지 않는다. 다만 일본의
   『무악도』에 의하면, "소합향은 당 왕조 대곡이며 6명 혹은 4명이나 2명이 춤을 춘다."라고 전한
   다(왕커번 저 / 차순자 옮김, 『중국무용사 수당오대』, 74쪽 참조).

134. 춘앵전

春鶯囀[1]

張 祜
장 호

흥경궁 연못 남쪽의 버들 아직 피지 않았는데

양귀비가 먼저 매화꽃 한 가지를 꺾네

궁녀가 〈춘앵전〉을 노래하니

꽃 아래에서 너울너울 연무를 추며 오네

興慶池南柳未開[2]
흥 경 지 남 유 미 개

太眞先把一枝梅[3]
태 진 선 파 일 지 매

內人已唱春鶯囀[4]
내 인 이 창 춘 앵 전

花下傞傞軟舞來[5]
화 하 사 사 연 무 래

1　『全唐詩』 권511
2　흥경興慶: 흥경궁.
3　태진太眞: 당 현종의 비 양귀비楊貴妃를 말한다. 이름은 옥환玉環. 현종이 그녀를 도사道士가
　되게 하여 태진궁太眞宮에 살게 했는데, 이때 호를 태진太眞이라고 했다. 처음에는 수왕壽王(현
　종의 아들 李瑁)의 비妃였는데, 나중에 여도사女道士로 나갔다가 현종의 총애를 받아 천보天寶
　4년(745)에 귀비로 책봉되었다. 안사의 난 때 현종을 따라 촉蜀으로 피난 가던 도중 마외역馬嵬
　驛(섬서성 興平縣)에서 군사들의 강요로 목매달아 죽었다.
4　나인內人: 궁녀.
5　사사傞傞: 바람같이 휘돌며 춤추는 모양. 연무軟舞: 당 대에는 춤을 연무와 건무健舞로 구분했
　는데, 〈춘앵전〉 춤은 연무에 속한다. 여기서 연무는 〈춘앵전〉을 뜻한다.

【참고】

○ 〈춘앵전春鶯囀〉

〈춘앵전〉은 당 대에 창작된 연무이다. 『교방기』 기록에 따르면 음악에 정통한 당 고종 이치는 음률에 밝아서 바람에 잎이 스치는 소리, 새가 우는 소리를 듣고 발로 박자를 맞출 수 있었다고 한다. 어느 날 아침에 궁중에 앉아 있다가 아름답게 지저귀는 앵무새 소리를 듣고, 궁중 음악가인 백명달白明達에게 그 앵무새 소리를 곡으로 옮기게 했는데, 그 곡이 바로 〈춘앵전〉이다.[6]

조선 시대 순조純祖(1800-1834) 때 효명세자孝明世子(1809-1830)는 어느 봄날 아침 꾀꼬리 소리를 듣고 감흥이 있어 〈춘앵전〉을 지었다고 전한다. 중국과 같이 화문석 위에서 춤을 추는 독무이다. 일본의 경우는, 이와는 달리 4~6명의 남자들이 춘다.

꾀꼬리 소리를 모티브로 춤이 창작되었다는 점은 삼국이 모두 같은데, 이것은 각 나라와의 문화적 교류 및 흡수를 통해 조금은 같거나 다른 유형의 〈춘앵전〉이 탄생 되었을 가능성이 있다. 동아시아 문화의 흐름 속에서 가능한 일이었을 것이다.

---

6   唐 崔令欽, 『교방기敎坊記』

135. 장난삼아 가수에게 주다
戲贈歌者[1]

梁鍠
양 굉

〈백석가〉를 부르는 어린 동자 　　　白晳歌童子
　　　　　　　　　　　　　　　　백 석 가 동 자

애잔한 음 끊어졌다 또 이어지네 　　哀音絶又連
　　　　　　　　　　　　　　　　애 음 절 우 련

초비는 부채에 임하여 배우고 　　　楚妃臨扇學
　　　　　　　　　　　　　　　　초 비 임 선 학

노녀는 주렴 너머에서 전하네 　　　盧女隔簾傳[2]
　　　　　　　　　　　　　　　　노 녀 격 렴 전

새벽 제비의 소란한 재잘댐 속에 　　曉燕喧喉裏
　　　　　　　　　　　　　　　　효 연 훤 후 리

봄 꾀꼬리가 울며 옆에 있는데 　　　春鶯囀舌邊
　　　　　　　　　　　　　　　　춘 앵 전 설 변

만약 한나라 무제를 맞이한다면 　　若逢漢武帝
　　　　　　　　　　　　　　　　약 방 한 무 제

도리어 이연년이리라 　　　　　　　還是李延年[3]
　　　　　　　　　　　　　　　　환 시 이 연 년

---

1 『全唐詩』권202

2 노녀盧女: 노희盧姬라고 칭해진다. 삼국시대 위魏 나라 무제武帝 시기의 궁녀로 금琴을 잘 연
주했다고 전하다(『樂府詩集』「雜曲歌辭」1. 〈盧女曲〉).

3 이연년李延年: 중국 한漢 나라 무제武帝 때의 문신. 무제의 총희寵姬인 이연李姸의 오빠로,
음악을 잘하여 협율도위協律都尉가 됨. 〈교사가郊祀歌〉 19수를 지음.

136. 법곡

法曲[1]

元稹
원진

......

호인의 기마 먼지를 일으킨 뒤로

모피 누린내가 함양과 낙양에 가득하네

여자들은 호부가 되어 호장을 배우고

예기들은 호음에 나아가 호악에 힘쓰네

봉황 소리 낮고 끊어지는 경우 많고

〈춘앵전〉 파하니 쓸쓸함이 오래되었네

호음과 호기, 호장이

오십 년 동안 서로 앞을 다투네

......

自從胡騎起煙塵[2]
자 종 호 기 기 연 진

毛毳腥膻滿咸洛[3]
모 취 성 전 만 함 락

女爲胡婦學胡妝
여 위 호 부 학 호 장

伎進胡音務胡樂
기 진 호 음 무 호 악

火鳳聲沈多咽絶[4]
화 봉 성 침 다 인 절

春鶯囀罷長蕭索[5]
춘 앵 전 파 장 소 색

胡音胡騎與胡妝
호 음 호 기 여 호 장

五十年來競紛泊[6]
오 십 년 래 경 분 박

---

1 『全唐詩』 권419

2 연진煙塵: 가벼운 연기와 먼지.

3 모취毛毳: 짐승의 털가죽. 성전腥膻: 소·양고기가 코를 찌르는 냄새. 북방 유목민족을 가리키는 말로 쓰인다. 함낙咸洛: 함양과 낙양의 병칭. 함양은 장안을 말한다.

4 화봉火鳳: 봉황. 봉황은 불의 정령이라고 전하다. 인절咽絶: 소리가 끊어지는 것을 말함.

5 소색蕭索: 쓸쓸하다.

6 분박紛泊: 높이 오르다.

137. 굴자사

屈柘詞[1]

온 정 균

버들이 휘감긴 다리는 푸르고 　　　　　　　　楊柳縈橋綠
　　　　　　　　　　　　　　　　　　　　　　양 유 영 교 록

붉은 옥 떨어진 땅은 붉네 　　　　　　　　　　玫瑰拂地紅
　　　　　　　　　　　　　　　　　　　　　　매 괴 불 지 홍

수놓은 적삼에 금띠 두른 허리 낭창낭창 　　　繡衫金腰裊
　　　　　　　　　　　　　　　　　　　　　　수 삼 금 요 뇨

꽃 장식한 머리에선 옥소리 쟁그랑 쟁그랑 　　花髻玉瓏瑽
　　　　　　　　　　　　　　　　　　　　　　화 계 옥 롱 총

……　　　　　　　　　　　　　　　　　　　……

1　『全唐詩』권22. 〈굴자지〉는 〈자지〉가 발전·변화된 것이라고 할 수 있다. 당 대에 〈자지〉는 '건무'에 〈굴자지〉는 '연무'에 속한 것으로 볼 때, 비교적 서정적이며 우아하고 유연한 춤이었을 것이다.

138. 오야제인

烏夜啼引[1]

張籍
장 적

진나라 까마귀가 까악까악
秦烏啼啞啞
진 오 제 아 아

늦은 밤 장안의 관리 집에서 우네
夜啼長安吏人家
야 제 장 안 이 인 가

관리가 죄를 지어 옥에 갇히니
吏人得罪囚在獄
이 인 득 죄 수 재 옥

재산을 팔아 속량하려고 하네
傾家賣産將自贖
경 가 매 산 장 자 속

부인이 일어나 늦은 밤 까마귀 울음소리를 듣고
少婦起聽夜啼烏
소 부 기 청 야 제 오

관가에서 사면의 글 받을 것을 알아차리네
知是官家有赦書
지 시 관 가 유 사 서

평상에서 내려와 마음이 기뻐 다시 잠들지 못하고
下牀心喜不重寐
하 상 심 희 부 중 매

이른 새벽 당 위에서 시부모에게 하례하네
未明上堂賀舅姑
미 명 상 당 하 구 고

부인이 우는 까마귀에게 말하기를
少婦語啼烏
소 부 어 제 오

너의 울음이 부디 헛되지 않도록
汝啼愼勿虛
여 제 신 물 허

너에게 정원의 나무를 빌려주고 높은 둥지를 짓게 하여
借汝庭樹作高巢
차 여 정 수 작 고 소

해마다 너의 새끼를 다치지 않게 하련다
年年不令傷爾雛
연 년 불 령 상 이 추

---

1 『全唐詩』 권382

【참고】

○ 〈오야제인烏夜啼引〉

〈오야제인〉은 남조에서 유행한 청상악으로, 『악서』에는 당나라 연무로 분류되었다.[2]
『구당서』와 『악부시집』을 통해 〈오야제〉의 창작배경을 알 수 있다.

"〈오야제〉는 송나라 임천왕臨川王 유의경劉義慶이 지은 것이다. 원가元嘉 17(440)년
에 팽성왕彭城王 의강義康을 예장豫章으로 옮겼는데, 의경이 그 때 강주江州를 맡고
있었다. 진鎭에 이르러 서로 보고 곡哭하니, 황제가 괴이하게 여기고 불러서 집으로
돌아오게 하니, 몹시 두려워하였다. 기첩妓妾들이 밤에 까마귀들이 우는소리를 듣
고 재합齋閣을 두들기며 말하기를 '명일明日에 마땅히 사면이 있으리라'라고 하였다.
그 해에 다시 남곤주자사南兗州刺史가 되어서 이 노래를 지었다. 그래서 그 화답의
노래는 '창을 에워싸니 창을 열지 못하네, 까마귀가 밤에 우니, 밤마다 낭군이 오기
를 바라네'라고 하였다. 지금 전하는 노래는 의경의 본래의 뜻[本旨]이 아닌 듯하다.
그 가사는 '가무하는 여러 소년들, 아름다움[娉婷]에 종적種跡이 없네. 창포꽃이 사
랑스럽다는데, 이름은 들었지만 알지 못하네.'라고 하였다."[3]

"원가 28(451)년 팽성왕 의강이 죄를 짓고 귀양을 가다가 심양에 머물게 되었는데
강주자사江州刺史인 형양왕衡陽王 의계義季와 머물러 술 마시고 즐기며 열흘이 지나
도 가지 않았다. 황제가 그 얘기를 듣고 화가 나서 모두 잡아 가두었다. 회계공주會
稽公主는 (의강의) 누님인데 한번은 황제와 더불어 잔치를 즐기다가 도중에 일어나
절을 하였다. 황제는 그 뜻을 알지 못하고 친히 그것을 말리셨다. 공주는 눈물을
흘리면서 말하였다. "거자車子는 이 해가 다 가도록 폐하께 용납되지 못할 것만 같

---

2 『樂書』권182 「樂圖論」「俗部」: "당나라 교방악 〈수수라〉·〈회파악〉·〈난릉왕〉·〈춘앵전〉·〈반
   사거〉·〈차석〉·〈오야제〉 등의 종류를 연무軟舞라고 한다[唐教坊樂, 〈垂手羅〉·〈廻波樂〉·〈蘭陵
   王〉·〈春鶯囀〉·〈牛社渠〉·〈借席〉·〈烏夜啼〉之屬, 謂之軟舞]."

3 『舊唐書』권29 「志」9 「音樂」2: "〈烏夜啼〉, 宋臨川王義慶所作也. 元嘉十七年, 徙彭城王義康於豫章.
   義慶時爲江州, 至鎭, 相見而哭, 爲帝所怪, 徵還宅, 大懼. 妓妾夜聞烏啼聲, 扣齋閣云: '明日應有赦.'
   其年更爲南兗州刺史, 作此歌. 故其和云: '籠慇慇不開, 烏夜啼, 夜夜望郎來.' 今所傳歌似非義慶本旨.
   辭曰: '歌舞諸少年, 娉婷無種跡. 菖蒲花可憐, 聞名不相識.'"

습니다." 거자는 의강의 어릴 적 이름이다. 황제는 장산蔣山을 가리키시며 말씀하셨다. "반드시 그런 일은 없을 것이다. 그렇지 못하면 곧 아버님 능을 속이는 게 될 것이다." 무제가 장산에 묻혀 있었기 때문에 아버지 무제의 능을 가리키며 맹세하였던 것이다. 그리고는 나머지 술을 그릇에 담아 봉하여 그날로 의강에게 보내면서 알리었다. "어제 회계 누님과 술 마시며 즐기다가 아우 생각이 났네. 그래서 마시던 술을 부쳐 보내며 마침내 용서하는 것일세." 사신이 심양에 도착하기도 전에 형양왕 집안사람들이 두 왕이 갇혀 있는 집 문을 두드리면서 아뢰었다. "지난밤엔 까마귀가 울었으니 관가에서 틀림없이 칙사가 내려올 겁니다." 조금 있으려니 사신이 와서 두 왕이 풀리게 되었다. 그래서 이 곡이 생겨난 것이다."[4]

---

4 『樂府詩集』권47「淸商曲」「烏夜啼八曲」: "烏夜啼者, 元嘉二十八年, 彭城王義康有罪放逐, 行次潯陽, 江州刺史衡陽王義季, 留連飮宴, 歷旬不去. 帝聞而怒, 皆囚之. 會稽公主姊也, 嘗與帝宴洽, 中席起拜. 帝未達其旨, 躬止之. 主流涕曰: '車子歲莫, 恐不爲陛下所容. 車子, 義康小字也.' 帝指蔣山曰: '必無此, 不爾便負初寧陵.' 武帝葬於蔣山, 故指先帝陵爲誓. 因封餘酒, 寄義康旦日曰: '昨與會稽姊飮樂憶弟, 故附所飮酒往, 遂宥之.' 使未達潯陽, 衡陽家人扣二王所囚院曰, '昨夜烏夜啼, 官當有赦.' 少頃使至, 二王得釋. 故有此曲."

139. 유급지가 오야제를 연주하는 소리를 듣고 짓다
聽庾及之彈烏夜啼引[1]

元 積
원 진

그대가 오야제를 연주하니

君彈烏夜啼
군 탄 오 야 제

나는 옛 제목을 해석해서 악부에 전하겠네

我傳樂府解古題
아 전 악 부 해 고 제

남편은 감옥에 있고 아내는 규방에 있는데

良人在獄妻在閨
양 인 재 옥 처 재 규

관가에서 사면하려고 하자 까마귀가 아내에게 알리네

官家欲赦烏報妻
관 가 욕 사 오 보 처

까마귀 앞에서 거듭 절하며 눈물이 빗물처럼 흐르고

烏前再拜淚如雨
오 전 재 배 누 여 우

까마귀가 슬픈 노래 부르니 아내는 말로 암송하네

烏作哀聲妻暗語
오 작 애 성 처 암 어

후인들이 까마귀 울음소리를 흉내 내어 내놓으니

後人寫出烏啼引
후 인 사 출 오 제 인

오나라 곡조의 현악기 소리 애처롭네

吳調哀弦聲楚楚
오 조 애 현 성 초 초

사오년 전 습유가 되었지만

四五年前作拾遺[2]
사 오 년 전 작 습 유

간언하는 글을 숨기지 못해 승상이 알아버렸고

諫書不密丞相知
간 서 불 밀 승 상 지

좌천시키라는 조서가 내려와 관리가 몰아내어

謫官詔下吏驅遣
적 관 조 하 리 구 견

몸은 죄인으로 갇혀 있고 처는 멀리 있네

身作囚拘妻在遠
신 작 수 구 처 재 원

---

1 『全唐詩』 권404
2 습유拾遺: 간관諫官. 천자의 잘못을 규간하는 벼슬.

軟舞 245

돌아와서 만나니 눈물이 구슬처럼 떨어지는데 　　　　歸來相見淚如珠
　　　　　　　　　　　　　　　　　　　　　귀 래 상 견 누 여 주

다만 밤사이 까마귀에게 오래도록 절을 했다고 말하네 　唯說閒宵長拜烏
　　　　　　　　　　　　　　　　　　　　　유 설 한 소 장 배 오

그대가 집으로 돌아온 것은 바로 까마귀의 힘이니 　　君來到舍是烏力
　　　　　　　　　　　　　　　　　　　　　군 래 도 사 시 오 력

까마귀 집을 좋은 곳에 짓고 무녀를 맞이하네 　　　　粧點烏盤邀女巫³
　　　　　　　　　　　　　　　　　　　　　장 점 오 반 요 녀 무

지금 그대가 내 오랜 세월을 연주하니 　　　　　　今君爲我千萬彈
　　　　　　　　　　　　　　　　　　　　　금 군 위 아 천 만 탄

까마귀 깍깍 울고 눈물이 하염없이 흐르네 　　　　烏啼啄啄淚瀾瀾
　　　　　　　　　　　　　　　　　　　　　오 제 탁 탁 누 란 란

그대가 이 곡에 깊은 뜻이 있음을 느꼈고 　　　　感君此曲有深意
　　　　　　　　　　　　　　　　　　　　　감 군 차 곡 유 심 의

어젠 까마귀 울자 오동잎이 떨어졌네 　　　　　昨日烏啼桐葉墜
　　　　　　　　　　　　　　　　　　　　　작 일 오 제 동 엽 추

당시 나는 오귀에게 제사를 지내는 사람이 되어 　當時爲我賽烏人⁴
　　　　　　　　　　　　　　　　　　　　　당 시 위 아 새 오 인

함양의 가장 높은 땅에서 장사를 지냈다네 　　　　死葬咸陽原上地
　　　　　　　　　　　　　　　　　　　　　사 장 함 양 원 상 지

3　장점粧點: 좋은 땅을 가려 집을 짓는 것.
4　새오賽烏: 까마귀 귀신에게 제사를 지냄으로써 복이나 도움을 구함을 일컫는 말.

140. 달마지곡
達摩支曲[1]

溫庭筠
온 정 균

사향 찧으면 흙먼지가 되어도 향은 사라지지 않고 　　擣麝成塵香不滅
　　도 사 성 진 향 불 멸

연꽃 꺾을 때 생기는 짧은 실오라기는 끊어지지 않네 　　拗蓮作寸絲難絶
　　요 련 작 촌 사 난 절

문희가 눈물 흘렸을 때 낙양은 봄이었고 　　紅淚文姬洛水春[2]
　　홍 루 문 희 낙 수 춘

소무의 머리는 천산의 눈처럼 백발이 되었네 　　白頭蘇武天山雪[3]
　　백 두 소 무 천 산 설

그대는 보지 못했는가 근심없는 황제 옆에 꽃만 만발한 것을
　　君不見無愁高緯花漫漫[4]
　　군 불 견 무 수 고 위 화 만 만

장하 포구의 연회는 푸른 이슬로 남아 차가운데 　　漳浦宴餘淸露寒
　　장 포 연 여 청 로 한

1 　『全唐詩』권576. 摩가 磨인 판본도 있다. 달마지는 최영흠의 『교방기』에 건무에 속해 있는
　　것으로 볼 때, 역동적인 춤이었을 것을 추측할 수 있다. 〈달마지達磨之〉·〈우조곡羽調曲〉이라고
　　도 하는데, 당 대에 태악서에서 〈달마지〉를 〈범란총泛蘭叢〉이라고 고친 적이 있다[천보 13년
　　(754)달마지를 범란총으로 고쳐 기록하였는데, 우조곡이다].
2 　문희文姬: 채문희蔡文姬를 말한다. 이름이 채염蔡琰이고 자는 문희 또는 명희明姬라고 한다.
　　동한시기의 대문호이자 서예가인 채옹의 딸이다. 채문희는 재색이 뛰어났을 뿐만 아니라 악기
　　와 그림, 서예에도 탁월한 재능을 가지고 있었다. 흉노로 붙잡혀 가서 자나 깨나 고향 땅을
　　그리면서 지은 〈호가십팔박胡茄十八拍〉은 그 곡조가 서글프고 내용이 처량하여 후세에 이름이
　　났다. 홍루紅淚: 몹시 슬프고 억울해서 흘리는 눈물을 비유적으로 이르는 말.
3 　소무蘇武: 한 대 사람으로 무제 때 중랑장中郎將으로서 흉노에 사신으로 갔다가 억류되어 19년
　　만에 백발이 되어 돌아왔다.
4 　고위高緯: 북제北齊의 마지막 황제. 업성鄴城은 북제의 도성으로 장수 물가에 있다.

하루아침에 신하와 함께 포로로 잡혀가서

강적을 불려고 하니 눈물이 먼저 흐르네

옛 신하의 머리와 귀밑머리에 일찍부터 서리가 피니

애석하게도 웅대했던 뜻 취중에 약해지네

만고의 봄은 돌아오는데 꿈은 돌아오지 못해

도성의 비바람은 새벽부터 이어지네

一旦臣僚共囚虜
일 단 신 료 공 수 로

欲吹羌管先汍瀾
욕 취 강 관 선 환 란

舊臣頭鬢霜華早[5]
구 신 두 빈 상 화 조

可惜雄心醉中老
가 석 웅 심 취 중 로

萬古春歸夢不歸
만 고 춘 귀 몽 불 귀

鄴城風雨連天草[6]
업 성 풍 우 연 천 초

---

5 華가 雪인 판본도 있다.
6 草가 무인 판본도 있다. 여기서는 무로 풀었다.

伎人

141. 화청궁에서 사사인에게 화답하다
華淸宮和社舍人[1]

張祜
장 호

......

달 가려지니 수많은 문이 고요하고

하늘 높이 피리 한 가락만 처량하구나

작은 음률은 패옥을 흔들고

가벼운 걸음 〈예상무〉를 아름답게 추네

......

......

月鎖千門靜
월 쇄 천 문 정

天高一笛涼
천 고 일 적 량

細音搖翠佩
세 음 요 취 패

輕步宛霓裳
경 보 완 예 상

......

1 『全唐詩』 권511

142. 최명부 댁에서 밤에 기녀의 공연을 관람하다
崔明府宅夜觀妓[1]

孟浩然
맹 호 연

태양은 이미 저물고

白日旣云暮
백 일 기 운 모

고운 얼굴도 이미 취기가 올랐네

朱顔亦已酡
주 안 역 이 타

화당에서는 비로소 화촉을 점검하고

畵堂初點燭
화 당 초 점 촉

화려한 휘장 가운데 비단으로 드리우네

金幌半垂羅
금 황 반 수 라

긴 소매의 춤은 〈평양곡〉이고

長袖平陽曲[2]
장 수 평 양 곡

새 노래는 〈자야가〉이네

新聲子夜歌
신 성 자 야 가

예로부터 손님을 머물게 하는 것이 익숙하다지만

從來慣留客
종 래 관 류 객

이 밤 누구를 위해 이토록 많이 모였는가?

玆夕爲誰多
자 석 위 수 다

---

1 『全唐詩』 권160
2 장수長袖: 긴 소매의 옷으로 춤 옷을 가리킨다. 가무기歌舞妓를 일컫기도 한다.

143. 한단 남쪽 정자에서 기녀를 보다
邯鄲南亭觀妓[1]

李 白
이 백

연나라와 조나라의 아이 노래 부르며 북을 두드리고	歌鼓燕趙兒 가 고 연 조 아
위나라의 예쁜 아이 금슬을 연주하네	魏姝弄鳴絲[2] 위 주 롱 명 사
미인의 얼굴 햇살에 곱게 빛나고	粉色艶日彩[3] 분 색 염 일 채
춤추는 소매는 꽃가지를 떨치네	舞袖拂花枝 무 수 불 화 지
술잔 잡고 미인 돌아보며	把酒顧美人 파 주 고 미 인
〈한단사〉 노래를 청했네	請歌邯鄲詞 청 가 한 단 사
맑은 쟁소리에 어떻게 소매를 날리고	淸箏何繚繞[4] 청 쟁 하 료 요
노랫소리가 상서로운 구름에 드리우겠는가?	度曲綠雲垂[5] 도 곡 록 운 수
평원군은 어디에 있는가?	平原君安在[6] 평 원 군 안 재

---

1 『全唐詩』권179. 한단邯鄲: 전국시대 때의 조의 수도였던 지명. 지금의 허베이 성 한단시.
2 조사鳴絲: 금슬 등의 현악기를 가리킴.
3 분색粉色: 여자의 용모가 아름다움을 이름. 미인을 가리킴. 일채日彩: 태양의 광채.
4 요요繚繞: 소매가 날리는 모양. 또는 소매가 긴 모양.
5 도곡度曲: 사곡詞曲, 창곡唱曲을 말함. 『漢書』「元帝紀」: "鼓琴瑟, 吹洞簫, 自度曲, 被歌聲, 分刌節度, 窮極幼眇." 녹운綠雲: 신선의 주위에서 피어오르는 상서로운 구름을 형용. 또는 여자의 검고 윤이 나는 머리칼에 비유되기도 함.
6 평원군平原君: 조나라 공자 조승趙勝을 말함. 당시 승상丞相이었다.

올챙이는 오래된 연못에 사네   科斗生古池[7]
                                              과 두 생 고 지

좌객이 삼천 명이나 있었는데   座客三千人
                                              좌 객 삼 천 인

지금은 누가 남았는지 아는가?   于今知有誰
                                              우 금 지 유 수

우리들은 악무를 지을 수 없으니   我輩不作樂
                                              아 배 부 작 악

다만 후대를 위해 슬퍼하네   但爲後代悲
                                              단 위 후 대 비

---

7 과두科斗: 올챙이. 고문으로 된 경서를 일컫기도 함. 과두문자科斗文字.

144. 옛 궁녀
舊宮人[1]

王 建
왕 건

선황제의 옛 궁궐에 궁녀가 있는데

헝클어진 머리에 지금도 봉황비녀가 꽂혀있네

〈예상우의곡〉은 포기하고

홀로 꽃 사이에서 옥 계단만 쓸고 있네

先帝舊宮宮女在
선 제 구 궁 궁 녀 재

亂絲猶掛鳳皇釵[2]
난 사 유 괘 봉 황 채

霓裳法曲渾拋却[3]
예 상 법 곡 혼 포 각

獨自花間埽玉堦[4]
독 자 화 간 소 옥 계

---

1 『全唐詩』권301
2 난사亂絲: 헝클어지고 엉킨 머리.
3 포각拋却: 포기해버림.
4 옥계玉堦: 옥을 쌓아 만들거나 옥으로 장식한 계단.

145. 백거이가 옛날 놀던 때를 추억하는 시를 보내왔기에 백거이에게 답으로 지어 보내어 보답하네

樂天寄憶舊遊, 因作報白君以答[1]

劉禹錫
유 우 석

백거이에게 답하네

헤어진 후 몇 번이나 강남의 봄이 지났는지

강남의 봄빛은 어디가 좋았더라?

제비가 쌍으로 옛 궁궐의 큰길에 날아가고

봄의 장안성엔 삼백 칠십 개의 다리가 있었고

언덕 사이의 붉은 누각은 버드나무 가지에 가리워져 있었지

양각 모양의 머리를 한 여자아이는 화려한 상앗대를 흔들고

긴 소매의 여자아이는 취교를 꽂고 있었지

報白君
보 백 군

別來幾度江南春
별 래 기 도 강 남 춘

江南春色何處好
강 남 춘 색 하 처 호

燕子雙飛故官道[2]
연 자 쌍 비 고 관 도

春城三百七十橋
춘 성 삼 백 칠 십 교

夾岸朱樓隔柳條
협 안 주 루 격 유 조

丫頭小兒蕩畫槳[3]
아 두 소 아 탕 화 장

長袂女郎簪翠翹[4]
장 메 녀 랑 잠 취 교

---

1 『全唐詩』 권356. 유우석(772-842)은 백거이와 친했다. 백거이는 항상 유몽득劉夢得(몽득은 유우석의 字)을 시호詩豪라고 불렀다고 한다. 왕숙문王叔文이 정권을 잡았을 때 관직에 있었는데, 왕숙문이 패하자 연좌되어 낭주사마朗州司馬로 좌천되었다. 나중에 다시 조정으로 들어왔는데, 이 시는 아마도 좌천되어 백거이와 만나지 못했을 때 쓴 시로 보인다.

2 관도官道: 대로大路.

3 아두丫頭: '丫' 모양의 머리 모양. 고대에 여자아이는 성년이 되기 전에는 머리에 가닥(상투 모양)을 좌우에 대칭적으로 세웠는데, 그 모양이 마치 '丫'자 같았기 때문에 '아두丫頭'라고 불렀다. 어린 여자아이를 일컬을 때 쓰인다. 장槳: 상앗대. 배질할 때 쓰는 긴 막대. 배를 댈 때나 띄울 때, 또는 물이 얕은 곳에서 배를 밀어 나갈 때 쓴다.

군재 북쪽 처마에는 비단 장막이 말려있고 　郡齋北軒卷羅幕[5]
　　　　　　　　　　　　　　　　　　　　　군 재 북 헌 권 라 막

푸른 연못은 구불구불 아름다운 누각을 에워싸고 있고 　碧池逶迤遠畫閣[6]
　　　　　　　　　　　　　　　　　　　　　벽 지 위 이 요 화 각

연못가엔 푸른 대나무와 복사꽃과 오얏꽃 　池邊綠竹桃李花
　　　　　　　　　　　　　　　　　　　　　지 변 록 죽 도 리 화

꽃 아래의 연회는 화려한 노을 속에 펼쳐졌었지 　花下舞筵鋪彩霞[7]
　　　　　　　　　　　　　　　　　　　　　화 하 무 연 포 채 하

오나라 미인은 정이 많아 말이 간드러지니 　吳娃足情言語黠
　　　　　　　　　　　　　　　　　　　　　오 왜 족 정 언 어 힐

월나라 손님은 취해 두건과 갓이 비뚤어졌었지 　越客有酒巾冠斜
　　　　　　　　　　　　　　　　　　　　　월 객 유 주 건 관 사

좌중에서는 모두 백거이를 말하며 　坐中皆言白太守
　　　　　　　　　　　　　　　　　　　　　좌 중 개 언 백 태 수

풍경을 마주하고 술잔을 향했지 　不負風光向杯酒
　　　　　　　　　　　　　　　　　　　　　불 부 풍 광 향 배 주

술 거나해져 접은 종이에 시를 적으니 뛰어난 시가를 능가하여 　酒酣襞牋飛逸韻[8]
　　　　　　　　　　　　　　　　　　　　　주 감 벽 전 비 일 운

지금 사람들의 입에서 입으로 전하고 있네 　至今傳在人人口
　　　　　　　　　　　　　　　　　　　　　지 금 전 재 인 인 구

백거이에게 답하네 　報白君
　　　　　　　　　　　　　　　　　　　　　보 백 군

서로 생각하며 헛되이 높은 언덕의 구름을 바라보세 　相思空望嵩丘雲
　　　　　　　　　　　　　　　　　　　　　상 사 공 망 숭 구 운

어찌할꼬 전당의 소소소여 　其奈錢塘蘇小小[9]
　　　　　　　　　　　　　　　　　　　　　기 내 전 당 소 소 소

그대를 생각하며 석류무늬 치마에 눈물을 떨구고 있네 　憶君淚點石榴裙
　　　　　　　　　　　　　　　　　　　　　억 군 루 점 석 류 군

4　취교翠翹: 여자의 머리에 꽂는 장식품의 한 가지. 모양이 물총새의 꽁지깃처럼 생김.

5　군재郡齋: 군수郡守가 거처하는 곳.

6　위이逶迤: 구불구불 이어진 모양. 화각畫閣: 아름답게 단청한 누각.

7　채하彩霞: 색채가 화려한 노을.

8　벽전襞牋: 종이를 접어 글을 씀. 일운逸韻: 뛰어난 시가.

9　소소소蘇小小: 남제南齊 때 전당錢塘의 명창. 『방여승람方輿勝覽』에 "소소소의 묘는 가흥현嘉興
　縣 서남 60보에 있다. 지금 편석片石이 통판청通判廳에 있고, '소소소묘'라고 적혀 있다"라고
　했다. 이신李紳의 〈소소소묘시서蘇小小墓詩序〉에 "가흥현嘉興縣 앞에 오吳의 기녀 소소소묘가
　있는데, 비바람 치는 밤이면 간혹 그 위에 노랫소리가 들린다"라고 전한다.

146. 노시어의 어린 기녀가 시를 청하여 좌상에 남겨서 선사하다

盧侍御小妓乞詩座上留贈[1]

白居易
백 거 이

울금향의 땀 손수건 적시고

진달래는 춤 옷 물들이네

탁문군이 다시 돌아와 술을 대접하는 것 같고

신녀가 구름으로 돌아가지 않는 것보다 낫구나

꿈속에서 본 것을 어찌 깨어서 보겠는가?

송옥과 초왕은 마땅히 자네를 탐낼 것이네

鬱金香汗裛歌巾[2]
울 금 향 한 읍 가 건

山石榴花染舞裙[3]
산 석 류 화 염 무 군

好似文君還對酒[4]
호 사 문 군 환 대 주

勝於神女不歸雲
승 어 신 녀 불 귀 운

夢中那及覺時見
몽 중 나 급 각 시 견

宋玉荊王應羨君[5]
송 옥 형 왕 응 선 군

---

1 『全唐詩』 권438. 노시어盧侍御: 미상. 시어는 관직 이름.

2 울금향鬱金香: 울금을 원료로 한 향. 울금의 향기가 난다는 의미로 쓰임. 읍裛: 적시다. 향내가 옷에 배다. 얽히다. 가건歌巾: 노래 부를 때 손에 들고 있는 수건의 종류를 말하는 것으로 이해하여 손수건으로 해석하였다.

3 산석류山石榴: 두견화杜鵑花의 별칭. 즉 진달래꽃을 말함.

4 문군文君: 탁왕손卓王孫의 딸 탁문군卓文君을 가리킨다. 탁왕손의 딸 탁문군은 당시 과부가 되어 친정에 와 있었다. 어느 날 탁왕손은 사마상여를 자신의 집으로 초청했는데, 그 자리에서 사마상여는 금琴을 연주했다. 탁문군은 사마상여의 금 연주에 반하게 되었고, 이후 탁문군은 사마상여와 함께 밤중에 성도成都로 도망쳤다. 나중에 다시 돌아와서 주막을 열어 생계를 꾸렸다는 이야기가 전한다.

5 송옥宋玉: 굴원屈原과 함께 전국시대 초나라 사부가辭賦家로 이름이 남. 송옥의 「고당부高唐賦」에 '운우지정雲雨之情'의 고사가 전함. 형왕荊王: 초왕을 말함. 시詩나 부賦에서는 항상 초나라 양왕襄王를 가리킴. 양왕이 무산巫山의 신녀神女를 만났다는 운우지정雲雨之情의 고사 참조.

147. 취해서 노는 기녀들
醉戲諸妓[1]

白居易
백 거 이

석상에서 사군의 술잔을 다투며 날리고

노래 중엔 사인의 시를 부르는 것이 많네

내일 관직을 그만둔 후는 알지 못하지만

나를 따라 동산으로 떠날 사람은 누구일까?

席上爭飛使君酒[2]
석 상 쟁 비 사 군 주

歌中多唱舍人詩[3]
가 중 다 창 사 인 시

不知明日休官後
부 지 명 일 휴 관 후

逐我東山去是誰
축 아 동 산 거 시 수

---

1 『全唐詩』 권446
2 석상席上: 여러 사람이 모인 자리. 사군使君: 자사刺史를 말함.
3 사인舍人: 관직명.

148. 앵무

鸚鵡[1]

白居易
백 거 이

......

응당 어느 부호의 집 가무 기녀인 듯한데

뒷방에 깊이 감추어 두고 굳게 문 닫았네

......

應似朱門歌舞妓
응 사 주 문 가 무 기

深藏牢閉後房中
심 장 뢰 폐 후 방 중

---

1 『全唐詩』 권447

149. 감회가 있어서
有感三首[1]

白居易
백 거 이

야윈 어린 말을 사육하지 말고
莫養瘦馬駒[2]
막 양 수 마 구

어린 기녀에게도 그리하지 마오
莫教小妓女
막 교 소 기 녀

죽은 뒤의 일이 눈앞에 보여
後事在目前
후 사 재 목 전

그대를 믿지 못해 바라만 보네
不信君看取[3]
불 신 군 간 취

말은 살쪄야 빨리 달리고
馬肥快行朱
마 비 쾌 행 주

기녀도 오래되어야 가무를 펼칠 수 있네
妓長能歌舞
기 장 능 가 무

열다섯 살이 되는 동안
三年五歲間
삼 년 오 세 한

이미 주인을 한번 바꾼다고 들었네
已聞煥一主
이 문 환 일 주

물어보았지 새 주인과 옛 주인 중
借問新舊主[4]
차 문 신 구 주

누가 즐겁게 해주고 누가 힘들게 했는지
誰樂誰辛苦
수 락 수 신 고

그대에게 청하노니 옥대 위에
請君大帶上
청 군 대 대 상

붓을 잡고 이 말을 써주게
把筆書此語
파 필 서 차 어

---

1 『全唐詩』권444
2 마구馬駒: 어리고 작은 말.
3 간취看取: 보다. 취取는 의미 없는 조사.
4 차문借問: 청문請問.

150. 산에서 놀며 어린 기녀에게 보이다
山遊示小妓[1]

白居易
백 거 이

쌍환이 아직 합쳐지지 않았는데	雙鬟垂未合[2] 쌍 환 수 미 합
나이는 삼십에서 이제 막 반을 지났다네	三十纔過半 삼 십 재 과 반
본래 화려한 옷을 입었던 사람이었는데	本是綺羅人[3] 본 시 기 라 인
지금은 자연과 짝하네	今爲山水伴 금 위 산 수 반
봄 시냇가에서 더불어 물장구를 치고	春泉共揮弄[4] 춘 천 공 휘 롱
나무와 하나 되어 꺾어 당기며 노는 것을 좋아하네	好樹同攀翫 호 수 동 반 완
미소 짓는 모습으로 꽃 아래서 유혹하니	笑容花底迷 소 용 화 저 미
취기에 마음이 바람 앞에 어지럽네	酒思風前亂[5] 주 사 풍 전 란
입술연지는 춤추는 소매가 급박해지자 엉기고	紅凝舞袖急 홍 응 무 수 급
눈썹은 노래소리 완만하니 시름을 머금네	黛慘歌聲緩[6] 대 참 가 성 완

---

1 『全唐詩』 권452
2 쌍환雙鬟: 젊은 여자의 양쪽으로 틀어 올린 머리. 혼인을 하지 않은 것을 의미한다.
3 기라綺羅: 화려한 옷. 또는 화려한 옷을 입은 사람. 또는 무늬 있는 비단과 얇은 비단. 화려한 견직물의 총칭.
4 휘롱揮弄: 던지고 뿌리며 노는 것.
5 주사酒思: 술 취한 후 품은 정을 표시함.
6 대참黛慘: 눈썹이 시름을 머금음.

〈양유지〉 노래 부르지 마시오

그대와 헤어질 마음이 없으니

莫唱楊柳枝
막 창 양 유 지

無腸與君斷[7]
무 장 여 군 단

---

7 당시에 이별할 때 버드나무 가지를 꺾어서 주는 풍속이 있었다.

저자 소개

고적(高適, 702?-765)

자는 달부達夫. 발해渤海 수현蓚縣(지금의 하북성 景縣) 사람. 생업에 종사하지 않고 산동과 하북 지방을 방랑하며, 이백·두보 등과 사귀었다. 시는 호쾌하면서도 침통하다. 특히 전쟁으로 인한 변경에서의 외로움과 이별의 비참함을 읊은 변새시邊塞詩가 뛰어나다. 잠삼과 이름을 나란히 해 '고잠高岑'으로 불렸다. 저서에 『고상시집高常詩集』이 있다.

고황(顧況, ?-?)

자는 포옹逋翁, 자호는 화양산인華陽山人이다. 시가를 잘 지었고, 산수화에 능했다. 정원貞元 5년(789) 탄핵을 받아 요주사호饒州司戶로 폄적되자, 집안을 모두 이끌고 모산茅山에 은거했다. 시는 평범하고 통속적인 언어로써 뜻을 중시했으며, 하층 민중의 생활상을 담는 데 노력했다. 대표작에 「죽지사竹枝詞」와 「공자행公子行」, 「행로난行路難」 등과 『화양집華陽集』이 있다.

관반반(關盼盼)

관반반은 당 대 서주徐州의 명기名妓이고, 서주를 지키던 장수 장건봉張建封의 첩인데, 가무와 시를 잘하였다. 여러 수의 시에 회자되었던 당 대의 유명한 〈자지무〉를 매우 잘 추었다고 한다. 장건봉이 죽은 뒤에도 십 년이 넘도록 개가하지 않으니 백거이가 시를 보내어 그럴거면 왜 따라 죽지 않았느냐고 물었다. 반반이 울면서 "첩이 죽기 어려워서가 아니라 후세 사람들이 우리 남편이 첩을 사랑하여 따라 죽게 했다 하면 깨끗한 덕에 누가 될까 염려해서였습니다[妾非不能死, 恐我公有從死之妾, 玷淸範耳].”라고 백거이의 시에 화답한 후, 열흘을 먹지 않다가 죽었다고 한다.

나업(825-?)

자는 불상不詳, 여항餘杭 사람이다. 시호詩虎라고 불린다. 대략 당 희종僖宗 건부乾符 연간 전후에 살았다. 저서로 시집 1권이 있는데, 『신당서』 「예문지」에 전하다.

노덕연(路德延, ?-?)

자는 창원昌遠, 산동관현山東冠縣 사람. 어릴 때부터 재주가 뛰어났다. 광화光化 원년(898), 진사에 오르고, 천우天祐 2년 좌습유左拾遺에 임용되었다. 천성이 오만하고 세상을 거역하는 경우가 많았다. 『전당시』에 시 3수가 전한다.

노륜(盧綸, 748?-798? 또는 737?-799?)

자는 윤언允言, 하중河中 포蒲 사람. 정원貞元 중에 위거모韋渠牟의 추천으로 덕종을 알현했는데, 어제시御製詩에 받들어 화답했다. 원래 문집이 있었으나 이미 흩어져 없어졌고, 명나라 사람이 모은 『노륜집』이 있다. 『전당시』에는 시가 5권으로 편집되어 있다. 대력십재자大曆十才子의 한 사람이다.

노조린(盧照鄰, 637-689?)

자는 승지昇之, 유주幽州 범양范陽(지금의 河北省 涿縣) 사람. 처음 등왕부전첨鄧王府典籤을 제수 받았는데, 등왕이 매우 총애했다. 노조린은 왕발王勃·양형楊炯·낙빈왕駱賓王 등과 함께 문장으로서 뛰어났던 초당사걸初唐四傑 중의 한 사람으로서 육조六朝 이래의 부염浮艶한 시풍을 일정 정도 변혁시켰다고 평가된다. 『당시선唐詩選』에 있는 장대한 칠언가행 「장안고의長安古意」가 유명하다. 저서에 『유우자집幽憂子集』 7권이 있다.

대숙륜(戴叔倫, 732-789)

자는 유공幼公 또는 차공次公. 시를 잘 지었고, 청담을 잘했으며, 문학으로 유명했다. 저서에 『술고述稿』 10권이 있는데. 이미 산실 되었다. 명나라 사람이 집본한 『대숙륜집』이 있다. 『전당시』에 시가 2권으로 편집되어 있다.

두목(杜牧, 803-852)

자는 목지牧之, 호는 번천樊川, 당나라 경조京兆 만년萬年 사람. 두우杜佑의 손자다. 일찍이 『손자병법』에 주석을 달았고, 문장과 시에 능했다. 이상은李商隱과 더불어 '이두李杜'로 불렸다. 작풍이 두보와 비슷해서 '소두小杜'로도 불렸다. 나중에 병이 들자 스스로 묘지墓志를 지었는데, 자신이 지은 문장을 모두 불태우라고 했다. 만당 시대의 시인에 어울리게 말의 수식에 능했지만, 내용을 보다 중시했다. 대표작으로 「아방궁부阿房宮賦」 외에 「강남춘江南春」과 『번천문집樊川文集』 20권 등이 있다.

두보(杜甫, 712-770)

자는 자미子美, 진晉나라 두예杜預의 13대손이며 두심언杜審言의 손자이다. 두보는 유가儒家의 가정에서 성장하여, 천보天寶 초에 장안으로 와서 과거에 응시했으나 낙방했다. 이에 8, 9년 동안 남쪽으로는 오월吳越 지역과 북쪽으로는 제조齊趙 지역을 여행하며 이백李白·고적高適 등과 사귀었다. 대력大曆 3년(768)에 기주를 떠나 여러 곳을 떠돌다가 침주郴州로 가는 도중 뇌양耒陽에서 빈곤과 병으로 배 안에서 객사했다. 향년 59세였다.

맹호연(孟浩然, 689-740)

호연浩然. 양주襄州 양양襄陽(지금의 湖北省 襄陽縣) 사람이다. 젊은 시절에 녹문산鹿門山에 은거하였고, 40세가 되어 서울로 왔다. 일찍이 태학太學에서 시를 읊으니 좌중이 감탄하고 승복하였다. 장구령張九齡과 왕유王維 등과 친했는데, 왕유가 현종玄宗에게 그를 추천하였으나 뜻을 이루지 못했다. 맹호연은 왕유와 함께 '왕맹王孟'이라 병칭되며, 성당盛唐 산수전원시파의 중요 시인 중의 한 사람이다. 그러나 그의 시는 사회에 대한 관심이 결핍하여 내용이 협소하다는 비판을 면하지 못한다.

방간(方幹, 836-888)

자는 웅비雄飛, 호는 현영玄英, 현영선생玄英先生이라 불렸다. 목주睦州 청계靑溪(지금 浙江 淳安) 사람이다. 『방간시집』이 세상에 전하며, 『전당시』에 6권 348편이 전한다.

백거이(白居易, 772-846)

자는 낙천樂天, 하봉下封(陝西省 渭南縣) 사람. 정관貞觀 16년(800)에 진사가 되어, 원진元稹과 함께 비서성교서랑秘書省校書郞에 임명되었다. 만년에 낙양洛陽 향산사香山寺에 우거寓居했기에 자호自號를 향산거사香山居士라고 했다.

『구당서』「백거이전」에 "계림雞林(新羅)의 상인들이 백거이의 시를 사서 구하려 함이 몹시 간절했다. 스스로 말하기를 '본국의 재상께서 항상 일금으로 시 한 편과 바꾸는데, 심하게 위작된 것은 재상께서 금방 판별해 낼 수 있습니다'라고 했다.

사공도(司空圖, 837-908)

자는 표성表聖. 하중河中(지금의 山西省) 융지[永濟] 사람이다. 당말에 환관이 발호하고 당쟁이 극심해지자 887년 관직을 사임하고 중조산中條山 왕관곡王官谷에 은거하며 시작詩作에 전력했다. 그가 지은 『24시품二十四詩品』은 '웅혼雄渾'에서 '유동流動'까지 24종류의 미적 범주를 4언시四言詩로 서술한 시평론서로서, 그의 문학사상을 잘 보여주고 있다. 그밖에 『여왕가평시서與王駕評詩書』·『여이생론시서 與李生論詩書』 등의 시론저작과 시문집 『사공표성문집司空表聖文集』 10권이 전한다.

상비월(常非月, ?-?)

『국수집國秀集』 목록에 사적이 약간 있고, 『전당시』에 시 한 수가 전한다.

서응(徐凝, ?-?)

저장성浙江省 목주睦州 분수현分水縣 백산柏山 마을(지금의 동려현桐廬縣 분수진分水鎭 동계東溪 백산柏山 마을) 사람. 백거이, 원진과 동시대 사람이거나 조금 늦은 시기에 활동했다. 원화元和 연간(806-820)에 시로 이름이 났었다.

서현(徐鉉)

당나라 말기로부터 송나라 초기에 걸쳐 산 대학자. 북송 양주揚州 광릉廣陵 사람이다. 자는 정신鼎臣이고 서연휴徐延休의 아들이다. 10여세에 이미 문장을 잘 지었고, 한희재韓熙載와 더불어 한서韓徐로 병칭되었다고 한다. 일찍이 『설문해자』를 다시 교정하고, 『문원영화文苑英華』의 편찬에도 참여했다. 저서에 『기성집騎省集』과 『서문공집徐文公集』 30권이 전한다.

설능(薛能)

분주汾州 사람. 자가 대졸大拙이며, 공부상서工部尙書를 지냈는데, 시를 잘 지었다. 저서로 『강산집江山集』, 『허창집許昌集』이 있다.

설기동(薛奇童, ?-?)

설기장薛奇章이라고도 한다. 자는 영유靈孺, 하동河東(지금의 山西永濟) 사람이다. 『전당시』에 시 7수가 전한다.

심아지(沈亞之, 781-832?)

저장성浙江省 오흥吳興 사람. 자는 하현下賢. 문장이 한유韓愈를 따라 되도록 난삽하게 지었으며 시로도 유명하였다. 『이몽록異夢錄』, 『상중원사湘中怨辭』 등의 전기소설 작가로서 더 알려졌다. 작품집 『심하현문집沈下賢文集』이 있다.

안진경(顔眞卿, 709-785)

낭야琅耶 임기臨沂 사람. 자는 청신淸臣, 소명小名은 선문자羨門子, 별호는 응방應方이다. 노군개국공魯郡開國公에 봉해졌기 때문에 안노공顔魯公으로도 불렸고, 안지추顔之推의 5대손이다. 글씨를 잘 썼는데, 남성적인 박력 속에 균제미를 발휘한 것으로, 당나라 이후 중국의 서도를 지배했다. 해서와 행서, 초서의 각 서체에 모두 능했고, 많은 걸작을 남겼다. 그의 필체를 안체顔體라 부른다. 저서에 문집과 『운해경원韻海鏡源』이 있다.

양거원(楊巨源, 755-832?)

자는 경산景山, 하중河中(산서성 永濟) 사람. 정원 5년(789)에 진사에 합격하고, 장홍정張弘靖의 종사관을 지냈다. 양거원은 시에 뛰어나서 한유·장적·백거이 등에게 지우를 받았고, 영호초令狐楚와 이봉길李逢吉과 매우 친했다. 『시수』에서 양거원의 시를 평하여 "중당의 격조 가운데 최고이다"라고 했다.

양황(梁鍠)

당 현종 천보 연간 사람. 『전당시』에 시 15수가 전한다.

양희도(楊希道, ?-?)

당대 시인이나 생애에 관한 자료가 전하지 않는다. 『전당시』에 시 1수가 전한다.

여암(呂巖)

당나라 때 선인仙人으로 자는 동빈洞賓이다. 호는 순양자純陽子이고, 회도인回道人이라 차칭했다. 종남산終南山에서 수도한 팔선八仙의 한 사람으로 전해진다. 『열선전전列仙全傳』에 보면, 과거에 실패한 다음 64살 때 장안의 술집을 전전하다가 종리권鍾離權을 만나 종남산 학령鶴嶺에 가서 상청비결上淸秘訣을 전수받았다고 했다. 그의 이론은 연단법鉛丹法을 내공법內功法으로 바꾸었고, 검술을 탐욕과 애욕, 번뇌 등을 자르고 제거하는 지혜로 여겼다는 데에 있으며, 이후 북송 도교 교리의 발전에 큰 영향을 끼쳤다.

오소미(吳少微, 663-?)

신안新安(지금의 안후이 황산 휴녕休寧) 사람. 자는 중재仲材, 호는 수곡遂穀이다. 그가 지은 『숭복사종명崇福寺鍾銘』은 특히 사람들에게 높은 평가를 받았다. 『전당문全唐文』에 6편의 글이 수록되어 있고, 『전당시』에는 「울부가모哭富加謨」, 「장문원長門怨」, 「고의古意」 등 시 6수가 수록되어 있다.

온정균(溫庭筠, 801?-866, 812-870?)

태원太原 기현祁縣 사람. 자는 비경飛卿, 본명은 기岐. 온언박溫彦博의 후예이다. 어려서부터 총명했고 시사가 뛰어났다. 문재文才가 있어 과거시험장에서 '여덟 번 팔짱을 끼니 8운시韻詩가 완성되었다'하여 '온팔차溫八叉' 또는 '온팔음溫八吟'이라 불렸지만, 소행이 나빠 급제하지 못했다. 문장이 화려하여 이상은과 이름을 나란히 해 '온이溫李'로 불렸다. 사는 풍격이 농염하고 규정의 정취를 물씬 풍겨 나중에 『화간집花間集』에 들었는데, 화간파사의 으뜸으로 위장韋莊과 이름을 나란히 하여 '온위溫韋'로도 불렸다. 저서에 『온비경시집溫飛卿詩集』 7권과 『금전집金筌集』, 『채다록採茶錄』 등이 있다.

왕건(王建, 766?-830?)

자는 중초仲初, 영천潁川(하남성 許昌市) 사람. 대력大曆 10년(775)에 진사에 합격하고, 위남위渭南尉를 지냈다. 비서승秘書丞과 시어사侍御史를 역임하고, 태화太和 중에 섬서사마陝州司馬로 나가서 변새로 종군한 후 함양咸陽으로 돌아와서 은거했다. 왕건은 악부를 잘 지어서 장적張籍과 제명했는데 궁사 일백 수는 더욱 사람들에게 전송傳誦되었다.

왕유(王維, 701-761)

자는 마힐摩詰, 원적은 태원太原. 기祁(지금의 山西省 祁縣) 사람. 나중에 하동河東으로 적을 옮겼다. 『하악영령집河嶽英靈集』에서 "왕유의 시는 사가 수려하고 조는 우아하고, 의意는 참신하고 이치는 적합하다. 샘물에서는 구슬을 이루고 벽에서는 그림을 이루는데, 한 글자 한 구절이 모두 상경常境에서 벗어났다"고 했다. 소식蘇軾은 『동파지림東坡志林』에서 "마힐摩詰(왕유)의 시를 음미해보면 시 속에 그림이 있고, 마힐의 그림을 살펴보면 그림 속에 시가 있다"고 했다. 왕유는 맹호연과 함께 성당盛唐의 산수전원시파를 대표하는 시인인데, 후세에 많은 영향을 끼쳤다.

왕한(王翰)

자는 자우子羽, 병주并州 진양晉陽 사람. 경운景雲 원년(710)에 진사에 합격하고, 다시 직언극간直言極諫에 올라서 창악위昌樂尉가 되었다. 또 초발군류超拔羣類에 올라서 비서정자祕書正字가 되었다. 통사사인通事舍人과 가부원외랑駕部員外郎을 지냈다. 매일 재사才士와 호협豪俠들과 함께 음주와 음악, 유람과 사냥을 즐기다가 도주사마道州司馬로 좌천되었다.

왕창령(王昌齡, 698?-757?)

자는 소백少伯, 태원太原 사람. 일설에는 강녕江寧 사람이라고 한다. 『전당시』에 "그의 시는 실마리가 긴밀하고 사상이 맑아, 당시 왕강녕王江寧이라 불렸다. 은번殷璠이 말하기를 '원가元嘉 이후 4백 년 이내 조식曹植·유정劉楨·육기陸機·사조謝朓의 풍골이 없어졌는데, 이윽고 태원太原의 왕창령과 노국魯國의 저광희儲光羲가 그 자취를 이을 수 있었다. 두 사람은 기氣는 같았으나 체體는 달랐는데, 왕창령이 약간 더 명성이 높았다'라고 전한다. 왕창령은 칠언절구에서 이백과 더불어 가장 뛰어난 시인으로 평가된다.

요합(姚合, 775-855?)

섬주陜州 협석硤石 사람. 재상宰相 숭崇의 증손曾孫. 『영규율수瀛奎律髓』에서 방회方回가 말하기를 "시가에는 대판단大判斷이 있고, 소결리小結裏가 있다. 요합의 시는 오로지 소결리에 있다. 그래서 사령四靈이 그것을 배운 것이다. 오언팔구는 그 취를 얻을 수 있지만, 칠언율과 고체는 쇠락하여 진작되지 못할 것이다. 사용하는 자료는 꽃[花]·대나무[竹]·학鶴·승僧·금琴·약藥·차[茶]·술[酒]에 불과하여, 이 몇 가지 사물에서 한 걸음도 떨어질 수 없으니 기상이 작다. 이런 까닭에 시를 배우는 자는 반드시 노두老杜[두보]를 조祖로 삼아야만 곧 편벽한 병이 없을 것이다"라고 했다.

우세남(虞世南, 558-638)

자는 백시伯施, 우세기虞世基의 동생. 월주越州 여도餘姚(절강성 여도) 사람. 문장이 화려하여 서릉徐陵의 문풍을 얻었다. 왕희지王羲之의 7세 손인 승려 지영智永에게서 왕희지의 서법을 배워 서체를 묘득하자 더욱 명성을 떨쳤다. 태종이 그를 칭찬하여 덕행·충직·박학·문사文詞·서한書翰 등 오절五絶이 있다고 했다. 『전당시』에 시집 1권이 있다.

원진(元稹, 779-831)

자는 미지微之, 하남河南 하내河內(河南省 沁陽縣 일대) 사람. 15세에 명경과明經科에 합격하여 교서랑校書郎이 되었다. 원화 원년(806) 제과대책制科對策에 일등으로 합격하고 우습유左拾遺가 되었다. 감찰어사監察御史를 지내고 사건에 연좌되어 강릉사조참군江陵士曹參軍으로 좌천되었다. 태화太和 3년(829)에 소환되어 상서좌승尙書左丞이 되고, 무창군절도사武昌軍節度使를 지내다가 53세에 죽었다. 원진은 젊어서부터 백거이와 창화倡和하여, 당시에 두 사람을 '원백元白'으로 병칭하고, 그들의 시를 '원화체元和體'라고 했다.

유언사(劉言史, ?-812)

당나라 한단邯鄲(지금의 河北에 속함) 사람. 조주趙州 사람이라고도 한다. 어려서부터 절개를 숭상했고 과거에 응시하지 않은 채 사방을 떠돌아다녔다. 이하李賀·맹교孟郊 등과 친하게 지냈다. 저서에 시가 6권이 있었지만 이미 없어졌다. 『전당시』에는 시 79수가 남아 있는데, 1권으로 편성되었다.

유우석(劉禹錫, 772-842)

자는 몽득夢得, 낙양 사람. 그는 시문에 능하였으며, 당순종唐順宗 때 둔전원외랑屯田員外郎으로서 탁지 염철안度支鹽鐵案을 주관하면서 세도를 믿고 권세 있는 인사들을 함부로 대하다가 헌종憲宗 때에 벼슬을 빼앗기고 가련한 신세가 되어 비분한 뜻에서 「죽지사竹枝辭」와 「문대균問大鈞」·「적구년謫九年」 등의 부를 짓기까지 하였다. 저서에 『유몽득문집』 30권과 『외집外集』 10권이 있다.

유종원(柳宗元, 773-819)

자는 자후子厚, 하동河東(山西省 永濟縣) 일대 사람. 유종원은 한유와 함께 고문운동에 앞장서서 문풍의 쇄신에 힘을 써서 당시 산문가로서 명성을 떨쳤다. 시 또한 독자적인 경계를 열어서 높은 평을 받았다.

유중용(柳中庸, ?-?)

당나라 하동해河東解 사람. 이름은 담淡인데, 자로 행세했다. 유종원柳宗元의 족숙族叔으로 문명文名이 있었다. 소영사蕭穎士가 그 재주를 아껴 딸을 시집보냈다. 이단李端 장분張苯과 교유하면서 시가를 서로 불러 주고받았다. 『전당시』에 시 13수가 수록되어 있다. 시는 육조와 초당의 부미浮靡하고 아름다운 시풍을 이어받고 있다. 대표작으로 「추원秋怨」과 「춘사증인春思贈人」, 「청쟁廳箏」 등이 있다.

유희이(劉希夷, 651-679?)

여주汝州 사람, 자는 정지庭芝 혹은 정지廷之. 그의 시는 종군從軍이나 규정閨情 시가 많고, 사지詞旨가 비고悲苦하여 처음에는 남들에게 칭송을 받지 못했으나, 손욱孫昱이 『정성집正聲集』을 편찬할 때 그의 시를 최고로 삼아서 일약 유명해졌다고 한다. 청나라 옹방강翁方綱의 『석주시화石州詩話』에 "유여주劉汝州 희이希夷의 시는 격은 비록 높지 않으나 신정神情이 청울淸鬱하여 또한 스스로 기재奇才이다."라고 했다.

은요번(殷堯藩, 780?-855)

소주蘇州 가흥嘉興 사람. 현종 원화 9년(814) 진사에 급제했다. 나중에 시어사侍御史에 발탁되어 동주종사同州從事를 지냈다. 『전당시』에 시가 1권으로 수록되어 있다. 심아지·요합·옹도雍陶·허훈許渾·마대馬戴 등과 교우했고, 또 유우석, 백거이와 왕래가 있었다. 평생 동안 그다지 뜻을 얻지 못해 남북 각지를 유랑했는데, 시의 대부분이 송별증제送別贈題한 작품이거나 경치를 읊은 것들이다.

이교(李嶠, 645-714)

자는 거산巨山, 월주越州 찬황贊黃(하북성) 사람. 약관에 진사에 합격하고, 제책갑과制策甲科에 합격했다. 예종睿宗이 즉위하자, 지정사知政事를 그만두고, 회주자사懷州刺史에 임명되었으나 벼슬에서 물러났다. 이교는 재사才思가 풍부하여, 소미도蘇味道와 함께 '소리蘇李'로 불렸다. 또 최융崔融·두심언杜審言·소미도와 함께 '문장사우文章四友'로 불렸다.

이군옥(李羣玉, ?-?)

예주澧州(지금의 湖南) 사람. 자는 문산文山이다. 성격이 광달曠達했고, 벼슬하기를 좋아하지 않았다. 어린 나이에 이미 시명詩名이 자자했고, 음악과 서예에도 뛰어나 문학과 풍류로 일세를 풍미했다. 진사시에 응시했지만 낙방하자 바로 낙향하여 안빈자적安貧自適한 생활을 하면서 그 생활을 시로 노래했다. 배휴裴休가 호남관찰사로

파견되었을 때 그의 이름을 듣고 불러들여 후한 예로 대접하고 격려하면서, "처사께서는 거친 옷을 입었지만 옥을 품었고, 부귀를 뜬구름같이 여기시며, 명망이 높으면서도 스스로 명성에 얽매이지 않으니 어찌 하늘이 오랫동안 황폐한 곳에 내버려 두겠소. 곧 길이 열릴 것입니다."라고 말했다. 원래 시집 3권과 후집 5권이 있었지만 없어지고, 지금은 후세 사람이 엮은 『이군옥집』이 있다. 『전당시』에 시가 3권으로 편집되어 있다.

이단(李端, 743-782)

자는 정기正己, 조주趙州 사람. 대력大曆 5년에 진사가 되어, 교서랑校書郎이 되었으나 병으로 물러났다. 얼마 후 항주사마杭州司馬가 되었으나, 싫증을 느껴 형산衡山에 은거하며 형악유인衡嶽幽人이라고 자호自號했다.

이백(李白, 701-762)

자는 태백太白, 호는 청련거사靑蓮居士, 조적祖籍은 농서隴西 성기成紀(지금의 甘肅省 天水 부근). 이백이 태어날 때 그 어머니가 장경성長庚星을 꿈꾸었기 때문에 그로써 이름을 지었다고 한다. 젊어서는 종횡술縱橫術과 격검擊劍을 좋아하며 임협이 되고자 했다. 이백은 정치적 뜻을 이루지 못하고 물러나 여산廬山에서 은거했다. 만년에는 일가친척인 당도령當塗令 이양빙李陽氷에게 의지했는데, 오래지 않아 병사했다. 향년 62세였다. 주희의 『주자어류朱子語類』에는 "이태백의 시는 법도가 없는 것이 없으니, 법도 안에서 종용했다. 대개 시에 있어서 성자聖者이다"라고 전한다.

이상은(李商隱, 813-858)

자는 의산義山, 호는 옥계생玉谿生이며, 회주懷州 하내 사람. 온정균, 단성식段成式과 이름을 나란히 해 36체로 불렸다. 작품에는 사회적 현실을 반영시킨 서사시, 또는 위정자를 풍자하는 영사시詠史詩 등도 있지만, 애정을 주제로 한 「무제無題」 시에서 창작력이 유감없이 발휘되었다. 저서에 『이의산시집』과 『번남문집樊南文集』

이 있다. 고시古詩를 잘하여 두보의 유체遺體를 얻었다는 평을 받았다.

이선고(李宣古, 853년 전후 살았음)

예양澧陽(지금의 湖南 澧縣) 사람. 자는 수후垂後. 벼슬길에 오를 생각이 없어, 평생 교편을 잡았고 쓸쓸하게 생을 마감했다. 동생 이선원도 이름이 났고, 유명한 시인 이군옥과 사촌지간이다.

이섭(李涉, ?-?)

낙양 사람. 자호는 청계자淸溪子. 처음에 동생 이발과 함께 여산에 은거하다가 나중에 종남산으로 옮겼다. 진허절도부종사陳許節度府從事로 있다가 죄를 지어 이릉 재吏陵宰로 강등되었다. 문종文宗 대화大和 연간(827-835)에 재상의 천거로 태학박사가 되었지만, 나중에 옛일이 탄로가 나 강주康州로 쫓겨갔다. 문집 2권이 있었지만 없어지고, 『전당시』에 시 1권이 전한다.

이익(李益, 748-829)

농서隴西 고장 사람. 자는 군우君虞고 이규李揆의 족자族子다. 헌종憲宗 원화元和 연간에 비서소감과 집현학사, 산기상시散騎常侍 등을 역임했다. 문종 대화大和 원년 (827) 예부상서로 치사致仕(나이가 많아 벼슬을 사양하고 물러남.) 했다. 시가로 이하李賀와 이름을 나란히 해 악공들이 서로 작품을 얻으려고 했다. 작품이 그림으로 그려지거나 노래로 불리는 경우가 많았다. 시는 변방의 풍경을 비장하고도 청기하게 그리고 있다. 작품에 「야상수강성문적夜上受降城聞笛」과 「정인가征人歌」, 「조행早行」 등이 있다. 대력십재자의 한 사람으로 꼽기도 한다.

이하(李賀, 790-816)

자는 장길長吉. 당나라 종실宗室로 시문詩文을 잘하였다. 두보의 먼 친척이다. 가장 유명한 작품은 「장진주將進酒」다. 좌절된 인생에 대한 절망감을 굴절된 표현으로 노래했기 때문에 난해하다는 평을 듣고 있지만, 특이한 매력을 지녀 애호자도 많다. 악부사도 수십 편 지었는데 모두 음률이 붙여져 읊조려졌다. 27살 나이로 요절했다. 저서에 『이하가시편李賀歌詩篇』 4권과 『외집』 1권이 있다.

이함용(李鹹用, 873년 전후 살았음)

자는 리里. 시를 잘 지었으나, 과거에 낙방했다. 벼슬을 하여 추관이 되었으나, 크게 진급하지 못하고 노산 등의 산에 은거하며 살았다. 『파사집披沙集』 6권이 전한다.

잠삼(岑參, 715-770)

남양南陽(河南) 사람. 나중에 강릉江陵(湖北)으로 옮겼다. 어려서 빈천했는데 스스로 독서에 열중하여 천보 3년(744), 30세에 과거에 합격했다. 병조참군을 지내고, 두 차례 서북 변경으로 나가서 고선지高仙之와 봉상청封常淸의 막부에서 7여 년간 변경 생활을 했다. 대력 원년(766) 두홍점杜鴻漸의 막료가 되어 촉 지역의 반란 진압에 참여한 후, 가주자사嘉州刺史를 1년여 간 지냈다. 파직한 후 성도成都의 여관에서 병사했다. 『전당시』에 "잠삼의 시는 사의辭意가 청절淸切하고, 형발고수逈拔孤秀하고, 가경佳境을 낸 것이 많았다. 매번 한 편을 낼 때마다 사람들이 다투어 전사傳寫했다"라고 전한다.

장설(張說, 667-730)

자는 도제道濟, 또 다른 자는 설지說之, 낙양 사람. 장설은 문장에 뛰어나서 조정의 많은 문서가 그의 손으로 꾸며졌는데, 허국공許國公 소정蘇頲과 함께 '연허대수필燕許大手筆'로 불렸다. 악주岳州로 귀양 간 이후, 시가 더욱 처완悽惋 해져서 사람들이 강산江山의 도움을 얻었다고 했다.

장적(張籍, 767?-830?)

자는 문창文昌. 오군吳郡 사람. 화주和州 오강烏江에서 살았다. 당시 명사들과 많이 교유했고, 한유의 인정을 받았다. 시의 발전과정에서 볼 때 두보와 백거이의 연계선 상에 있는 시인이다. 악부시로 이름이 났다. 현전하는 시 418수 가운데 7, 80수가 악부시다. 왕건王建과 이름을 나란히 해 '장왕張王'으로 병칭되었다. 저서에 『장사업집張司業集』이 있다.

장호(張祜, ?-859?)

자는 승길承吉, 청하淸河(하북성 청하현) 사람. 궁사宮詞로써 이름을 얻었다. 장경長慶 중에 영호초令狐楚가 추천했으나 임명받지 못하고, 대신 제후부諸侯府에 임명했으나 뜻에 맞지 않아서 스스로 물러났다. 회남淮南 단양丹陽 곡아曲阿에서 은거하다가 생을 마쳤다.

장효표(章孝標, 791-873)

자는 도정道正, 목주穆州 동려桐閭(지금의 절강) 사람. 장팔원章八元의 아들이자 시인 장갈章碣의 아버지다. 효표선생이라고도 한다. 헌종 원화 14년(819)에 진사進士에 급제하여 교서랑校書郞을 지냈다.

저광희(儲光羲, 706?-762?)

곤주袞州(산동성) 사람. 개원 14년(726), 안록산의 반란 때 장안에서 포로가 되어 적의 관작을 받았는데, 반란이 평정된 후 영남으로 쫓겨나서 그곳에서 죽었다. 『하악영대집』에 "저공儲公의 시는 격이 높고 조는 일탕하고 취趣는 원대하고 정은 깊은데, 평범한 말은 다 깎아내 버리고, 풍아의 자취와 호연한 기를 담고 있다."라고 전한다.

정곡(鄭谷, ?-?)

원주袁州 의춘宜春(지금의 江西에 속함) 사람. 자는 수우守愚다. 희종僖宗 광계光啓 3년 진사가 되었다. 이후 경조호현의京兆鄠縣尉를 제수 받았고, 우습유右拾遺와 좌보궐右補闕 등을 지냈다. 소종昭宗 건녕乾寧 4년 도관낭중都官郎中에 부임했는데, 이로 인해 사람들이 그를 정도관鄭都官이라 불렀다. 이후 사직하고 돌아와 의춘앙산宜春仰山에 의거하며 북암별서北巖別墅에서 세상을 떠났다. 저서에 『운대집雲臺編』 3권과 『의양집宜陽集』 3권, 『선양외집宜陽外集』 3권, 『국풍정결國風正訣』 1권 등이 있다. 『전당시』에 시가 4권으로 편집되어 있다.

조하(趙嘏, ?-?)

자는 승우承祐, 산양 사람. 무종武宗 회창會昌 4년(844) 진사가 되었다. 선종宣宗 대중大中 연간(847-860)에 위남위渭南尉를 역임했다. 시를 잘 지었는데 섬미贍美하면서도 흥미興味가 넘쳤다. "별 몇 개 남았는데 기러기는 변방을 지나가고, 긴 피리 한 소리에 사람은 누대에 기댔다[殘星幾點雁橫塞 長笛一聲人倚樓]"는 구절에 대해 두목杜牧이 극찬하면서 '조의루趙倚樓'라 불렀다. 40살 전후로 죽었다. 저서에는 『위남집渭南集』 3권이 있다. 『전당시』에는 시가 2권으로 실려 있다.

필요(畢耀, ?-?)

이름을 요曜로 쓰기도 한다. 현종 개원 말에 태상시태축太常寺太祝을 지냈고, 천보 13년(754)에는 사경국정자司經局正字를 지냈다. 오랫동안 말직에 머물러 뜻을 얻지 못했다. 숙종肅宗 건원建元 2년(759) 감찰어사監察御史로 발탁되었다. 공정하게 법을 집행했는데, 무고로 투옥되었다. 대종代宗 보응寶應 연간 유배 중에 파중巴中에서 병사했다.

하조(賀朝, 711년 전후에 살았음)

월주越州 사람이며, 생몰연대는 미상. 대략 당 예종 경운 연간 전후에 살았다.

하지장賀知章·만제융萬齊融·장약허張若虛·형거邢巨·포융包融 등과 함께 강소성 남부 [吳]와 절강성 동부[越] 문인들과 함께 문사에 뛰어나 장안까지 널리 이름을 날렸다.

한산(寒山, ?-?)

한산자寒山子. 당나라 승려. 태종 정관 무렵 살았을 것으로 본다. 사계를 읊기 좋아 했고 미치광이 차림새를 했는데, 자작나무 껍질로 만든 모자를 쓰고 베로 만든 옷과 나무 신발을 신었다고 한다. 여구윤閭丘胤이 태주台州를 다스릴 때 절에 와 만나기를 청했지만 한암으로 달아나 굴로 들어가 버렸다고 한다. 저서에 『한산집』이 있다.

허혼(許渾, ?-858?)

자는 용회用晦, 윤주潤州 단양丹陽(강소성 단양현) 사람. 태화 6년(832)에 진사에 합격 하고, 당도當塗와 태평太平 두 현의 현령을 지내고 병으로 사직했다. 다시 윤주사마潤州司馬를 거쳐서 감찰어사監察御史가 되었다. 목주睦州와 영주郢州 두 주의 자사를 지 내고, 단양丹陽 정묘동丁卯洞 교촌橋村에 은거했다. 이로 인해 자신의 시집을 『정묘집丁卯集』이라 했다.

형봉(邢鳳, ?-?)

당대 시인이나 생애에 관한 자료가 전하지 않는다. 『전당시』에 시 1수가 전한다.

화응(和凝, 898-955)

오대五代 운주鄆州 수창須昌(지금의 山東省 東平縣) 사람. 사인詞人. 자는 성적成績이다. 17살 때 명경明經으로 천거되었고, 19살 때 진사가 되었다. 몸을 닦고 정리하기를 좋아했으며, 성품이 선행을 즐겼다. 문장은 대개 풍부했고, 단가短歌과 염사艷詞에 뛰어났다. 시로 「궁사宮詞」 1백수가 있고, 원래 문집이 1백여 권 있었지만 이미 없어 졌다. 『화간집花間集』에 사 20수가 남아 있고, 『전당시』에 시 1권이 실려 있다.

화예부인(花蕊夫人, 886?-926)

화예부인은 오대五代 때 사람으로 여류 시인이다. 성은 서徐씨인데 이름이나 출생지는 모두 자세하지 않다. 촉왕蜀王 왕건王建의 비로, 소서비小徐妃라 불렸고, 호가 화예부인이다. 동광同光 3년(925) 후당後唐의 장종莊宗이 촉을 멸하자 아들 왕연王衍과 함께 당나라에 투항했고, 이듬해 그의 언니, 아들 왕연과 함께 처형되었다. 낙양으로 보내져 가는 도중 언니 대서비와 함께 시를 지었는데, 애처로워 감동을 주었다. 현재 『화예부인궁사』 129여 수가 전하는데, 그녀의 작품이 확실한 것은 약 90여 수라고 전해진다. 참고로 오대십국시기 후촉 맹창孟昶의 비와 남당 후주 이욱의 궁인도 화예부인으로 불리었다.

황보송(皇甫松, ?-?)

당나라 목주睦州 신안新安(지금의 浙江省 淳安縣) 사람. 일명 숭嵩이고, 자는 자기이며, 호는 단란자檀欒子다. 황보식皇甫湜의 아들이다. 사詞를 잘 지었다. 『전당시』에 시 13수가 수록되어 있는데, 그 가운데 9수가 사다. 또 『당오대사』에 사 22수가 집록되어 있다. 당대 초기 사인의 한 사람으로, 그가 지은 소사는 생활의 분위기가 풍부하고 민가의 풍취를 지니고 있다. 작품에 『취향일월醉鄉日月』과 『대은부大隱賦』 등이 있다.

역자 후기

10년이면 강산이 변한다는 말이 있습니다. 그만큼 10년이라는 세월은 많은 것을 변하게 할 만큼의 긴 시간입니다. 『춤추는 唐詩 300』을 처음 기획하고 첫 번역을 시작한 것이 2010년이니 12년 만에 춤추는 당시가 세상 밖으로 나오게 된 것입니다. 처음의 시작은 단순한 호기심이었습니다. 당시에 나는 시를 번역할 역량이 안 되었지만, 옛사람들은 춤추는 모습을 어떻게 묘사했을까? 하는 궁금함에 무작정 당시 속 춤을 찾아 여정을 떠났습니다. 힘들고 답답하고 어려워서 몇 번이나 포기하려고 했지만, 한학자이신 기태완 선생님이 계셨기에 포기하지 않고 여기까지 올 수 있었습니다. 하룻밤 혹은 며칠 밤 동안 시 한 수를 번역하여 선생님께 보내면, 선생님은 꼼꼼하게 보시고 잘못된 것은 고쳐서 다시 보내주시곤 했습니다. 그렇게 2년 여의 세월이 흐르는 동안 밤새 서신을 주고받았습니다. 지금도 그때를 생각하면 새벽의 적막함과 외로움이 고스란히 느껴집니다. 어쩌다 어렵지 않게 번역이 되었던 날, 새벽 공기의 시원함도 잊을 수 없을 듯합니다, 참 소중한 시간이었습니다. 그러나 이런저런 사정으로 그 시간을 이어가질 못했습니다. 2012년, 2014년에 재시도를 했었는데, 2015년 이후로는 여러 사업을 맡아 진행하느라 당시 속 춤을 찾는 여정은 장시간 멈출 수밖에 없었습니다. 그렇게 오랜 시간을 지나 작년부터 다시 당시 속 춤추는 무희를 찾아 나섰고, 드디어 오늘에야 그 결실을 보게 되었습니다.

당시를 번역하면서 춤사위를 묘사한 시어를 만나면 나도 모르게 입가에 미소가 지어지고, 방 안의 공기도 맑아지는 듯했습니다. 그러나 때로는 어렵사리 번역했는데 원하는 내용이 없어서 기운이 빠지고 답답했던 적이 많았습니다. 그러나 차츰 춤사위를 묘사한 시어가 없더라도 내용을 통해 당대의 춤을 이해하고 또 춤의 분위기를 느끼고, 더 나아가 당시 무희의 처지를 이해할 수 있게 되었습니다.

이 책은 먼저 당시 장안의 모습을 상상하고 느껴볼 수 있는 백거이와 노조린의 시를 각각 한 수씩 소개했습니다. 이를 통해 화려하고 아름답고 이색적이며 시끌벅적한 장안의 모습과 홍등가와 연회에서 춤추는 무희의 모습을 상상해 볼 수 있습니다.

이어서 비교적 춤사위를 묘사한 내용이 있는 시를 소개하고, 다음은 《건무》와 《연무》로 구분하여 소개했습니다. 끝으로 무희의 모습과 가련한 처지를 이해할 수 있는 시를 몇 수 실었습니다. 춤사위를 묘사한 글도 있고, 춤의 유래 및 기원, 춤 제목의 의미 등을 설명한 내용도 있습니다. 화려했던 장안의 모습을 상상하며 천천히 음미하며 읽어보기를 권합니다. 그래야 무희의 춤사위가 눈 앞에 펼쳐질 수 있습니다.

『춤추는 唐詩 300』이 세상 밖으로 나올 수 있게 된 것은, 전적으로 기태완 선생님의 응원과 격려 덕분입니다. 그동안의 시간과 마음에 두 손 모아 감사의 마음을 전합니다. 그리고 출판을 흔쾌히 허락하신 보고사 김흥국 사장님과 의미 있는 작업이라며 따뜻하게 응원해 주신 박현정 편집장님, 그리고 꼼꼼하게 교정 작업을 해준 이순민 편집자에게 고마움을 전합니다.

2022년 12월 12일
以山 김미영 씁니다.

기태완

1954년생. 지난 30여 년간 동아시아 각국의 한시와 고전을 연구, 번역해 온 한학자이자 인문고전학자이다. 중앙대 문예창작과 졸업 후 성균관대 국문학과에서 매천 황현의 한시 연구로 박사학위를 취득하였다. 이후 성균관대 대동문화연구소 선임연구원, 연세대 연구교수와 홍익대 겸임교수를 역임하면서 동아시아 각국의 한문 고전을 광범위하게 연구해왔다.

그간의 성과로 『한위육조시선』, 『당시선』(상·하), 『송시선』, 『요금원시선』, 『명시선』, 『청시선』 시리즈를 완간하여 중국 시인들의 한시 문학 세계를 정리한 바 있다.

한시 연구 외에도 지난 2500년간 동아시아의 문학 세계에 등장하는 꽃과 물고기를 소개하는 『꽃 마주치다』와 『물고기 뛰어오르다』를 발간하여 각각 2014년 세종도서, 2016년 우수출판콘텐츠 제작지원 사업에 선정된 바 있다. 또 대중을 위해 출간한 『천년의 향기-한시 산책』, 『우리 곁의 한시』, 『퇴계 매화시첩』 등을 비롯하여 48종의 학술연구서와 번역서를 출간하였다.

현재는 학아재 동아시아인문연구소 소장으로서 그동안의 연구결과를 집약하고 후학을 기르는 사명에 힘쓰고 있다.

김미영

경기도 성남의 故 정금란 선생에게 춤의 첫발을 떼고, 세종대학교 무용과와 숙명여자대학교 대학원에서 故 정재만 선생에게 벽사류 춤을 사사하였다.

연구자로서 춤동작에 관한 문학적 형상화를 추출하고, 이를 동아시아 미학 이론으로 설명하는 데에 뜻을 두고 있으며, 왕양명의 心學을 바탕으로 한 舞者의 마음에 관심을 두고 연구를 진행하고 있다. 다른 한편으로 국가무형문화재 승무 이수자, 국가무형문화재 판소리 고법 전수자로서 예술가의 길을 작고 느린 걸음으로 가고 있다.

저서에 『『악학궤범』 악론의 동양사상 2580』(단독, 2018), 『21세기 유교 연구를 위한 백가쟁명』(공저, 2019), 『유도사상과 생태미학』(공저, 2020)이 있으며, 「무예도보통지 검술을 기초로 한 조선검무의 춤동작과 사상성 연구」, 「전쟁과 춤 그리고 유교: 〈파진악〉 연구」, 「唐詩에서의 춤동작에 관한 문학적 형상화」, 「『詩經』 속 춤동작의 문예적 표현 탐구」, 「왕양명의 心學 이론으로 본 한국전통춤의 私慾과 天理體認」, 「왕양명의 '良知'와 길버트 라일의 'Intelligence'를 바탕으로 한 '마음이 고와야 춤이 곱다'라는 한국전통춤 테제 해석」 외 다수의 논문이 있다.

현재 성균관대학교 동양철학·문화연구소 연구 교수로 재직 중이며, (사)한국전통춤협회 성남지부장, 경기전통예악원 2580 대표로 예술 활동을 이어가고 있다.

춤추는 唐詩 300 上

2023년 2월 28일 초판 1쇄 펴냄

지은이 기태완·김미영
펴낸이 김흥국
펴낸곳 도서출판 보고사

책임편집 이순민
표지디자인 김규범

등록 1990년 12월 13일 제6-0429호
주소 경기도 파주시 회동길 337-15 보고사
전화 031-955-9797(대표)
　　　02-922-5120~1(편집), 02-922-2246(영업)
팩스 02-922-6990
메일 kanapub3@naver.com / bogosabooks@naver.com
http://www.bogosabooks.co.kr

ISBN 979-11-6587-410-0　94820
　　　979-11-6587-409-4　(세트)

ⓒ 기태완·김미영, 2023

정가 20,000원

이 저서는 2020년 대한민국 교육부와 한국연구재단의 지원을
받아 수행된 연구임(NRF-2020S1A5B5A16083250)